T0178888

Mala lengua

Álvaro Bisama

Mala lengua
Un retrato de Pablo de Rokha

ALFAGUARA

Papel certificado por el Forest Stewardship Council®

MIXTO
Papel procedente de
fuentes responsables
FSC® C117695

Penguin
Random House
Grupo Editorial

Primera edición: julio de 2021

© 2020, Álvaro Bisama
© 2020, Penguin Random House Grupo Editorial, S. A.
Merced 280, piso 6, Santiago de Chile
© 2021, Penguin Random House Grupo Editorial, S. A. U.
Travessera de Gràcia, 47-49. 08021 Barcelona
Imagen en página 263: *Exlibris* de Pablo de Rokha.
Colección Biblioteca Nacional de Chile, disponible en Memoria Chilena.

© Diseño: Penguin Random House Grupo Editorial, inspirado en un diseño original de Enric Satué

Printed in Spain – Impreso en España

ISBN: 978-84-204-5652-2
Depósito legal: B-20641-2020

Impreso en Unigraf, Móstoles (Madrid)

A L 5 6 5 2 2

Para Carla

Y de noche la sueña: y en sueños se levanta
y la cubre, porque llueve en el sur
—ay, cómo llueve en su lecho de trébol—
y yo sueño con él, lo sueño niño
y en sueños se hace hombre
y se arrodilla sobre un prado
se dobla como herido a bala
pero no cae, se levanta
—con todo el peso del dolor se alza—
y en sueños le pregunto ¿cómo? ¿cómo?

Y no sabe —ni yo— ni nadie lo sabe.

FLORIDOR PÉREZ

Aquí un paréntesis: no trato de hacer literatura.

PABLO DE ROKHA

I

Se llamaba Carlos Díaz Loyola y nació en Licantén, a las orillas del río Mataquito, cuando el fantasma del presidente José Manuel Balmaceda recorría los campos como un ectoplasma tibio, hecho de culpa y promesa. También llegó a ser conocido como Pablo de Rokha, nombre con el que reemplazó al de Carlos poco antes de la década del veinte, en el momento en que se convirtió en un escritor furioso al que nadie supo leer muy bien, porque él mismo era una vanguardia privada, un ejército de sí mismo y la fábula de una genealogía. En esa heráldica inventada, fue el patriarca de su propio clan y avanzó por su época como una bola de demolición, rompiendo y perdiendo todo a la vez mientras escribía una obra que lo instalaría como uno de los cuatro grandes de la poesía chilena del siglo XX. Los otros, que eran Pablo Neruda, Vicente Huidobro y Gabriela Mistral, fueron sus amigos y enemigos y nunca supieron muy bien qué hacer con él, ni cómo entender su obra que era atroz, tremenda y suponía un gesto radical para los demás (los lectores, la cultura chilena, la historia completa de la literatura) pero sobre todo para sí mismo. De este modo, tuvo un clan y una revista y viajó por el país y el mundo y se quedó solo y puso fin a su vida en 1968 cuando nada tenía mucho sentido porque todo lo que había conocido ya no estaba y no le quedaban fuerzas para aguantar lo que viniese.

Antes, escribió y publicó varias decenas de libros, casi todos volúmenes donde la poesía se confundía con el ensayo y la novela. Allí, la diatriba muchas veces alcanzó la condición de arte perfecto aunque De Rokha ante todo es recordado por un poema largo donde describe el mapa de Chile como una mesa interminable llena de comidas típicas, al modo de una fiesta que se extiende a través de las provincias. También dirigió empresas y fue profesor y político, aunque trabajó mucho tiempo como vendedor viajero, cargando con cuadros y libros a lo largo del territorio. Escribió sobre Satanás, Jesucristo, Moisés y Mahoma. Leyó a la vez a Nietzsche, Schopenhauer y Walt Whitman y luego los cambió por Marx y Mao Tse-Tung, a quienes entendió como otras vanguardias poéticas. Cosechó enemigos y detractores y vivió mascando una rabia oscura, hecha de la conciencia del desamparo y de la falta de reconocimiento popular. Cuando en 1965 le dieron el Premio Nacional de Literatura ya era tarde. Su mujer y el mayor de sus hijos habían muerto y sus poemas existían como rumores y susurros; eran apenas visibles, como una leyenda que se mezclaba con los mitos de su personalidad y el eco de sus propias palabras; la suya era una poesía que exigía del lector variadas formas de compromiso.

Un resumen de su vida no alcanza. Sus numerosos libros, donde destacan *Los gemidos*, *Escritura de Raimundo Contreras*, *Arenga sobre el arte*, *Genio del pueblo* o *Acero de invierno*, siguen leyéndose como textos vivos y radicales, mientras que sus amigos y compañeros de ruta, como el crítico literario Juan de Luigi, el poeta Guillermo Quiñonez, el escritor Mario Ferrero o el pintor Abelardo Paschín, parecen haberse hundido en el río del olvido, del mismo modo que buena parte de esa cultura chilena a la que él exigió una comprensión y una altura que nunca recibió de vuelta.

Sobre el final, De Rokha aguantó hasta que no le quedó nada o casi nada. Siempre había aspirado a volverse un patriarca y muchas veces escribía como tal. Parecía vociferar solo, siempre dispuesto a abrazar de vuelta a quien escuchase sus gritos. Ahí estaba su herencia, esa habilidad para aglutinar tras de sí a los perdedores, los solitarios, los revolucionarios, los locos, los surrealistas, los chinos, los pobres o los olvidados como si fuesen miembros de su propia familia. Esa era su pandilla salvaje, su multitud. Ese era su ejército, su legión, su grupo de amigos. Su clan, una banda de malditos y fracasados, de autores invisibles, de héroes oscuros y poetas inéditos. Aquel culto exigía despreciar las mieles del éxito e insistir en el valor moral o revolucionario de la literatura como un fuego exterminador de cualquier falsedad, de cualquier impostura. Porque De Rokha fue el rey secreto de esa tierra imaginaria y el jefe de una familia que era más que una familia.

En un siglo donde la literatura se consolidó muchas veces como una serie de operaciones y relaciones públicas, él perdió casi todas las partidas. «Yo soy como el fracaso total del mundo, ¡oh Pueblos! /El canto frente a frente al mismo Satanás, /dialoga con la ciencia tremenda de los muertos, /y mi dolor chorrea de sangre la ciudad», anotó en uno de sus primeros poemas y se dedicó a cumplir esa declaración a rajatabla por el resto de sus días.

II

Coyhaique. Duerme. El viaje ha sido agitado. Queda poco. Afuera está la niebla. Afuera está el frío. El sur de Chile es una tormenta. Este es el lugar donde se termina todo: el viaje, la picaresca, la epopeya trashumante de libros y cuadros. Por ahora Pablo de Rokha duerme. Ha cenado bien. Atravesó el sur. Cruzó la isla de Chiloé. Sobrevivió a un temporal. Pueblo tras pueblo atrajo a los amigos y enemigos. La familia se quedó en Santiago, esperando. Todos en una casa con un patio grande, una casa chilena, una casa vieja que pudo parecerse a las de su infancia.

Antes, pasó por una tormenta. Estuvo a punto de naufragar. En medio de la lluvia, el viento, las olas y los relámpagos, salió a la cubierta y sacó dos pistolas. La pequeña se la pasó a su amigo y biógrafo Mario Ferrero, quien lo acompañaba y que contaría la historia años después en un libro de crónicas. La otra se la quedó él, una Smith & Wesson calibre 44, cacha nacarada. Un arma legendaria que era el recuerdo del recuerdo de una guerra. En medio de la tormenta, De Rokha miró a Ferrero. Le dijo que tenían que suicidarse. Ferrero lo miró de vuelta. El barco se sacudió, casi se dio vuelta mientras caía sobre el mar agitado, atravesando olas parecían muros de un cemento negro cuyo contacto podía astillar la madera. Entonces los llamaron desde la cabina. El capitán quería hablar con ellos. El capitán se apellidaba Aldana. Cada uno llevaba su arma en la mano. Aplazaban lo inevitable, de ésta no salían vivos. En la cabina, Aldana les sirvió whisky. Bebieron los tres. El trago los calmó. El alcohol hizo aparecer una valentía estoica, una calma artificial.

Nadie se va a morir por ahora, nadie va a naufragar, dijo Aldana. He visto cosas peores, acotó. Ellos lo escucharon. El barco dejó la tormenta, siguieron el viaje, guardaron las armas.

Ahora, más y más al sur, Pablo de Rokha duerme sentado sobre la cama. Se ha acostumbrado a hacerlo así. Ferrero dirá que duerme como los huasos. En verdad, duerme como si estuviera atento al ruido del mundo, alerta ante lo que puede pasar. Duerme como si no pudiese cerrar los ojos nunca. Tiene la ventana abierta. Le gusta el aire fresco. No soporta el encierro. Quizá sueña con el eco de los pasos de sus hijos rebotando en los pasillos de una casa gigante. Quizá sueña con su esposa o con su padre o su madre. Quizá no sueña nada. Afuera la niebla invade la calle y devora la luz. No anda nadie. Es tan densa que entra por la ventana. Amanece. La oscuridad comienza a irse. Abre los ojos verdes lentamente, se despereza en la soledad de la pieza. Siente un ruido. O dos. Un canto. Un graznido. Prende la lámpara del velador. Una delgada lámina de humedad cubre los paquetes con libros, la maleta negra donde lleva los cuadros que le quedan.

La finísima garúa es otro polvo que se posa sobre las cosas, es otro testimonio del tiempo. Entonces sonríe. Una luz fluorescente y lechosa se cuela desde la calle. Entonces se pone de pie y mira el suelo. Un par de pajaritos pasean por el piso de madera, buscando en las junturas de las tablas enceradas algo que picar. En el marco de la ventana, una avutarda levanta las alas y las sacude. Él escucha las plumas, escucha la pequeña agitación de los huesos del pájaro, el modo en que se despereza y se pone tenso. La avutarda estira las alas. Desde afuera no viene ningún ruido. Se prepara. Antes de irse y volar hacia la luz que está en el centro de la niebla, entona un graznido que bien puede ser un grajeo. Su canto parece el de una voz humana.

La fotografía está ajada. Alguien la dobló, se rompió en alguna parte. Una arruga la corta por la mitad en una división imaginaria. En la foto, los padres y los hijos de la familia Díaz Loyola lucen asombrados, como buena parte de quienes han sido retratados en esas imágenes antiguas donde los rostros del pasado sobreviven a los naufragios del recuerdo. La antigüedad no impide fijarse en los detalles. La foto está en un blog familiar, administrado por los descendientes de Elena, la pequeña niña que está de pie sostenida por el padre, que se llama José Ignacio Díaz.

A la izquierda de la imagen, otra niña lleva una guirnalda de flores en la cabeza. Más allá, cierta luz blanca parece borrar todo detalle de la ropa del bebé que Laura Loyola, su madre, sostiene en los brazos. Al otro lado, en el extremo derecho, otro de los niños parece echarse hacia atrás, quizás asustado por las instrucciones del fotógrafo. José Ignacio está en una silla de madera con el respaldo recto. Lleva chaleco bajo la chaqueta y vemos la cadena de un reloj cruzándole el pecho. Laura tiene la sonrisa doblada. La línea del labio cae hacia el lado como si conociera algo que los otros desconocen. Ambos parecen muy jóvenes porque son en realidad muy jóvenes: cuando se casaron, en octubre de 1892, ella tenía diecisiete años y él veintiuno.

Carlos, el primogénito, está en el centro de todo, sentado en un pequeño piso acolchado y con las piernas cruzadas. Viste botines y calcetines a rayas. Además de su madre, parece ser el único que no le teme a la foto. Tiene la cabeza levantada y mira a la cámara de modo directo como si supiese algo que los otros desconocen. La nitidez parece concentrarse en él. El *punctum* de la imagen, ese lugar secreto desde donde todo se desmorona o implosiona, está en su rostro, aunque el niño aún no sepa que será conocido como Pablo de Rokha, ni que le dirán el Amigo Piedra, ni que tendrá una máscara llamada Raimundo Contreras, ni que firmará sus primeros textos como Job Díaz, ni que será el macho anciano, el hombre casado, Juan el Carpintero y el antagonista principal de la literatura chilena durante buena parte del siglo.

No lo sabe. El siglo XIX aún no termina. En la imagen, el niño mira desde el centro exacto de la imagen algo que bien puede ser el futuro o la nada. Está vestido de domingo mientras abre los ojos al destello del flash de magnesio y no le teme al golpe de la luz que lo graba para siempre.

Vuelvo a la foto. Trato de escuchar en ella los pasos de un fantasma venidero. Ahí, la literatura chilena es un rumor o un murmullo. Luego será otras cosas: un vómito, una diatriba, un poema de amor, una elegía, un arma, un lamento, un grito. Entonces, ¿qué nos impulsa a leer a De Rokha, a tratar de entender su escritura, a revisarlo como un oráculo deforme y tremendo?

¿Cuánto del rostro de ese niño que mira la cámara sobrevivirá en las imágenes del adulto? ¿Serán los mismos ojos los que están detrás de los lentes gruesos que usará en 1965, en el retrato de su rostro que le tomó Tito Vásquez Pedemonte? Es difícil saber. La lengua de Pablo de Rokha es un infierno que se inventa sus propios círculos y se replica a sí misma una y otra vez. Mientras, retorna a sus orígenes y obsesiones, los que son los materiales de su voz, que revisa de modo neurótico. Son ecos. El laberinto de su acento también es el de su memoria.

III

Pablo de Rokha trató de relatar sus primeros años a fines de la década del treinta. Lo hizo en las páginas de *Multitud*, la revista de la que era director-gerente y donde participaba buena parte de su familia y amigos. Ese proyecto era una ficción llamada *Clase Media*, un *roman à clef* acerca de los paisajes de su infancia. No la terminó nunca pero décadas después esos textos se convirtieron en parte importante de *El Amigo Piedra*, su autobiografía, donde se unieron a otros papeles, todos transcritos por su yerno Mahfúd Massís (esposo de su hija Lukó) para un volumen cuya versión final fue editada por el crítico Naín Nómez para la editorial Pehuén en 1989.

Esa condición híbrida define al libro, que es extraño y quizás frustrante, pues no cumple con ninguna de las expectativas que se le pueden exigir a un volumen de estas características, desplegando un sinnúmero de líneas paralelas. Ahí, lo que el poeta recuerda fluye como un torrente de agua turbia que arrasa el paisaje y los rostros y las vidas de él y los suyos mientras los expone en carne viva.

Collage póstumo donde podemos reconocer los hilos y los silencios que unen sus distintas partes, en *El Amigo Piedra* la invención y el recuerdo son lo mismo, relatos tardíos, fragmentos cuyo *racconto* quedó inconcluso. En él, la infancia es la patria que no abandona porque también son sus muertos y sus monstruos, sus pesadillas. Es la bruma que recorre el *racconto* de esos primeros días, donde el siglo XIX aún no termina y en donde todo es motivo de asombro. De Rokha, que todavía no se nombra como tal, recuerda a su familia, de la que compone un relato coral que excede los lazos de sangre. Su escritura es densa, huye por las ramas, y se pierde en el paisaje o más bien se encuentra en él.

El poeta focaliza paulatinamente su relato, y toma cuerpo en la medida en que escribe de ello. Ahí, no hay distancias entre los hechos y la invención. Desaparecido el mundo de su infancia, desaparecidos sus padres y los lugares donde creció, el pasado solo puede ser reconstruido como literatura. Así, sus espectros familiares son personajes y apenas resisten como pedazos de habla, funcionan como puras siluetas perdidas en un mundo de brumas. De este modo, si Nabokov usaba *Habla, memoria* como el modo de revivir un universo que había sido borrado por la revolución bolchevique, *El Amigo Piedra* describe al poeta como el habitante de un universo mítico y trágico, tan desmesurado como frágil, hecho de los restos de un orden que el fin del siglo XIX ha decretado como extinto y que para nosotros solo sobrevivirá como literatura.

Ahí, el poeta no quiere explicarse. No lo necesita, como tampoco requiere que lo presenten de modo alguno. El gesto autobiográfico es una remembranza cuya fluidez no esquiva el desvío: las digresiones del relato son un ramal extinto en la línea del tren de un camino rural. Contar su propia vida equivale a narrarse a sí mismo como una leyenda en ciernes, a dominar el lenguaje de lo perdido, que también es el de su comunidad. Es recordar lo que sucede con la tierra y el paisaje, con ese drama social donde no falta el hálito lírico. Pero no es un viaje agradable. No supone pacto o reconciliación alguna. Quizás porque lo que está ahí es la voluntad de quien considera su propia voz como la de un patriarca en ese registro de un universo que solo puede sobrevivir como relato, como un viaje contra la extinción.

Para De Rokha, su biografía no puede ser sino un misterio abierto, algo susceptible de ser exhibido como una hazaña o una tragedia o una historia del siglo; una trampa hecha de sombras, siempre.

IV

Tenemos claro esto: Pablo de Rokha nació en la primavera de 1894 en Licantén, una localidad cruzada por el río Mataquito en la provincia de Curicó, a casi trescientos kilómetros de Santiago. No sabemos el día exacto. El acta de bautismo señala que fue el 17 de octubre. Mario Ferrero indica como fecha el 22 de marzo, aunque el mismo poeta menciona otro día en *Neruda y yo* cuando recuerda haber cumplido sesenta años: el 13 de marzo. Da lo mismo. Su llegada al mundo fue «en llamas, por adentro de los patíbulos que la oligarquía criolla creara en homenaje de los héroes y los mártires del pueblo, a la rivera de gran romántico», anotó en *El Amigo Piedra*.

Era el primogénito. No sabemos si sus padres eran felices o si eso les importaba. Se habían casado «un domingo muy grande» en una iglesia que olía a arrayán y habían galopado «por el camino real a llamaradas de espuelas y había vino en las tinajas»; llenos de una «felicidad lugareña, eterna, como que está cantada por todas las abuelas en todas las novelas del siglo, de la misma manera y estilo».

El siglo XIX se acababa. Chile salía de una guerra civil que había terminado con miles de muertos, entre los que se contaba hasta el mismo presidente. José Manuel Balmaceda se había pegado un tiro en la Embajada de Argentina en septiembre de 1891 y su recuerdo existía como la constatación de una violencia que cruzaba el mapa de Chile a sangre y fuego. Antes había muerto su hijo Pedro, quien era amigo cercano de Rubén Darío y el hombre con el mejor gusto literario en la república.

En cualquier caso no hay *Belle Époque* acá. Esto sucede en otro lugar, lejos de la luz de gas y la poesía modernista y las fiestas de la riqueza del salitre. De Rokha cuenta su historia a espaldas de la capital, habla de Licantén, de Pocoa, de los faldeos cordilleranos, de lo que alguna vez fue Talca. Así, mientras en 1897 el escritor francés Paul Groussac describía a Chile y Santiago comparando los ornamentos cursis del Cerro Santa Lucía y el plano de una capital más bien monótona, sin «ninguna originalidad, ni siquiera la copia correcta de estilo alguno», De Rokha cuenta esos mismos años como un relato campesino, hecho de pecados familiares, curas lascivos, cuatreros y paisajes donde «un gran aroma a rosas, a aquellas soberbias, eternas rosas amarillas, a rosas té, predomina sobre el aroma de los boldos floridos y los panales y los cerezos».

El río Mataquito era el límite. Alguna vez fue una frontera sur del imperio inca, el lugar donde terminaba el mundo. Lautaro, el héroe mapuche, también murió cerca; su ejército se había desmembrado y el español Francisco de Villagra lo emboscó en medio de una celebración. Pablo de Rokha no habla de eso en la novela de sus memorias. No lo menciona. Tampoco narra la fiesta popular del Baile de los Negros de Lora, que queda solo a diez kilómetros de Licantén. No dice que encontraron ahí una figura de la Virgen y que cada vez que la guardaban en la capilla de Lora, volvía a aparecer cerca de las comunidades indígenas donde la cuidaban. Tampoco se refiere a la procesión de los pifaneros, fieles que tocan unas flautas de madera con chicha adentro y cuyo sonido repetitivo permite que los *empellejados*, un grupo de acólitos vestidos con pieles de animal, bailen y celebren con una espada en la mano y una fusta en la otra, y protejan a María de los malos espíritus.

Todo eso sucede en Licantén, «villorrio cruel, oscuro, gris, feroz, como cabeza de hiena negra, debajo de sus limonares olorosos», según el poeta. En aquel lugar «domina un feudalismo patriarcal, verdaderamente sanguinario y compasivo a la vez, repleto de la caridad católica que no solamente admite, sino que bendice la explotación ignominiosa del hombre por el hombre y adentro de la cual el sirviente es el perro del amo, pero el perro malcomido, el que se azota y se aplasta y humilla caritativamente», dice mientras el siglo comienza a acabarse, a mutar en algo nuevo. Ya no habrá espacio para ellos, para los ciudadanos de esa clase media campesina a la que describe quizás para traerla de vuelta a la vida, para que deje de ser una legión de rostros de la que no puede despegarse.

Así, De Rokha cuenta que Laura, su madre, era «una niña blanca de pelo negro» y que su padre, José Ignacio, tenía los «ojos dulces entre verdes, grises y azulados», los mismos que heredó el poeta. Ambos componían «un matrimonio provinciano, un matrimonio de Clase Media sin dinero de él ni de ella, un matrimonio virginal, romántico, poético».

En ese mundo la fuerza de gravedad es su abuelo, José Domingo Díaz, a quien todos se dirigen «con una gran humildad solapada, vengativa, recelosa». Hombre silencioso, se dice «que no ha sonreído jamás». Es el orden invisible, la estructura que da sentido a las cosas mientras las observa con «sus fieros ojos de acero, cortantes, pequeños, autoritarios, indefinidos», escribe.

El niño Carlos acomoda su mirada. Observa a los suyos, trata de entender el funcionamiento de la rutina diaria, las tensiones invisibles de la familia, la maravilla del mundo campesino que lo define para siempre, el ecosistema de rumores y comidillos del pueblo. Así nace. Así crece. Dice: «Fui lo que mi padre llamaba "un niño enclenque y atrevido", un soñador triste, débil, flojo y audaz, un *planisto* decía mi padre, aludiendo a mis eternos proyectos fracasados, un ideador y un engendrador de cosas raras y malas».

Pero también hay belleza ahí. Es la de la postal atesorada de la infancia, la de la epifanía donde la naturaleza se abre. Así lo vemos crecer, lo seguimos en el campo, mientras destellos de su familia y de la gente de Licantén se le cruzan en el *racconto*. La madre es silente y casi invisible, el padre va en franca caída. José Ignacio Díaz se va hundiendo mientras su hijo escribe de él. En 1897, según consigna Ferrero, es jefe de resguardos de aduanas cordilleranas en el sector de Curillingue, El Melao y Las Lástimas y en 1905 pasará a serlo en Lonquimay. En la mirada de su hijo, José Ignacio desciende de clase, hace malos negocios, acepta trabajos terribles, será explotado por un tal Exequiel Sariego.

A De Rokha, en la novela (y en su memoria) su padre lo llama Job. Su infancia transcurre en un paisaje que está cambiando, que está desapareciendo. Ese mundo es un lugar antiguo y violento, donde las rutinas de la vida en los pequeños pueblos se intercalan con las siluetas de personajes con los que el poeta se topa mientras crece, aprende a andar a caballo y a manejar un arma: campesinos, peones, dueños de fundo despóticos, curas lascivos, bandoleros, policías, asaltantes de caminos. Ahí, la figura de un tal Juan de Dios Alvarado cobra relevancia. Se trata de un tío, pariente metido en amores difíciles y hundido en cierta melancolía, que el niño sigue a la distancia y cuyas anécdotas usa para marcar el paso de los años, como si ese descenso también decretase el funcionamiento del tiempo. Enamorado de una tal Martita, Alvarado padece aquel abandono que solo puede existir en la provincia, el dolor sordo de un mundo donde parece haber desaparecido el tiempo y los días son iguales a otros.

Alvarado volverá varias veces en los libros del poeta, sobre todo en sus últimos años, cuando se dedique a una poesía campesina que será su versión de la historia secreta de Chile. Aparecerá como una de las voces de *Genio del pueblo* y su sombra tomará la forma de alguien atrapado por una melancolía mórbida y rural y casi invisible.

Cuando escribe sobre él y otros (el Rucio Caroca, ayudante de su padre, por ejemplo), el pasado toma la forma de una materia viva y como tal es confusa y violenta. La vida de su familia no es distinta de los hechos del acontecer diario de Licantén, del pequeño pero inmenso mundo de los pueblos y ciudades construidos a orillas del río Mataquito; está todo trenzado, es parte de una misma historia. Se trata de un mundo de relaciones íntimas en crisis, de secretos familiares, de parientes perdidos y aventuras procaces. De Rokha relata sus conflictos de clase, sus mitos campesinos, esas leyendas que solo pueden escucharse en la infancia y que vuelven como algo ominoso, terrible en su amenaza. Ahí no solo caben los padres, el abuelo y Alvarado, también están el cura y un montón de nombres más, los que registra consignando detalles, intrigas, amores y traiciones. Ya no habrá vuelta posible para el niño Job. En un momento, su padre se hará cargo del fundo Pocoa en Corinto y entonces Talca será el destino familiar, lugar donde está la posada de Lucho Contardo (otra figura que volverá después en su poesía) pero también la ciudad donde irá a la escuela básica.

Nunca abandonará este mundo. Juan de Luigi, crítico y amigo suyo, lo resumirá en la silueta que trazará del poeta en el prólogo de *Idioma del mundo*, a fines de la década del cincuenta. Dirá, en un retrato que aspiraba a ser sintético, que De Rokha era: «un gran huaso a caballo, con poncho, rebenque, sombrero con fiador, corvo y revólver a la cintura [...] Un huaso enamorado de la tierra porque la ha andado paso a paso, tranco a tranco; de lo que el campo produce ha comido su carne y le ha gustado, ha bebido sus vinos y los ha gustado, amado sus mujeres, peleado con sus hombres o estrechado sus manos con amistad».

En ese futuro lejano, Licantén sobrevivirá como una ciudad literaria de la que escribirá para conservarla, aferrándose a ella como otra casa fantasma. En esa novela, la lengua es el único territorio que le queda y existe como espesura, es el follaje de lo olvidado.

V

La escritura es un río que atraviesa el mundo: en los fragmentos manuscritos que conserva la Biblioteca Nacional de *El Amigo Piedra* podemos intuir cierta calma en la letra, con la que el poeta se lanza hacia atrás para poder narrarse a sí mismo y a su estirpe. La caligrafía de esos originales apenas vacila, no hace correcciones mientras avanza; las tachaduras parecen accidentales y la narración adquiere cierta claridad inesperada. Es como si al relatar su infancia en los años finales del siglo XIX, De Rokha no se permitiese dudar. Y aunque en ella el gesto autobiográfico no se distingue del ficcional, ambos comparten una remembranza cuya fluidez no evita el desvío.

Es el estilo rokhiano *in nuce*: la oración larga que se retuerce a sí misma, las emociones exageradas al borde de la parodia pero también de la conmoción, el dolor del mundo amplificado a una escala cósmica. La voz del poeta está ahí, es una entonación específica que cruza su obra. A De Rokha es bueno leerlo como si se lo estuviese escuchando. Lo podemos percibir en el modo en que hace las pausas en las enumeraciones; en cómo retiene el aire antes de ir adelante sin red, dispuesto a estrellarse contra todo mientras funda una genealogía o incendia la historia, que inventa para recordar lo que narra, al modo de un mito forjado en la noche que solo puede hablar con los ecos convocados desde la lejanía.

VI

«Talca es imperial. Talca es invernal. Talca es patronal y feudal para mi alma de niño de aldea», dice el poeta sobre la ciudad. Sus padres han comprado una casa en esa ciudad «amurallada y polvorienta» a pocas cuadras de la Escuela nº3 a la que asiste el niño Carlos y cuyo director es José Tomás Jara, padre del poeta Max Jara y primo hermano de Pedro Antonio González, uno de los escritores más importantes y populares del cambio de siglo.

Carlos Díaz Loyola apenas recuerda el lugar. No le importa. El aprendizaje está en otra parte, sigue otros caminos y busca otras cosas. A esas alturas había ya aprendido a disparar, iba y venía de las distintas destinaciones de su padre, y su vida transcurría entre Talca y el fundo Pocoa, que administraba don José Ignacio en la ciudad de Corinto.

Pero hay un lazo ahí: Max Jara recibirá en 1956 el Premio Nacional de Literatura de un modo tan tardío como inesperado. Jara es el rescoldo de un fuego casi olvidado, un anacronismo que remite a otra época, al punto que su último libro publicado, *Asonantes*, data de 1922. Aun así se trata de un autor reconocido, cuyo poema más famoso flota como una vieja canción en la punta de la lengua de los chilenos. «Ojitos de pena /carita de luna, / lloraba la niña /sin causa ninguna», versos susurrados con un sonsonete hecho de pura memoria colectiva. El poeta editaría a Jara en el número 39 de la revista *Multitud*: cuatro poemas de factura más bien clásica, algunos rimados y breves, que componían una muestra pasajera que sacaba del silencio a un autor invisible en esos años.

El caso de su primo, Pedro Antonio González, sería más complejo. Había nacido en 1863 y había muerto en 1903, en el momento exacto en que De Rokha era un alumno más de la escuela dirigida por José Tomás. Su biografía había sido una tragedia hecha de literatura y miseria; algo que apuntalaba el aura de poeta relevante que llegó a ostentar en el cambio de siglo. Porque González era un autor modernista de gusto y ejecución exquisitos, que manejaba con eficacia la rima mientras era poseedor de un imaginario donde titilaba cierta oscuridad romántica, una melancolía que adquiría tonos trágicos en «El monje» —su obra más famosa— pero que se volvía enternecedora, con versos galantes, presos de un deseo cortesano que compartía las mismas fantasías que buena parte de los modernistas de su época. De este modo, entre esos crepúsculos arrolladores y los nocturnos de toda laya, González era lo más parecido que podía haber a una estrella finisecular: un maldito capaz de convocar la belleza.

Su vida privada solo alimentaba aquella aura legendaria y llegó a constituir un culto casi morboso. Porque González era alcohólico y misántropo, dictaba clases en un colegio de señoritas y se había casado con la hija de la dueña de la pensión donde vivía. La mujer era su amante y en su lecho de muerte consiguió que su hija aceptara un arreglo marital con el escritor como un modo de salvar su futuro. Lo que siguió fue sórdido y atroz. La novia tenía doce o trece años. González la llevó a vivir a una habitación que arrendó en la Casa de Orates. En la noche de bodas, él desapareció para emborracharse y pasado un poco de tiempo, ella lo abandonó para unirse a un circo. González murió en 1903 en un hospital. Sus amigos intentaron trasladarlo a un pensionado pero no quiso, la prensa siguió su agonía con fruición, mientras sus lectores y fanáticos se agolpaban afuera del lugar. Envió algunos versos desde su lecho de muerte. Decían: «Siento que mi pupila ya se apaga /bajo una sombra misteriosa i vaga, /quizás cuando la luna se alce incierta /si yo esté léjos de la luz que vierta /quizás cuando la luna ya se vaya /si yo estaré mui léjos de la playa /no sé quién de este mundo al fin me llama, /de este mundo que no amo y no me ama».

Con su desaparición, la obra de González comenzó a borrarse del gusto de los lectores y se volvió otra leyenda intermitente mientras se ponían y pasaban de moda los escritores Carlos Pezoa Véliz, Pedro Prado o el mismo Max Jara. De hecho, apenas una década luego de su muerte, el universo poético chileno era distinto y sus poemas parecían venir de un planeta donde se hablaba otra lengua.

¿Algo de esto le afectó a De Rokha? ¿José Tomás Jara habló alguna vez de poesía con él? ¿Mencionó a su primo? ¿Dijo que un tal Alejandro Rodríguez lo había retratado en un bajorrelieve donde aparecía rodeado de musas y laureles, con su mirada estrábica congelada en carbonita?

No tenemos respuesta, salvo una conferencia que su hijo, Carlos de Rokha, escribió en 1945, y que se pudo leer en la revista *Mapocho* más de medio siglo después. Carlos era el iluminado y el maldito de su clan y anotó, como si atrapara el eco de un eco, como el rebote de una piedra en la superficie del agua: «La poesía chilena comienza en Pedro Antonio González».

VII

Lo metieron al seminario en 1906.

Estuvo siete años y lo odió en cada momento.

«Está aullando la espalda, como una gran fiera hambrienta, devorándome», diría después sobre el seminario Conciliar San Pelayo de Talca, donde acabó su infancia y se volvió un adolescente acosado por el deseo, la culpa, la promesa de la poesía y la sombra indudable de su fracaso.

«Fue horrible, porque el hambre llenó de horror la soledad aterradora; pero los complejos del látigo fueron la base de sangre ancestral de la angustia; naturalmente, no fue el dolor físico el que me socavó aplastándome, fue el valor moral de las cadenas», recuerda.

En esa casa de horrores De Rokha es un adolescente perdido dentro de un orden embrutecido y oscuro, feroz en su violencia concreta. Basta recordar el castigo al que lo somete un sacerdote apellidado Lira, luego de que lo descubran robando pan junto con otros compañeros: «Nos latigó las manos dolidas, las manos heridas con veinticuatro azotes a cada uno, durante una enorme hora. Y yo no he de olvidar nunca la cara horrenda de aquella gran bestia de Dios, obscena y completamente abyecta y la risa sádica que le chorreaba el hocico, a cada alarido de cada latigazo [...] así nos educaron azotándonos, llorando y así nos educaron azotándolos a los antepasados, de cuyo fondo negro nos caímos un día, botados como andrajos, por la historia».

Lo único que lo salva es huir al campo, volver con la familia, recuperar los territorios de antaño. Pero no es lo mismo. Ha cambiado o está cambiando. «Los veraneos pocoanos estupendos de ayer no me conmueven», dice.

Pero ya tiene otro nombre. Ya no es Carlos y no es un niño. Sus compañeros lo han bautizado de nuevo en un ritual hecho de golpes, pura crueldad escolar.

«—¿Cómo lo llamamos?— y me señalan riéndose a carcajadas.

—El Amigo Piedra—, le responde la Calchona.

»Uno, dos, cinco, quince, treinta, se me vienen encima, me dan de puntapiés [...] Me lanzan una capa envolviéndome la cabeza y bofetada tras bofetada ruedo como un perro».

El recuerdo del bautismo es otro rito de paso, un rito amargo que se aloja detrás de la lengua, pues de ahí en adelante será «"el Amigo Piedra" [...] un místico militar que odia el cura y que tiene horror a la sotana, como flor del infierno, negra, pero a quien atrae el abismo de la religión tenebrosa».

La crisis es total. «No puedo vivir así, porque ya suma el llagado, el crucificado en mí, el cadáver de Dios adentro del ateo y yo ando trizado, con la quebradura espantosa y degollada del suicida», anota. Porque el Amigo Piedra se siente fuera de lugar, padece «la angustia mortal de quien se comprende sin vocabulario frente a los demás». Mientras, cambia de piel y percibe la mezquindad de una provincia que no se sabe provincia. Caen sobre él los jirones de la conciencia de una clase media campesina que busca hacia atrás abolengos a los que aferrarse. «La tragedia de los pequeños burgueses: cuello y piojos», dice.

Se refugiará en los libros, eso lo rescatará. Lee entonces a Goethe (el *Werther*), a Shelley, a Musset en francés, a Chateaubriand, al romántico mexicano Manuel Acuña, muerto a los veinticuatro años por cianuro y cuyo poema final dice: «Y te amo, y en mis locos /y ardientes desvaríos /bendigo tus desdenes, /adoro tus desvíos, /y en vez de amarte menos /te quiero mucho más».

Al adolescente Carlos Díaz Loyola la literatura lo salva y la literatura lo hunde. Se pierde. Se encuentra. Y, sobre todo, cambia. «Abandono la pólvora, la escopeta, el morral, la tabaquera, el puñal, el cocaví y me lleno de libros y libros, emborrachándome en desorden desarticulado de páginas y páginas», rememora.

El poeta comienza a existir ahí. El sentimiento trágico de un romanticismo tardío lo agobia. La poesía es lo que tiene a mano para entenderse a sí mismo, para comprender qué diablos siente. Para él, es un punto de no retorno. No es el primero ni será el último: hay una tradición completa de chicos perdidos que acuden a la literatura para saber quiénes son realmente. Para ellos, como para De Rokha, la escritura es una trampa y un espejo, una promesa hecha de vértigo, otra forma de la aventura.

«Cuando me veo, soy otro contemplándose», descubre.

VIII

El sexo lo trastorna, lo demuele. «Me siento como un viejo y ando, ardiente, oliendo mujeres, oliendo la huella de la hembra, oliendo su imagen, acosado en el insomnio por la desnudez femenina, infinita, dolorosa, amarilla, para el tímido que se consume». Se enamora de una prima a la que llaman Peti. Construye fantasías en torno a ella. «Durante el enero-febrero ardientes de Pocoa, la prima se hace conducir de paseos por mí, que soy su esclavo y lacayo de caballería, de instante en instante más enloquecido y acabo el verano con espanto dirigiéndome a Santiago como lanzado por la angustia, como un zapato contra la pared». El deseo lo tortura. El deseo es puro fracaso. La Peti se exhibe con otro, un «tonto de oro», y De Rokha, como en el poema de Mistral, la ve pasar.

Por supuesto, hay algo ahí de pose. Pose de poeta, de lector trágico, de hijo perdido. A De Rokha la poesía lo salva y lo condena a la vez. «Nacido para ser cura, obispo, según la familia, ingeniero o médico, según mi padre y mi madre, soy un escritor que emerge, es decir un fracasado entre fracasados», dice.

Si crecer implica dibujarse una máscara (de adulto, de estudiante, de hijo), escribir es resquebrajarla. La literatura es una subcultura permisible, un desvarío aceptable pero pasajero. Volverse poeta es un capricho de juventud, un escudo, el invento de un personaje y de su voz, donde la literatura admite la melancolía y usa la autocompasión como motor y mecanismo de defensa. Con ella De Rokha huye de la brutalidad del seminario, volviéndose un loco o un letraherido.

Lo deja en 1911. Se dirá que ha sido expulsado del lugar luego de gritar «Dios ha muerto». *El Amigo Piedra* describe el momento de manera más triste y visceral: «la bondad provincial de mis padres, siempre dulce y siempre triste, reorganizó los pingajos humanísticos, rasgados, del seminario, con odio horrendo al seminario y aguanto su asquerosidad, planificando un bachillerato de aborto, anticipado, que definiría Santiago».

De Rokha ha logrado sobrevivir y ha descubierto quién es. Este momento es también la despedida al campo, a Pocoa, a los ecos del orden familiar de Licantén: Juan de Dios Alvarado muere, el niño ahora es un poeta casi adulto, la infancia es algo hecho de puro tiempo perdido.

No sabemos cómo escribe. Sí que comienza a firmar como Job Díaz. Ya está herido. Ya está roto. El mundo le pesa, le duele.

El padre lo mira y lo comprende. «Está triste y chiflado», piensa.

El padre le dice Job. No es Carlos. En la novela de su memoria siempre le dice así, lo llama con el nombre del creyente que está condenado a perderlo todo. Quizás intuye la tragedia que viene, el futuro y sus espantos. Es el «Job de Talca», como lo llama alguien; un sujeto atribulado y consciente de que sobre él pesa la batalla entre dios y el diablo, un debate que solo puede zanjarse si él es despojado de todo a la hora de su destrucción.

Don José Ignacio trata de entenderlo. Lo ha experimentado en carne propia: alguna vez quiso ser poeta. «—Yo también como tú a los veinte años escribía versos— me dice él entre penoso, burlesco, herido e irremediablemente frustrado; porque él es la frustración profesional-intelectual, la índole de mi familia, en la cual todos, absolutamente todos, espantosamente todos, fracasaron horrorosamente», dice Pablo.

IX

En Santiago, queda seleccionado para las carreras de Derecho e Ingeniería en la Universidad de Chile. Deja de ser un adolescente torturado y se convierte en un bohemio. Vive en un tiempo propio, busca cierta libertad aunque se presuma como condenado.

De Rokha recuerda esos años de modo veloz, poseído por cierto frenesí retrospectivo. Llega a vivir a una pensión en la calle Gálvez donde vive también un sobrino de Arturo Alessandri, quien luego sería presidente de Chile. Tiene un cuarto, «la buhardilla del poeta bohemio y desmelenado». Las tribulaciones existenciales desaparecen en aras de las correrías por la ciudad que se le presenta como nueva. Tiene dieciséis o diecisiete años, conoce al poeta Carlos Barella, que finge hacer «la vida bohemia de París» mientras come un «arrollado que hiede a caballo», entre números de la revista *Zig-Zag* e imágenes pornográficas.

Los últimos restos del modernismo dan vueltas por Santiago. Mientras, aprende los versos de Carlos Pezoa Véliz y estudia o finge que estudia.

Va a ver a Samuel Lillo, que le ha enviado unas palabras de aliento. Lillo había nacido en Lota en 1870 y era el hermano mayor de Baldomero, el autor de *Sub terra* y *Sub sole* y sobrino de Eusebio, creador de la letra del Himno Nacional chileno. Lillo recibe a De Rokha (que aún firmaba como Job Díaz) y éste le pide ayuda para entrar a trabajar en *La Razón*, un periódico radical.

Pablo ingresa al diario. «*La Razón*, con su trago, sus putas, su gesto y su jacobinismo, era la empresa y campo de batalla, ancho, que yo necesitaba, además la trasnochada y la martingala románticamente y la combatividad me iba rugiendo, desde adentro, en las páginas desenfrenadas», anota.

Ahí conoce a Claudio de Alas y a Joaquín Edwards Bello. Alas es colombiano, fanático de Rubén Darío, poeta y maldito. Más tarde quedará seleccionado en los Juegos Florales de 1914, el mismo concurso que ganarían los «Sonetos de la muerte» de Gabriela Mistral, que en ese momento trabajaba como profesora de un liceo en Los Andes. Alas se iría a vivir a Buenos Aires y se suicidaría en 1918 en la quinta de un pintor inglés, mientras traducía a Oscar Wilde acompañado por un perro, al que también mató. Por su lado, Edwards Bello se haría socio y compañero de ruta de De Rokha y describiría una y mil veces los estigmas de la chilenidad, hasta su muerte en 1968. Edwards había nacido en 1887 y por esos años ya había roto con su clase por medio de sus novelas *El inútil* y *El monstruo*, que De Rokha describía como un «relato de la corrupción aristocrática de los patricios de la Iglesia, de los prelados y las grandes señoras de las grandes familias». Incombustible, perdido para su familia y abrazado por la literatura y el periodismo chileno como una de sus figuras tutelares, se convertiría en un testigo afiebrado y privilegiado del siglo, destrozando los lazos que lo unían con su familia, entre ellos los dueños de *El Mercurio* y el embajador chileno en Cuba, su hermano. También da vueltas Luis Emilio Recabarren, quien fundaría más tarde el Partido Comunista y al que De Rokha recuerda como «la figura ya colosal del que fue líder de líderes, hijo del Norte Grande, hijo del Pueblo, hijo de la revolución proletaria y campesina de los trabajadores».

Son días breves e intensos: la mejor escuela de alguien que se presenta como un renegado hasta para sí mismo.

Luego todo termina. Los padres lo vienen a buscar. «Re-nuncio, por pedido de ustedes, a ser un grande hombre», les dice. El poeta vuelve por momentos a Talca, para via-jar a veces a Santiago. Escucha a Verdi, lee a Pierre Loti. Un día, por medio de Barella, le llega una invitación de Vicente Huidobro.

X

Huidobro se llama en ese momento Vicente García Huidobro Fernández y dirige la revista *Musa Joven*. Tiene apenas un año más que De Rokha pero acumula varias vidas o, por lo menos, eso cree. Ha sido criado para ser rey o emperador o presidente, ya conoce París, ya está casado, ya ha publicado un libro, ya se ha inventado amores con figuras del espectáculo y princesas exóticas.

También ya sabe que no sirve para nada más porque está herido de literatura; solo le quedará volverse el loco, el genio, el excéntrico, el poeta de la familia.

Pablo va a visitarlo. Lo que viene ha sido narrado por el mismo De Rokha pero también por Volodia Teitelboim. Huidobro y Pablo se parecen un poco y a la vez no se parecen en nada. Su casa queda en la Alameda con San Martín. El encuentro podría haber sido legendario pero no se produce o más bien da una vuelta, un giro inesperado. Al llegar, lo reciben dos sirvientes. Lo hacen pasar. Le dicen que Huidobro no está pero que puede esperarlo en su bufete. Le ofrecen café y le preguntan si prefiere fumar habanos o cigarrillos. De Rokha se topa con otro poeta, Jorge Hübner Bezanilla, que también espera a Huidobro. Hübner tiene dos años más que él. Ya se habían conocido en Talca, en el seminario. Hübner es parte de la revista *Musa Joven* aunque De Rokha no sabe aún nada de eso. Será otro héroe transitorio de las peleas de la poesía chilena, aunque luego se convierta en diplomático y recorra el mundo. Pero en ese momento, en el vestíbulo donde esperan a un Huidobro que no llega, Hübner le parece «un personaje espantable por la indumentaria de ultratumba, estrafalaria y difícil y el pelo caído de ebrio, pues el terno muy raído, negro, usado, deshilachado, enterrado y los zapatos sucios no están de acuerdo con un chaleco de frac, blanco, y casi albo, impecabilísimo, con botones nítidos, lo cual le da la prestancia equivocada entre maître d'hôtel, de tenor de ópera venido a menos, pero sumamente venido a menos, o de cochero de empresa de pompas fúnebres».

Esa noche Huidobro no llega a su propia casa; y él y Hübner conversan. Hübner le dice que Vicente es medio tonto, que tiene una biblioteca fabulosa y que a veces él y otros le roban libros. Los venden y él ni se da cuenta. Esa noche no es diferente: los nuevos amigos agarran dos tomos y se van. Posiblemente los venden en la Avenida Matta. Con el dinero se emborrachan y aterrizan más tarde en la casa de Hübner, donde está su hermana Sara, también escritora. Terminan tirados en la alfombra, comiendo sardinas mientras escuchan a Bach. Hay un piano de cola en la sala y esa noche, Sara Hübner se les aparece como «una presencia rubia, de cabello caudal y ojos de piedra verde» mientras Jorge es, por un rato, «un gran amigo, un amigo incomparable: generoso, inteligente, embustero».

XI

A esas alturas aún no es posible leer nada escrito por Pablo de Rokha, pues ni siquiera existe. Las luces del Centenario ya están casi apagadas del todo, son apenas un alarde; y la escritura de poeta se limita a versos sueltos publicados en diarios, y contactos azarosos con un mundo literario disperso, donde el espíritu del siglo XIX sigue vivo.

Son los días anteriores a la *grand guerre*. Todos son jóvenes y creen en algo, son románticos tardíos y modernistas terminales a los que la literatura les ofrece una forma de autoconocimiento por medio del escándalo. El poeta Carlos Pezoa Véliz está muerto, todo ha cambiado. Solo queda repetir sus gestos, la vieja tradición de la ruptura donde Rubén Darío es a la vez el modelo y el enemigo; ese poeta inesperado que les enseñó alguna vez la música de su propia lengua pero también les confirmó la atracción que provoca *el dandismo* y la belleza que hay en el autodesprecio. Ahí la literatura es un oficio tenebroso, y la muerte, un reflejo de la belleza. En ese mundo, todos los héroes son elegantes y están muertos o suicidados o se han perdido en el láudano y la noche, alcoholizados, desaparecidos en circunstancias extrañas, delirantes por la sífilis o la pobreza.

Musa Joven, creada y dirigida por Huidobro, es una síntesis de todo lo anterior. Ahí está la vida, concentrada en esa tapa que tiene el rostro de Charles Baudelaire y la foto de su tumba que viene en el interior. Laboratorio de modernidad absoluta, hace lucir a París como un suburbio de Santiago. La revista dura apenas unos pocos números, unos seis, entre 1912 y 1913 y exhibe lo que hay en la cabeza de Huidobro y los suyos. El consejo de redacción lo componen Juan Guzmán Cruchaga, Hübner Bezanilla y Mariano Latorre, quien se volverá con los años un narrador criollista. Entre los autores publicados se incluye a Amado Nervo, al mismo Darío, a Dante, Juan Ramón Jiménez, Byron y Edgar Allan Poe; además de Alone que, cómo no, comenta las últimas novedades francesas. Todo escamoteado con el perfil de alguna reina de belleza y los largos obituarios que Huidobro le dedica al español Marcelino Menéndez Pelayo y al dramaturgo August Strindberg.

Son los días donde De Rokha sale de juerga, se pierde y se encuentra a sí mismo una y otra vez en las calles. Anda con Mariano Latorre, Hübner, Juan Guzmán Cruchaga y Ángel Cruchaga Santa María (poetas y primos, a los que llama «tontos pasivos»), Daniel de la Vega, Pedro Sienna, entre otros. La vida bohemia no lo satisface, lo aburre por dentro, aunque eso bien puede ser una mentira.

«Atardeciendo, nos paseamos los literatos por la Plaza de Armas aprovechando la retreta, en las filas largas, densas, de muchachos extravagantes que pretenden asombrar y los que miran a las chiquillas únicamente, pues los mayores sonríen maliciosamente o cautelosamente de los pálidos románticos que se exhiben emborrachándose, en el instante de la vida nocturna tan mísera como la diurna», recuerda. Entre medio viaja a Talca y publica algún poema («Sinfonía de la mañana» en *La Mañana*).

«No tengo más preocupación que la literatura y la literatura me ensucia el corazón, como un tóxico, el tóxico de los tóxicos, porque nos urge aún de mi congoja el poema que me defina y me permita vivir de un estilo», dice.

Su padre lo mira con compasión. Entonces, de nuevo, vuelve a la provincia. Ha perdido la universidad, ya parece un personaje de los poemas de Jorge Teillier, otro de esos estudiantes que emprenden un camino a casa doloroso. Su padre le compra un traje, bebe con él, se compadece de su suerte. En Talca conoce a Aníbal Jara, cuentista y fanático de Azorín y se topa con Pedro Sienna, que aterriza en la ciudad. No sucede mucho. Con Jara y Sienna hacen un poco de ruido. Los «rotitos acaballerados», les dicen. Sienna es hijo de un militar, también cambió su apellido original (Pérez Cordero) por uno más literario y es poeta y actor. Pero ese futuro, donde publicará unos cuantos libros y se convertirá en una de las estrellas del cine chileno, es imposible de vislumbrar. Aún no se suicida su hermano Marcial, aquel estudiante del Instituto Nacional que quedó tendido en medio la calle, con su sombrero de paja roto. Sienna es otro perdido a la deriva del fin de su propia juventud, otro enfermo de poesía, que recorre la ciudad acompañado de un De Rokha «vestido de levita, con sombrero de pelo y guantes patito joven, zapatos de charol y gamuza».

El escándalo los sigue. Tienen sus primeras guerrillas literarias con los poetas del lugar. Sienna, De Rokha y Jara (que luego se aleja) son demasiado modernos o demasiado idiotas. El poeta ha cumplido veinte años y debate con el abogado y político Eliecer Mejías sobre Kant, Plotino y Bergson. Cree ser un personaje de Dostoievski; mientras se pierde en prostíbulos reales e imaginarios. «Vivo los conceptos como imágenes en Nietzsche y con él me derrumbo en la actitud dionisíaca de quien piensa con la médula [...] Mujeres y vino, pero pobres mujeres y pobre vino me confunden más, desengañándome, de fracaso en fracaso», anota.

Este es el momento en que se despoja de todo lo accesorio: abandona el modernismo, huye del siglo XIX y el decadentismo al modo de una consigna íntima. Se da cuenta de que no tiene nada que ver con los otros. Sacude su biblioteca al modo de un examen de conciencia.

Sobreviven apenas Jean Arthur Rimbaud, el Conde de Lautréamont y Baudelaire; o sea: una lista breve y eficaz donde los poetas malditos son también sus maestros secretos. «Asisto a una gran victoria interior: el nacimiento de la voluntad, de la voluntad de crear, de la voluntad de luchar, de la voluntad de hablar y dar la batalla por el destino, es decir, por el estilo», dice.

Va y viene de Santiago. Escapa de Talca y quizá de sí mismo. Busca trabajo, una vida. Son los años en que Armando Donoso publica *Los nuevos* y Huidobro insiste con *Azul,* otra revista que parece ser una versión sintética de *Musa Joven.* De Rokha hace de secretario de redacción en *Azul* junto con Juan Guzmán Cruchaga. O sea, ahí va de nuevo el mismo elenco: Darío, Pedro Antonio González, Barella, D'Annunzio, Asunción Silva, Pedro Sienna.

Los cambios están sucediendo en otro lado: Nietzsche y Walt Whitman le vuelan la cabeza. En *El Amigo Piedra* esas lecturas adquieren el contorno de una revelación inminente. Lee el epistolario del primero en una revista española y del segundo, la versión de *Hojas de hierba* que el uruguayo Álvaro Vasseur había traducido del italiano a partir de dos breviarios con la obra del poeta. Gracias a ellos, deja de balbucear y abandona la poesía tal y como la conocía.

Entonces recibe por correo *Lo que me dijo el silencio,* el poemario de una escritora que firma como Juana Inés de la Cruz.

XII

Lo que me dijo el silencio está compuesto de poemas breves, de tono amoroso y onírico. Algunos narran fragmentos de un episodio de desengaño. También viene una fotografía donde la autora aparece de perfil y mira hacia abajo, como si fingiese un secreto.

«Viajo a Santiago a verla», le dice Pablo a un amigo.

Me gusta esa imagen porque parece sacada de una novela antigua, imposible: un hombre se topa con el retrato de una mujer y cambia para siempre. Es 1915. No se conocen en persona. Él está lejos cuando llega el libro. No sabemos qué pasa en su interior, ni qué lo conmueve, pero ese joven que mira el retrato confirma la condición irredimible de su propio deseo, la insuficiencia de toda palabra ante la intensidad de la experiencia, que no puede resultar sino avasalladora.

¿Qué ve en el retrato de Juana Inés, que luego será conocida como Winétt de Rokha?

La imagen es un misterio que lo fascina. El rostro es un signo que solo él puede descifrar, un ideograma que oculta un relato, la promesa de una vida. El destino o el deseo ya ha actuado, ya está ahí. «I Put a Spell on You», como cantaba el increíble Screamin' Jay Hawkins. Porque la imagen ha causado mella en Pablo y este es un momento importante, para Job Díaz, para Juana Inés de la Cruz, para la literatura chilena, para la historia de la poesía. Ellos mismos se encargarán de mitificarlo: escribirán una y otra vez sobre el otro en un juego de reflejos infinito.

Toda escritura suya estará asociada a la sombra de Juana Inés, a su influjo, al que él responde con sumisión y adoración. La hija de ambos, Lukó, sugerirá en «Retrato de mi padre», la dolorosa memoria de la familia que cierra y complementa la primera edición de *El Amigo Piedra,* que el poeta se relacionaba con su madre de modo posesivo, como si excluyeran al resto del mundo. Cuando él la engañe, ella tratará de suicidarse dos veces. Y aunque luego viajen por América y vuelvan una y otra vez a sí mismos, ella existirá en su literatura como único horizonte y su mención constante convertirá cada uno de sus poemas en un diálogo o en un aullido.

«A sus pies engendré toda mi obra», dirá.

XIII

En realidad no se llama Juana Inés de la Cruz.

Su nombre verdadero es Luisa Anabalón Sanderson y «es menuda y pálida, como su seudónimo, esbelta, el pelo de sombra, el talle brillante, emocionante y floral, los ojos oscuros, latinamente morena».

Winétt o Luisa o Luisita, como la llamará a veces, tiene veinte años y ha publicado dos libros. Al libro de poemas *Lo que me dijo el silencio* hay que sumarle un volumen de prosas, *Horas del sol*, editado meses después, y que posee un prólogo del escritor Manuel Magallanes Moure. Se trata de textos breves, fragmentos de sueños o pequeñas fábulas. El texto de Magallanes Moure es un tanto peculiar. Expone que no le interesa el libro, elogia de manera galante el aspecto físico de la autora y debate sobre las capacidades literarias de las mujeres. Su juicio suena penoso: «¿Una literata? No, por favor.

Es una apreciación superficial. En realidad Luisa Anabalón conoce a Lord Byron desde niña gracias a Domingo Sanderson, un abuelo políglota con quien compartió lecturas. Santiaguina, su padre es coronel del Ejército y su madre dice tener el título de condesa. Tiene una vida acomodada, hecha de los rituales de su clase y de la frágil vida literaria de esos años. O sea, caen sobre ella el peso del siglo pasado y los restos del romanticismo, el imperturbable culto a la belleza simbolista, la sensación cosmopolita de Europa como una utopía que se desvanece; y las novedades de moda y el chismorreo de las revistas literarias.

Es 1916 y todo lo que viene será un desastre y una aventura. Meses antes, ella le ha enviado a Talca *Horas del sol* y él le ha respondido, criticándolo. Pero es una farsa. Ya está entregado. Viaja a Santiago y se presenta en su casa, a un par de cuadras de la plaza Brasil, «vestido de gris oscuro, con sombrero de fieltro, enorme, serio y zapato de marrón oscuro».

«Ella ríe, seria, y su dominio se esplende en melodía, en ingravidez fluida, en armonía irreparable [...] jamás nos separaremos», recordará él.

Después la visita por segunda vez. Lleva su tarjeta, sus mejores intenciones y el abolengo pobre de un señor de provincia. El padre lo ataja en la puerta. Conversan. El señor es militar. El coronel Indalecio Anabalón encuentra a Pablo de Rokha inteligente pero considera insalvable que no tenga un título profesional. Ahí comienza el drama. La oposición de la familia solo resulta un combustible para el amor: todo se convierte en un culebrón, en un drama social. «El amor es terrible y rugiente como una gran tormenta», escribirá él y juntos aguantan o mejor dicho aprenden a aguantar tal y como lo seguirán haciendo el resto de sus vidas.

Los amigos les dan la espalda. La ciudad se llena de rumores. El murmullo que provoca su romance es solo un aviso de la violencia que el entorno desplegará sobre ellos. No les importa. Él le concede a ella lo que sueña: una vida literaria, una vida de vértigo, una vida de poesía y aventura; le ofrece un amor de novela, más grande que el mundo.

A veces, se encuentran de modo furtivo en el cerro Santa Lucía. Están solos contra el mundo y esa misma cursilería arquitectónica que había irritado alguna vez a Groussac es el decorado, la escenografía de los primeros días del romance. Ahí, en el cerro, Pablo se le declara de rodillas y le besa el ruedo del vestido.

«El Huelén arcaico escucha nuestros eternos besos y los sepulta en su espíritu de montaña de recuerdos, tallada en el corazón de la ciudadanía», dice.

Deciden casarse. El escándalo estalla. La hija del militar no lo merece. De Rokha no es para su hija, es solo otro hijo de una familia empobrecida del campo. El escritor Pedro Prado lo sentencia. Le dice al coronel que Pablo no tiene talento literario. En ese momento, Prado es uno de los escritores más influyentes de Chile.

«No soy un partido, soy un fracaso», recordará él.

Se casarán a escondidas, «solos y pobres», en Barrancas el 25 de octubre de 1916 apoyados por el padre de él, que ha hecho algún pequeño negocio para ayudarlo. «Termina la novela semi-soñada y semi-llorada», escribe. Mientras, son el comidillo de la ciudad, presas de la «comadrería del cenáculo, pegajosa, babosa, asquerosa».

El día de la víspera del matrimonio, Pablo se encuentra con Huidobro en la calle. Vicente le dice que se va a Europa.

«Entonces los dos partimos; únicamente que yo voy hacia más lejos», le contesta De Rokha.

XIV

Los pintaron y fotografiaron muchas veces. Juntos y por separado. Hay en ellos una obsesión por las imágenes, tanto en la revista *Multitud* como en sus antologías que se publicaron en la década del cincuenta.

No recuerdo en la literatura chilena escritores o escritoras que hayan tenido tal conciencia del propio registro. Esto no tiene que ver con las apariciones públicas ni con la representación en la prensa, ni con que se considerasen a sí mismos celebridades. Tiene que ver con otra cosa; tiene que ver con que Carlos se enamora de Luisa mirando una foto y luego, hacia delante, su historia siempre estará atada a las imágenes, que construirán un relato paralelo, como si el hilo de la vida de ambos fuera indiscernible de los retratos que les harán Paschín Bustamante, Carlos Hermosilla, Julio Romo, Samuel Román, Lukó y José de Rokha, entre otros. Todos ellos describen el modo en que la pareja dejó de ser joven y fue envejeciendo, pero también tienen algo de imagen oficial, de recuerdo canónico, tal como ellos mismos las usarán para sobrevivir al olvido al que los han condenado.

XV

Los recién casados sobreviven como pueden, huyen a la provincia, trazan su felicidad casi a espaldas del mundo. «Mucho más solo que nunca, la soledad se nos llena de pájaros y cantos de campo», cuenta. El flamante matrimonio va de casa en casa, mientras residen un tiempo en Licantén o recorren las playas de Iloca, acogidos por parientes, dando vueltas por pensiones y hoteles. Mientras, ella escribe y toca a Chopin y los dos dan vueltas por los atardeceres del universo que circunda al río Mataquito, acogidos por familiares que apenas los soportan.

«Voy mirando a mi mujer y a los campos sembrados y no sé si es más hermosa ella o la tierra», escribirá.

Así pasan temporadas en Santiago, o acompañan al padre de Pablo en una hacienda, donde recuerdan la brutalidad de la vida campesina. Pablo acepta el trabajo de preceptor escolar en Barranca; y viven en un cuarto en una parroquia. Durante tres meses él hace clases mientras Winétt le enseña a leer a los niños más pequeños. Los echan cuando Pablo se pelea con el cura, pariente suyo y viejo conocido de Licantén.

Aunque todo el mundo está contra ellos, las cosas avanzan. A Pablo, por medio de su padre, le ofrecen la administración de la hacienda San Ignacio. «Cien pesos mensuales, casa y raciones». Acepta. La gente del lugar encuentra a Juana muy joven, casi una niña. Pablo administra tratando de ser razonable y de no explotar a los campesinos. Son los últimos apuntes de un mundo terminal. Se quedan allí hasta que acepta hacerse cargo de otro predio, en un lugar llamado Chada, cerca de Culitrín, donde lo explotan: se levanta a las tres de la mañana, para llegar reventado a casa luego de cabalgar todo el día, trabaja en Año Nuevo y descubre ciertos robos. Al final lo echan.

Es 1918. Se asocia con su padre, don José Ignacio. Hacen negocios agrícolas. Se equivocan. Fracasan. Comen «paltas y paltas por dos semanas». Al final, aterrizan en la capital de nuevo. Los padres de ella tratan de arreglar las cosas. Les ofrecen un viaje a París. No pasa nada.

Ha terminado la guerra. Huidobro ha publicado sus *Poemas árticos* en Madrid con cierto afán polémico. Quiere traer la modernidad, sacudir la península. La movida madrileña lo celebra a medias, no se rinden del todo ante el gesto de traducir sus propios poemas desde el francés. A los madrileños la escena parisina les parece sobrevalorada; la chilena ni siquiera existe. Mientras, César Vallejo presenta en Lima *Los heraldos negros.* El libro estaba impreso en los talleres de la Penitenciaría. No sabemos si De Rokha llega a leerlo. En Santiago ha explotado *Selva Lírica,* la antología y la revista y la sangre habían llegado al río gracias a unas cuantas polémicas con una buena cantidad de daños colaterales.

A esas alturas, Pablo de Rokha ya está en el centro del escenario de la literatura chilena, y viejos nombres como Carlos y Job Díaz han sufrido el mismo destino de Vicente García Fernández y Lucila Alcayaga: son cáscaras vacías, identidades reales o imaginarias incapaces de amoldarse a todos los dones que puede engendrar el vértigo de su guerra.

XVI

El cambio de piel es total y su nuevo nombre es una mutación del apodo que le dieron en el seminario. Job Díaz desaparece. «No doy conmigo, me desgarro, me espanto, me desangro y me arraso, me incendio, me desahogo construyéndome, escarbo el pasado del mundo, los futuros, estallo, voy a naufragar y retorno con asombro a agarrar el martillo de autodidacta, del iconoclasta desesperado», dice.

Mientras, busca un estilo, persigue el tono que hará única e inolvidable su escritura. Se queda con Whitman pero no funciona o funciona a veces. Así, emerge de la tragedia de su propia confusión con dos poemas. El primero, «Himno al héroe», es un texto breve que da cuenta de esa desazón: la prosa es aforística, romántica en el sentido más tremendista de la expresión. Nietzsche parece gritarle al oído: «Vomitas un aullido de rabia frente a las negaciones más oscuras; condensas en imágenes u obras contundentes, rotundas, desconcertantes, las mismas razones del universo y las leyes eternas».

«Epitalamio», en cambio, describe esos primeros años con Winétt. Es un artefacto narrativo, podría ser incluso una *nouvelle* que relata cómo ella lo transfigura, cómo se vuelve el punto de no retorno de sí mismo y de su deseo. Ella «relampaguea ahí como una joya», dice, y aunque no sabemos cuánto cambió el poema hasta llegar a la versión final que conocemos (larguísima, que aparecerá en *Los gemidos*) el texto también es la historia de su aventura; una experiencia que al volverse literatura se convierte en algo más grande que ellos mismos, otra forma de transformarlos en leyenda.

«Epitalamio» es tierno, feroz y vanguardista. En los fragmentos de su peripecia privada aparecen los detalles de la intimidad de la pareja. De Rokha ha esperado este momento: el poema rompe toda barrera entre el recuerdo y su invención, entre la literatura y la vida. «Y aún estoy aún pegado a tu sexo agreste como el molusco a las rocas marinas, eternas, profundas...», escribe. «Asesíname a caricias y sepulta mi nombre viajero al pie de la colina negra que desciende, que desciende del trigal maduro de tu vientre».

Asistimos de este modo a las epifanías de lo cotidiano, a la memoria de los pequeños gestos, a los chistes privados de la pareja. Para hablar de ella, su propia voz toma la forma de la sumisión. «Irremediablemente, mi canto, como un perro, como un perro lame tus pies y aúlla sobre el mundo idiota o loco», dice. El poema tiene una sola lectora y es Winétt: ella es la destinataria de esas viñetas que aspiran a ser inolvidables. «Jaula es nuestra entrañable casita, jaula, jaula almácigo de claveles tu juventud y Tú dignificas la tierra», anota De Rokha para luego confesar: «Ociosamente nos acariciamos, ociosamente, ociosa mente, ingenuos y felices, ingenuos y felices preferimos, tú y yo, ser dos brutos divinos a ser gris, gris, gris muchedumbre gris, la soledad ancha, ancha y azul del cariño hinchado, preñado, hinchado de verdades, el laurel de la vida lógica, anónimos, a los ruidos plebeyos, teatrales, idiotas del mundo en sus actitudes cinematográficas».

El poeta se mueve entre los géneros, los inventa de nuevo para su uso privado. De este modo, el texto explota hasta el límite el gesto autobiográfico, haciendo de la poesía un espejo de sus circunstancias, de su transformación. Es la crónica de su aventura, el lugar al que se refería cuando se despidió de Huidobro en la calle, su horizonte posible, el viaje de su vida.

El poema y la vida son lo mismo, quieren ser lo mismo. La versión que conocemos de «Epitalamio» termina con el nacimiento de su hijo Carlos y la promesa de una genealogía futura pero también con el apunte de un porvenir donde sus restos (los de Winétt, los suyos) intentan sobrevivir al olvido.

Escribe De Rokha: «Winétt: ya habrá llovido mucho, mucho, mucho ... ... Entonces, entonces no seremos nada, nada, nada, nada, nada más que dos sueños helados; el mismo túmulo cobijará tus virtudes, mis huesos, mis huesos; y cuando TU ACTITUD me golpee la puerta del sepulcro llamándome: Pablo... Mi Pablo... O...o!, no te oiré, no te oiré, no te oiré, no te oiré, no te oiré, pues, aunque vecinos, toda la eternidad, toda la eternidad, toda la eternidad, toda la eternidad entre nosotros ha de haber caído muerta; otros hombres, otros hombres de otras mujeres, otros hombres y otras mujeres poblarán las provincias del mundo y el pueblo en que nacimos; tu juventud, tu juventud y la mía, aullarán, como perros, abandonadas por los caminos imaginarios y todo, todo, todo, todo, todo, todo, todo, todo será polvo del polvo».

XVII

Tenía quinientas páginas y quería definir lo que era la poesía chilena del siglo XX. De hecho, su importancia era tal que el escritor Alfonso Calderón, en la década del noventa, se acordaba del momento exacto en que cayó en sus manos: «Recuerdo el día, la hora, el minuto, en un verano de 1943 y en Los Ángeles, cuando tuve en mi escritorio (una vieja puerta de madera colocada sobre caballetes) *Selva Lírica*. No es posible contar la indecible alegría. El sol rozaba, puro y vivo, una a una las ramas del damasco que tocaban el corredor con vidrios esmerilados».

¿Por qué Calderón recordaba de este modo una antología de poesía que habían editado a comienzos de siglo un abogado y un contador? ¿Cuánto podía sobrevivir del libro décadas después en la memoria de los otros?

Selva Lírica era básicamente dos cosas. Primero: una antología de quinientas páginas preparada por Juan Agustín Araya y Julio Molina. Araya era abogado y trabajaba en Ferrocarriles del Estado. Julio Molina era contador. Ambos eran escritores y fanáticos de la poesía. Un detalle: aunque también escribían (Araya ganaría los Juegos Florales de Curicó en 1918), los dos tuvieron la dignidad de excluirse en la nómina que hicieron, una lista que prepararon durante años y cuya suma aspiraba a definir qué era o podía ser la poesía chilena del siglo XX. Lo segundo: en paralelo, publicaron una revista del mismo nombre que dirigía Molina (que firmaba como O. Segura Castro), y que tenía a Guzmán Cruchaga y al novelista José Santos González Vera en su equipo de redacción. Esa revista duró nueve números entre 1917 y 1918, y tuvo una oficina en el centro, en calle Morandé, que en realidad era una buhardilla donde además prestaban servicios editoriales.

La revista tenía un interés inaudito en la literatura local, un entusiasmo que estaba muy lejos de las pretensiones de Huidobro y sus afanes de modernidad. Por el contrario, todos los números leían a la poesía chilena como algo vivo, en plena ebullición, de lo cual querían dejar testimonio. Pero también había algo precario en ella, un extraño equilibrio entre su voluntad polémica y las instantáneas de la actividad social, muchas veces representada con algo de sorna. No es raro, la publicación estaba preocupada de inventar con eficacia una escena.

Era un trabajo a pulso, acaso sintetizado en una foto que un número de la revista incluía a modo de broma. En ella aparecía el joven González Vera vendiendo la revista en la calle como un canillita, ofreciendo su «lírica mercancía en pleno paseo público».

La antología funcionaba a otra escala. Molina y Araya habían comenzado a trabajar en ella durante 1912. Su objetivo era inventar un panorama de la poesía chilena ahí donde solo había prejuicios, santos incomprendidos y lugares comunes. Los compiladores tenían como punto de partida la catástrofe y la invisibilidad. Querían reparar la herida que el erudito español Marcelino Menéndez Pelayo le había infringido a la literatura de América Latina. Publicada en 1893 y 1911, los dos volúmenes de su *Historia de la poesía hispanoamericana* habían sido escritos con dedicación bibliográfica y afán didáctico tratando de descifrar a la distancia lo que alguna vez habían sido las noticias del imperio. De modo finisecular y un tanto agónico, abordaba la vida literaria de un continente que quedaba demasiado lejos como para que pudiese comprender los alcances y la profundidad de su poesía. El modernismo ya le había herido una mejilla al 98 ibérico:

Darío (que aparecía apenas como una nota al pie de página en el volumen de 1893) no solo le había enseñado a los españoles cómo leer del francés sino que también se había presentado a sí mismo como un faro moral y estético. Ídolo continental nuevo e ineludible, se trataba de un nuevo héroe cortesano que interpretaba el cambio de siglo actuando a la vez como un maestro y un decadente, con la consigna de una poesía nueva y original.

Por supuesto, Menéndez Pelayo no dejaba a la literatura chilena demasiado bien. De hecho habría que preguntarse si el erudito de Santander creía que existiese realmente. Anoto esto porque la suya era una lectura turística (a la vez que bibliográficamente abrumadora), construida a partir de *La Araucana* y de la biografía de Alonso de Ercilla, a la que le dedicaba buena parte de su análisis. «Toda la primitiva literatura de Chile, así en los poetas como en los historiadores y los arbitristas, no existe más que por la guerra de Arauco, y no habla más que de los araucanos», decía y avanzaba por la misma línea, comentando el *Arauco domado* y *Purén indómito* para saltar al XIX y a los trabajos de Camilo Henríquez, José Joaquín Mora, Andrés Bello y Sarmiento. Terminaba refiriéndose, entre otros, a Domingo Arteaga Alemparte, poeta romántico y traductor local de la *Eneida*.

Selva Lírica comenzaba donde los volúmenes de Menéndez Pelayo terminaban. A Molina y Araya les importaba poco que el crítico español hubiese muerto en 1912, ya canonizado como un erudito continental: su libro completaba y refutaba todo lo que había dicho de la literatura chilena.

Arbitraria y polémica, en la antología no había medias tintas. Los compiladores decían quién valía la pena, quiénes eran originales y quiénes no. Basta mirar como ordenaban el libro: una primera parte donde cabía el presente ultramoderno de la poesía local y una segunda donde metían todo lo que no habían podido meter en la primera (los «poetas clásicos, románticos, tropicales e indefinibles»). Pero a eso le agregaban más y más subdivisiones y nuevas jerarquías como si dibujasen, uno detrás del otro, los círculos del infierno de los poetas chilenos. Por ejemplo, el primer círculo estaba dividido en tres círculos más pequeños: el de «los precursores y representantes de las diversas tendencias modernistas»; el de «los poetas que les siguen en mérito» y el de «los nacionalistas y criollistas». El libro consignaba en apéndice, además, una lista de lo que los autores llamaban «simples versificadores»; esos poetas entregados a «un loco afán de producir versificación de mala ley, destinada a aparentar lo que no tienen ni tendrán nunca: talento literario».

¿Demasiado? Sí y no. La mejor virtud de *Selva Lírica* era el modo en que Molina y Araya dibujaban un panteón de figuras en conflicto, muchas de ellas heridas y atrapadas en un estado de crisálida, puras existencias suspendidas en el limbo operático de la literatura, excesivo en su fantasía de un cielo o un infierno para nuestra literatura.

La selección de cada uno de los antologados venía precedida por una semblanza y un retrato de su rostro. Abrían con Pedro Antonio González y terminaban con un tal Juvenal Rubio. Esos pequeños perfiles biográficos mezclaban lo literario y lo privado, y los redactores a veces cedían al rumor y el cotilleo. Por ejemplo, de Ignacio Verdugo Cavada, poeta de Concepción, escribían: «Un joven crítico penquista ha dicho de él que, al revés de cuando empezó a escribir, se preocupa hoy más que del vaso, del divino licor».

Molina y Araya no rendían cuentas a la hora de ejercer su libertad como lectores críticos. Por ejemplo, sacaban a Huidobro de la primera sección (la más importante, compuesta por autores que formaban un «círculo de oro digno de las más altas alabanzas» y eran «capaces de competir y aún de sobreponerse a los mejores de sus hermanos euro-peos y americanos») para ponerlo en la que correspondía a los poetas de «mérito secundario y de cierta celebridad discutida, sospechosa a veces». La razón: *Adán*, su último libro, no les había gustado. O se daban el lujo de enmen-darle la plana a Antonio Bórquez Solar, quien hablaba «de su copa de whisky, de su perro bodeleriano, de nereydas y egipanes, de parisinas tardes grises». Bórquez había ha-blado en la prensa contra la antología (que no había leído pues no se había publicado aún) y Molina se vengaba de él concluyendo la selección de sus poemas (que sí incor-poraban) con una carta abierta destinada a él. La misiva cerraba con la siguiente imagen: «Cuando la alegría del grupo juvenil llegó al colmo fue al leer el auto-retrato que usted se hace modestamente en estas líneas: "Alguno que es considerado en el país y en toda tierra hispano parlante como uno de los más grandes de América y consagrado por las traducciones de sus poesías en revistas extranje-ras de fama mundial". En el grupo de jóvenes escritores estalló una estrepitosa carcajada. Oh! esa carcajada! Ella regocijará hasta el último día de mi vida».

Esta arbitrariedad funcionaba. Inventaba un mundo donde antes no había nada. Todos estaban ahí: de Pezoa Véliz a Gabriela Mistral, de Huidobro a los desconocidos de los que nadie oiría hablar nunca más, de los viejos mi-litantes del modernismo más sórdido hasta los cantores orgullosos del paisaje social; todos vivos y todos muertos a la vez, todos habitantes de una literatura donde compo-nían un mapa exhaustivo al modo de un anuario; y donde cada perfil trataba de resumir vida y obra como si fuesen lo mismo: una flamante biblioteca chilena.

XVIII

Juana Inés de la Cruz era la penúltima autora incluida.
Estaba en la segunda parte. Aún no tomaba el nombre de
Winétt. Aún era Luisa o Juana; seguía atada a esa imagen
suya quebradiza y casi adolescente. De hecho, la foto que
usaban era el mismo retrato que venía en *Lo que me dijo
el silencio* y que había transfigurado a De Rokha. Molina
y Araya apenas la entendían. No tenían cómo. En esos
dos primeros libros no habían pistas sobre su presente ni
sobre la aventura de su matrimonio. Los antologadores
decían que su escritura explotaba «el tema mínimo» y que
hablaba «a media voz». Seguían: «en las cándidas páginas
de este libro flota algo que es como la exigua exterioriza-
ción de un estro romántico que plañe del amor y de la
vida en un tono elegiaco, semejante al de Juan Ramón
Jiménez». Finalmente, la comparaban con la autora de
«Los sonetos de la muerte»: «Gabriela Mistral, ya con-
sagrada, posee un estilo varonil; Juana Inés de la Cruz,
incipiente aún, es intensamente femenina».

Sin un libro publicado, Pablo se presentaba casi de
cuerpo completo en la antología aunque no hubiese una
foto suya. El dibujo que lo retrataba podía ser el de cualquiera. La imagen no se le parecía en nada; era apenas la
cabeza de un hombre con sombrero.

Pero importaba poco que no hubiese una imagen
suya. *Selva Lírica* era su debut explosivo. Molina y Araya
lo sabían; en realidad todos lo sabían. Su personalidad les
interesaba más que su obra. Lo veían como un autor perdido, corrompido. «No sigamos por este penoso sendero

¡Es tan lamentable seguir las huellas extraviadas del talento!», decían los editores sobre él. De hecho, en los escasos cuatro poemas era posible comprobar los detalles de su cambio, una tensión eléctrica donde abandonaba la rima y el clasicismo de «La pobrecita de ojos tristes» y «Carne triste» para pasar a la ferocidad tremendista de «Apunte» y «Sobre el cuerpo que todavía se mueve, ahí», que ocupaban el verso libre y saltaban a la prosa, respectivamente.

La transformación de Pablo de Rokha les resultaba incomprensible. La metamorfosis sucedía en público. «Este temperamento poético ha experimentado evoluciones bruscas, vertiginosas. Ha sido una personalidad en crisis: cerebro, corazón, apetitos, ideales, todo el ser en álgida función y vitalidad», anotaron. «De la neblinosa Montaña bajó al Llano en que los mortales soñamos y vivimos. Llegó convertido en Pablo de Rokha, personaje dual y simbólico que sufre la "pasión de ir hecho un hombre por los caminos"», decían antes de terminar increpándolo o sugiriéndole volver sobre sus pasos: «Mas, Pablo, ¿qué será de ti? ¿Florecerás poemas? ¿O serás, como alguna vez tú dijiste, solo carne, carne, carne?».

La respuesta estaba a la vista. «Apunte» sería uno de sus textos fundamentales:

Yo soy como el fracaso total del mundo, ¡oh, Pueblos!
[...] el canto ahí de bruces frente al mismo Satanás,
habla con la ciencia dolida de los muertos,
y mi dolor chorrea de sangre la ciudad.

Aún mis días son pedazos de muebles viejos,
(ayer tarde veía llorar a «Dios») los gestos van
así, mi niña, solos, y tú dices: «te quiero»
cuando hablas con tu Pablo, sin oírle jamás.

Horita como a las bocas de mujer hieden a tumbas;
El cuerpo mío se cae sobre la tierra bruta
Lo mismo que el ataúd del infeliz.

Y sin querer al hombre aúllo por los barrios,
un mal, aquel más bárbaro, más bárbaro, más bárbaro
que el hipo de cien perros botados a morir.

El poema cambiaría de nombre con el tiempo pero el retrato que hacía del poeta era más eficaz que las caricaturas que sus enemigos perpetrarían a través de los años. De Rokha percibiría en él un peso profético, una carga que trataba de acomodar: su *pathos*, su maldición, todo lo que la poesía significaría para él. Por eso, quizás, a comienzos de la década del cincuenta bautizaría al texto de nuevo como «Genio y figura» (claramente un mejor título), le incluiría una dedicatoria póstuma a Winétt, además de glosarlo como parte de un libro (*Versos de infancia*) del que quedaría como único testimonio.

Otro de los poemas, «Sobre el cuerpo que todavía se mueve, ahí», sería parte importante de la polémica del libro: en *El Mercurio*, el crítico Omer Emeth lo usaba para ejemplificar todo lo malo que reptaba en ella. Emeth era el seudónimo que usaba Emilio Vaisse, un sacerdote francés, para escribir crítica de libros en *El Mercurio*. Vaisse había nacido en 1860 y llegado a Chile en 1886, donde había estrechado relaciones con el mundo literario, con la Biblioteca Nacional (trabajaba en la sección Informaciones mientras planeaba un «Diccionario de autores y de obras», que quedó inconcluso) y luego con la Universidad Católica, donde daba conferencias. Pero, antes de todo, a Vaisse se lo recuerda como crítico y editor: fue director de la revista infantil *El Peneca* e hizo de sus reseñas una lectura intensa del presente literario del país. Era imposible que *Selva Lírica* no lo interpelara: como suma de ideas acerca de la literatura, era todo lo que detestaba. La mirada de Molina y Araya dejaba fuera a la suya, la invalidaba. Por lo mismo, su comentario parecía un sermón, lleno de frases en latín como si fuese el simulacro de una misa preconciliar.

De Rokha aparecía ahí en una nota al pie. Vaisse era astuto, entendía que en los bordes estaba la verdadera polémica. Decía: «la guerra entre literatos se va pareciendo a la guerra entre naciones: es lucha de exterminio... Y todo esto por unos versos... Oh vanas hominum mentes». En esas notas, el cura glosaba las dos primeras estrofas del poema y su subtítulo futurista para luego vomitar su hastío: «basta!.. como estas dos, hay otras siete estrofas. Es aquello una logorrea que solo un médico especialista en patología mental podrá apreciar en todo lo que vale. Evolucionando con lógica de hierro, toman los decadentistas su punto de partida en la anarquía literaria».

En la revista todo estaba preparado para la batalla. De Rokha era parte del arsenal y todas las apariciones del poeta en la publicación eran un espectáculo que fingía ser sangriento. Puros episodios cotidianos del circo en llamas. En los números de *Selva Lírica* podíamos encontrar una entrevista, una diatriba contra Vaisse y sus enemigos, y la portada del último número. Nada nuevo. La locura desatada. Y la rabia. Y el odio. Pablo de Rokha no era cualquier cosa: Carlos Díaz solo podía ser caracterizado como un energúmeno.

«¿Es un loco como un desequilibrado, un anormal?», se preguntaba Ricardo Fuenzalida en una entrevista. La conversación sucedía en Santiago, en abril de 1918 o quizás antes. Pablo venía a verlo desde algún lugar, desde algunas de esas haciendas que administraba. Fuenzalida le tenía un poco de miedo, alimentado tal vez por los comentarios de Vaisse y porque Pablo además había enviado una carta a la redacción de *Selva Lírica* diciéndoles que publicaban pura basura. En cualquier caso, la conversación fluía. «La gente no me conoce y no tiene para qué conocerme. Soy un anónimo, bien! No he publicado nada a no ser cuatro versos...», decía De Rokha. Fuenzalida lo escuchaba atento. Le parecía que «si Pablo de Rokha fuera gobernante haría eunucos de los poetas ramplones, torcería el cuello al ganso capitalino de los pavos reales y, replicado en sí mismo, hundida la mirada en su interior, viviría obras maravillosas de éxtasis narcisiano».

El texto lo perfilaba con eficacia: un hombre alto que caminaba a grandes trancos, que apenas hablaba de su intimidad y fingía una falsa modestia que no tenía («mejor hacemos otra cosa porque se me está encendiendo el pellejo de la cara con el ruido desde este auto-bombo, de esta propaganda involuntaria»). Sus juicios eran sumarios: «Aquí todos, o casi todos, les han pedido prestadas a los franceses, los italianos, hasta los turcos, sus ideas y sus mujeres. Pedro Prado, que es uno de los más decentes, no pasa de ser un moralista de cualquier país», «Mariano Latorre es un buen empleado de la Biblioteca Nacional. Es cierto que a veces el hombre parte a la cordillera, según entiendo, pero entonces va ahí para tomar agua limpia en lugar de chacolí descompuesto». Pero al lado de eso salvaba a Pezoa Véliz y a Pedro Sienna, a Leopoldo Lugones y a Gabriela Mistral (con el reparo de que «el papel de las mujeres es muy limitado»); mientras decía que leía a Baroja, Leonid Andréyev, Giovanni Papini, Whitman, Bergson, Ibsen. Por ahí, además, hacía algún comentario del presente: «Esta guerra era necesaria: estamos envejecidos, cansados, tristes, y la guerra nos viene a dar un sacudón. La guerra es trágica y lo trágico es bueno porque lo trágico es natural», especulaba. Al final, Fuenzalida lo veía irse, volver al campo. Anotaba que la conversación lo había dejado agotado y meditabundo, preso de una soledad que le pesaba.

El segundo que publicó en la revista era una de las primeras diatribas rokhianas. «Ser hombre» tenía el subtítulo «Pablo de Rokha se defiende varonilmente de sus detractores» e incluía epígrafes de Nietzsche y Sócrates. El poeta contaba que lo escribía porque alguien había ocupado su nombre para firmar «un pliego de disparates» en el diario *La Unión*. El poeta identificaba a Ángel Cruchaga como uno de los responsables, junto con su grupo de amigos. Se dirigía al director. «¿No se da cuenta de que si la pamplina esa se ha publicado en su revista, los granujas le han tomado el pelo a él y a mí?». Entonces agregaba: «Es bien doloroso el espectáculo que ofrece la mayoría de nuestros escritores. No son hombres. Son especies degeneradas de hombre, son comadres, son gallinas, son sacristanes». Luego, a partir de un texto de Jorge Hübner sobre el peruano Ricardo Palma se despachaba a Vaisse: «A Hübner le consta que el tal señor no sabe dónde está parado, que es un hipócrita redomado, que es un cura; pero sabe también que tiene prestigio, que unos cuantos infelices le creen un genio, un *domine*, no un santo, un monumento, y por eso le escribe cartas». Entre medio, ironizaba sobre Mistral, a quien le exigía honradez artística pues le había «cantado homenajes a cuanto rastacuero ha encontrado en el camino».

«Es menester ser hombre», decía sobre el final no sin antes hacer una declaración de principios: «¿No tenemos los puños recios? Apelemos al revólver, al puñal, y al diente, si es necesario. Pero digamos la verdad, nuestra verdad sencillamente».

La última vez que De Rokha apareció en *Selva Lírica* fue en su noveno número, correspondiente a agosto de 1918. Salía en la portada. Ahí estaba el mismo retrato intercambiable del libro y un fragmento final de *Sátira*, su primera publicación. *Sátira*, que sería expurgado luego de la lista de libros del poeta, era un poemario que circuló poco y mal y del que solo se pudo tener informaciones más claras cuando el crítico René de Costa publicó una edición facsimilar en 1985. Se trataba de «una pieza lírica de fortísimos arrebatos, que levantará ronchas en la piel cetrina de sus detractores tan injustos como pigmeos», decían en su presentación.

Por supuesto, a los de *Selva Lírica* les convenía; *Sátira* expresaba de forma brutal algo que estaba tanto en las intenciones de la revista como en la antología: mostraba en carne viva el momento en que la poesía chilena ingresaba al siglo veinte. «Degenerados, perros, perros degenerados /a quienes corrompió "la antorcha de la gloria" /el ansia de pujar y el vicio solitario, /la ley hereditaria, la actitud del esclavo /hecha bandera y flor en vuestras vidas rotas [...] Y si algún día, tristes, con esa gran tristeza /del que se sabe inútil como materia bruta, /lloráis con lagrimeos los miserables de bestia, /y cuando un día muertos, —si también os muriérais, /—caigáis como pedazos de estiércol a la tumba; /Mi carcajada enorme estará con vosotros, /tal como un moscardón sonando los oídos, /y me tendréis presente clamándoos los ojos, /azotándoos el alma con un mirar recóndito /hasta el fin de la tierra y hasta el fin de los siglos!».

Era el último número de *Selva Lírica*. La revista había declarado sus problemas varios meses antes. La antología ya era un objeto extinto, perdido. En una pequeña nota de fines de 1917, Molina y Araya explicaban que se les habían acabado los ejemplares y que habían puesto un juicio legal contra la imprenta. Había —suponían ellos— que esperar cinco años para una nueva edición.

No se reimprimiría hasta 1995.

XIX

«Trabajo fuera de aquí. Esto es lo que se refiere a mi parte de hombre social, casado, con obligaciones, etc.», le había dicho De Rokha a Fuenzalida en la entrevista para referirse a su vida en esos años en que hacía negocios con su padre, se dedicaba sin demasiada suerte al corretaje de propiedades y salía y entraba con Winétt de la pobreza. De este modo, el matrimonio buscaba, de mudanza en mudanza, una estabilidad que les era esquiva: en un apuro económico, él empeñaría su traje de novio por unos pocos pesos.

Entremedio, dirige la revista *Numen* junto con el poeta Juan Egaña. La casa de Egaña es «la casa de todos los locos de la literaturería sin remedio», escribe Pablo, que se ha refugiado con Winétt ahí alguna vez, luego de un incendio.

Numen había sido fundada en 1919 en Valparaíso por Egaña, Luis Roberto Boza y Alberto Moreno. Podría haber sido una revista literaria, pero en realidad era una revista política. Funcionaba como semanario y del grupo original solo quedó Egaña, que se trasladó a Santiago. Entonces la empezó a dirigir junto a Santiago Labarca, presidente de la Federación de Estudiantes de la Universidad de Chile. Luego se incorporaron los escritores González Vera y Manuel Rojas como administrador y secretario de redacción respectivamente.

Pero *Numen* también era una imprenta que sufría el acoso de la policía, del gobierno y de los grupos conservadores. La misma noche en que una turba asaltó la Federación de Estudiantes de la Universidad de Chile y apaleó a

Labarca en el suelo, la atacaron. La revista era el eslabón perdido entre las vanguardias adolescentes de Huidobro, el mundo de *Selva Lírica* y lo que sería *Claridad* en la década del veinte. Desde sus páginas se podían ver en directo las transformaciones ideológicas de su generación: la aparición de la solidaridad anarquista, el lugar de la FECH en el campo cultural y la violencia de los días previos al ascenso de Arturo Alessandri al poder.

De Rokha llegó ahí a fines de 1919 y en sus páginas comenzó a serializar «El folletín del diablo», otro poema satírico, especie de parodia agria y violenta sobre la sociedad chilena. En él seguía la estela que había dibujado con *Sátira* aunque de un modo más intimista, a partir de estrofas de cuatro versos, siempre rimados y eficaces, casi didácticos en su agonía.

En algún momento se volvió co-director, junto con Egaña y tomó el control. No podía ser de otra forma. Entonces, en sus páginas, Luisa Anabalón dejó de firmar como Juana Inés de la Cruz y publicó algunos de sus primeros textos como Winétt de Rokha, una serie de poemas en prosa y un ensayo de literatura de mujeres donde ironizaba sobre la carrera literaria de las escritoras santiaguinas. Pablo, por su lado, se multiplicaba en la revista, que traía selecciones de Whitman, Nietzsche y la Biblia, antecedidas por sendos ensayos suyos; pero también poemas que después serían editados en *Los gemidos* como su «Elegía del hombre soltero», además avisos de libros que nunca se publicarían como *Del dolor humano*. Por supuesto, De Rokha se sumaba al tono filo-anarquista de *Numen*, que había sido perseguida por el gobierno a tal punto que algunos números se editaron con la siguiente leyenda bajo su título: «Semanario casi oficial, se publica bajo la inmediata vigilancia de los jueces». Era el espíritu de su época y la revista había sufrido el acoso constante de la justicia y el gobierno. El poeta no podía ser menos

y en una suerte de diatriba prefiguraba la voz ensordece-
dora de buena parte de las editoriales que escribiría en
Multitud, veinte años después. «Campesinos: ¡coged el
chuzo y partir el cráneo al miserable, sacad el corvo, ya
enmohecido, y revanad la panza podrida a ese sapo católico y vil que llamáis patrón! La tierra os pertenece, debe
perteneceros, ¡tomad la tierra!», decía.

XX

«El año 1920 fue un duro año: nevó en Santiago y muchos postes telefónicos, abrumados por el peso de la nieve, cayeron sobre las casas. Sonaron tiros en la Plaza de Armas y un mozo cayó también», anotó Manuel Rojas sobre esos días a raíz de la muerte de Domingo Gómez Rojas.

Gómez Rojas era un poeta que había publicado en 1913 un libro llamado *Rebeldías líricas*. Era anarquista y alguna vez fue antologado en *Los Diez*. En julio de 1920, a Gómez Rojas lo detuvieron por «subversivo» y lo trasladaron a la cárcel pública. Ahí fue incomunicado aunque después de un tiempo lo dejaron en libre plática. El juez a cargo, de apellido Astorquiza, se obsesionó con él y convirtió su vida en un calvario. Gómez Rojas tenía dos horas al aire libre al día. Escribía. Trataba de aguantar. Al final, colapsó. Entonces lo mandaron a la Casa de Orates. Ahí no creyeron en su padecimiento mental. Trataron de quebrarlo, de probar que no estaba loco. En el lugar sufre apremios y torturas: duchas de agua fría, amordazamientos, violencia de todo tipo. No aguanta; se hiere a sí mismo, rasga sus ropas, enferma de meningitis. Muere a fines de septiembre. Lo velan en la Federación de Estudiantes de la Universidad de Chile. El cortejo fúnebre tiene quince cuadras de extensión.

Es el fin de la inocencia.

Mientras todo arde en Santiago, Pablo y Winétt son felices en su pobreza: se tienen a ellos mismos y con eso basta. «El carro musical del amor ha pasado por los campos y las ciudades. Junto a la reja del jardín se detuvo, tintinearon las campanillas y los corceles relincharon soberbiamente... Esposo, abre tus brazos y recíbeme, porque he aquí que han concebido un hijo mis entrañas», había escrito ella en uno de los poemas de *Numen*.

Entonces, Carlos Díaz Anabalón —que se llamará luego Carlos de Rokha— nace en Valparaíso. Su llegada arregla un poco las cosas a nivel familiar. Los abuelos vuelven a hablarle a su madre.

«Agradécele el nieto a tu marido», le dice el coronel a Winétt.

En sus memorias familiares, Lukó cuenta esta escena con una pena lejana, perdida en el tiempo. Relata cómo el coronel y su esposa los fueron a visitar a una casa donde los muebles habían sido fabricados por Pablo y se vivía de modo espartano. Los Anabalón Sanderson no lo soportaron. Muertos de vergüenza, mandaron a su chofer a dar una vuelta mientras la madre de Winétt se desmayaba en la puerta de la vivienda, que había calificado de pocilga. La despertaron con un vaso de vino, comieron caldillo de congrio, ensalada de tomate y pan amasado sobre un mantel hecho de la tela que había sobrado de los cojines, rodeados de cuadros sin enmarcar y platos de arcilla pintados por su hija.

En esa casa el único objeto suntuoso era la cuna de bronce de Carlos, regalada por la escritora Inés Echeverría de Larraín, que firmaba como Iris.

Mientras, Pablo de Rokha escribe.

Los gemidos ya está en su cabeza.

XXI

Imagina.

Imagina que te has inventado otro nombre, porque el que te dieron tus padres ya no sirve. Tienes un poco más de veinte años, eres poeta, has perdido o vas a perder todo mientras vives un matrimonio feliz en un mundo que se deshace. Trabajas todo el día y odias tu trabajo. Pero no te queda otra. Tus amigos han huido, han cambiado, se han vuelto otros. Tú también eres otro. Has descubierto a Whitman y crees que su voz se parece a la tuya. Imaginas que tienes el destino de la poesía chilena en tus manos y mientras tu mujer duerme, ves ese destino y horadas la pared del futuro, buscándolo. Calculas, sueñas: imaginas un libro total, un libro capaz de resumir al mundo y que es más que un poema, más que una novela, esas mismas distinciones (¿poema? ¿novela?) ya no te sirven porque la palabra, tu palabra, está ahora mismo en carne viva. Así que consagras tus días y tus noches en soñar con ese libro.

Y entonces, dejas de imaginar y escribes; día tras día, luego del trabajo, mientras te cambias de ciudad y de casa, mientras cruzas los caminos del Maule o San Felipe con tu mujer, o miras la bahía gris de Valparaíso desde la caleta El Membrillo, a los pies de Playa Ancha, visitando parientes, asumiendo tareas encomendadas, tratando de ir hacia adelante; escribes. Y eso te cambia. Ya has descubierto que no estás solo, que hay una tradición detrás tuyo y que no hay lugar para ti en ella. Por lo tanto debes romperla. Entonces anotas lo que te rodea, lo que lees, lo que sabes, lo que odias. Registras todo mientras te inventas un estilo, mientras encuentras tu respiración.

Ya estás en otro lado, lejos. Ya no eres joven y la poesía necesita jóvenes, quiere cuerpos dispuestos al sacrificio y tú te piensas de otro modo.

«Winétt y yo lanzamos poemas matizados de horror y pelea», escribirás sobre esos días.

Porque a los veinte años un poeta ya está acabado, ya está viejo, ya ha sobrevivido a sí mismo y a todo tipo de batallas. Eso está en el libro que escribes. Ese cansancio anticipado, esa pena venidera, ese dolor que es una cicatriz que no cierra. Narrarlo es tu propia hazaña, tu épica íntima. Tu canto. Entonces escribes un libro donde no es posible el silencio y las palabras son el viento, pero también el ruido que rodea las cosas.

Un libro de gritos y sonidos y gritos y máquinas.

Un libro que está lleno de cosas bellas y cosas desagradables.

Un libro donde todo estalla.

Un libro hecho con bombas atómicas antes de que se inventen las bombas atómicas.

Imagina: ese libro eres tú y escribirlo es encontrarte a ti mismo, significa abrazar tu verdadero nombre, abandonar tu piel o lo que creías que era tu piel, significa abrazar tu nueva voz, aprender a modularla, a susurrar y murmurar y gritar con ella, mientras inventas la biografía de un hombre que quiere volverse real.

XXII

Los gemidos fue publicado en 1922, el mismo año en que aparecieron *Trilce* de César Vallejo, *Desolación* de Gabriela Mistral, *Veinte poemas para ser leídos en el tranvía* de Oliverio Girondo, *La tierra baldía* de T. S. Eliot y *Ulises* de James Joyce. Como los anteriores, el de De Rokha no era un libro de lectura fácil. Tenía casi cuatrocientas páginas y era una síntesis del mundo, una experiencia total, muchas veces intolerable.

De Rokha había comenzado a escribirlo en 1916 pero el alcance y el tamaño del proyecto desbordaba con creces lo que sucedía en la poesía chilena de entonces. En la entrevista que le había hecho Fuenzalida en *Selva Lírica* mencionaba el proyecto: «Estoy metido en un libro titulado *El canto de hoy*. En esta obra voy a pretender definir estéticamente, es decir limitar el concepto que tengo de la vida. He escogido tres puntos de vista: 1 del hombre, 2 de las cosas y 3 de los símbolos. Situado en estos planos que yo mismo me he propuesto, voy a hablar con toda la hombría posible, con toda la sinceridad, el dolor y el placer del que soy capaz, de las cosas de la vida y de la muerte».

Por supuesto, lo que salió tenía poco y nada que ver con eso. Impreso por una editorial llamada Cóndor, el libro llevaba una portada de un pintor de Valparaíso, Pedro Celedón, que luego se suicidaría o sería ingresado en un manicomio, dependiendo de la versión. Al final, el volumen incluía un *exlibris* del mismo Celedón. Las dos imágenes tenían un tono tétrico: rostros, pedazos de cuerpos y huesos, gestos de angustia y desesperación.

Escrito en su mayor parte en prosa poética, el volumen desafiaba géneros, expectativas y formas de aproximarse y entender la literatura. Sí era un artefacto vanguardista pero no se trataba de una vanguardia hecha a la moda parisina sino construida con los pedazos de la cultura que rebotaba en la provincia, al punto que valía para él lo que Enrique Lihn anotó en un poema en la década de los ochenta: «el estilo es el vómito».

Los gemidos carece de cualquier tipo de moderación. De Rokha quiere espantar al mundo porque cree conocerlo realmente. La iluminación no lo eleva, lo sumerge directamente en sus entrañas. Al percibir que las viejas formas están muriendo, él mismo se otorga para sí los roles simultáneos de iluminado y antagonista, de héroe y de víctima. Leerlo es acceder a aquel temperamento en ebullición. Nada bueno puede salir de ahí. O nada bello, mejor dicho: la belleza, esa obsesión que llevó a Darío a transformar la poesía en lengua española, no le importa. Lo que le interesa es la verdad, el modo en que el poeta puede percibir un mundo caótico que se abre ante él para cambiarlo. No sabe lo que quiere, pero lo quiere de inmediato. No calcula sino que imagina, proyecta. Se ve a sí mismo como un patriarca pero también como un evangelista caído en desgracia, alguien para quien la sabiduría es una maldición, un estigma que lo salva y lo señala.

Entonces escribe creyendo escuchar una realidad de la que solo recibe fantasías deformadas. Todo, por fuerza, tiene que caber ahí: Walt Whitman («los gestos cósmicos convergen a él [...] todo lleno de música sonríe y la tierra florece, llora»); los Estados Unidos («Yanquilandia sonríe con ruidos de serpiente a los sencillos americanos del Sur»); Winétt («como un crepúsculo, Winétt está llena de canciones tristes [...] y su gran alegría, de mimosidades dolientes»); la ciudad de Santiago, («arrabal hediondo a tristeza, cuna de atardeceres horribles»); el deporte del box («canto la oda egregia de los puños, la poderosa»); los automóviles («ríe el motor, máquina divina, NEUTRA, con jadeos de mujer sexual, alegre, triste, alegre, alegre»); la mierda («estiércol, hiedes, hiedes y estás botado en los estercoleros, las letrinas y el estómago de las más hermosas, las más hermosas mujeres...»); el cristianismo («envenenaste las primeras aguas, las primeras aguas y la sabiduría de los pueblos antiguos; vertiste sombras, grandes sombras, grandes sombras en la copa gloriosa de cien civilizaciones»); los héroes («los niños te dicen: abuelo; las golondrinas juegan sobre tus hombros picoteando tu cara y tus cabellos tranquilamente, cual mimosas mujeres»); entre muchas cosas.

En *Los gemidos* todo fluye y todo choca a la vez: las palabras, las cosas, el mundo. Por eso el exceso, la hipertrofia del estilo, la multiplicación de los adjetivos. Todo está vivo. Leer *Los gemidos* es asistir a un alumbramiento. El lenguaje se presenta en perpetuo cambio, crece hacia lugares insospechados. No es una proclama ni un apunte utópico, sino que algo presenta a la poesía encarnándose en la lengua, transformándola sin remisión. Eso es lo que lo vuelve abrumador y justifica el odio que se labró entre sus enemigos pero también que el poeta mexicano José Emilio Pacheco, al evocar ese año fabuloso de 1922, recuerde *Los gemidos* junto al *Ulises* y *La tierra baldía*.

Algo de eso hay en el retrato que le había pintado su cuñado, el artista José Romo, y que venía casi al final del libro. En él se mostraba a Pablo de perfil, rodeado por una bruma negra que es casi una mancha, con los ojos cubiertos de sombra como si abandonara la oscuridad o, al revés, se hiciese uno con ella. Porque el centro del libro es él: *Los gemidos* implica terminar su invención, estar a la altura del escándalo, fijar su nombre en la posteridad. No en vano el primer poema se llama «Balada de Pablo de Rokha» y el último «Pablo de Rokha por Pablo de Rokha».

El primero es un manifiesto y el último, un autorretrato.

Dice, al abrir: «Yo canto, canto sin querer, necesariamente, irremediablemente, fatalmente, al azar de los sucesos, come quien come, bebe o anda y porque sí; moriría si no cantase, moriría si no cantase; el acontecimiento floreal del poema estimula mis nervios sonantes, no puedo hablar, entono, pienso en canciones, no puedo hablar, no puedo hablar; las ruidosas, trascendentales epopeyas me definen, e ignoro el sentido de mi flauta; aprendí a cantar siendo nebulosa, odio, odio las utilitarias, labores, zafias, cuotidianas, prosaicas, y amo la ociosidad ilustre de lo bello; cantar, cantar, cantar, he ahí lo único que sabes, Pablo de Rokha!..». «Ayer me creía muerto; hoy, no afirmo nada, nada, absolutamente nada, y, con el plumero cosmopolita de la angustia, sacudo las telarañas a mi esqueleto sonriéndome en gris de las calaveras, las paradojas, las apariencias y los pensamientos; cual una culebra de fuego la verdad, la verdad le muerde las costillas al lúgubre Pablo», anota un poco antes del final.

El gesto es titánico. De Carlos Díaz Loyola ya no queda nada; es el recuerdo de un recuerdo, el apunte de otra vida. De Rokha cree en las palabras con fe modernista: en ellas se conserva la historia del mundo pues son objetos que convocan las posibilidades de su propia memoria. Entonces, hay que agitarlas y retorcerlas hasta que se rompan. Las palabras son el lazo que une e inventa a su familia, a su clan; el mundo no tiene sentido sin ellas.

De este modo, el libro es un retrato nervioso del lenguaje y las ideas de su tiempo, que aspira a atrapar mientras las dibuja en el aire. De Rokha es un cronista y sus materiales son las ideas, los símbolos. Su escritura se asienta en la sombra imaginaria de los hechos, los libros, los rostros y el paisaje. Su agresividad es casi candorosa y está hecha de gestos pequeños pero esenciales: el desechar el verso como soporte, los guiños futuristas, la fascinación con los Estados Unidos. Todo eso está escrito desde el vértigo. No hay otra forma de que eso sea posible. No cabe la contemplación, la belleza existe en tanto movimiento: en la exhibición en tiempo presente de las patologías del nuevo siglo también estaba a la vista la lengua del futuro.

XXIII

No vendió mucho. Nada, en realidad. Diría después que los ejemplares terminaron sirviendo como papel para envolver en una carnicería.

La crítica no sabe qué hacer con él. No tiene idea de cómo leerlo. Alone lo destroza en *La Nación*. Es el comienzo de una enemistad que durará décadas. Alone es abogado, católico, siútico y fanático de la literatura francesa. También es medio pariente de De Rokha, según Lukó. Con los años se volverá el principal crítico literario chileno del siglo XX, sobre todo cuando empiece a colaborar en *El Mercurio*. Pero aún falta tiempo para eso. En 1922, Alone oscila entre la frivolidad del salón literario, el goce evanescente de la lectura (el «vicio impune», le llamará después) y el hastío que flota en buena parte de las entradas de su diario privado, pura melancolía en fuga perpetua. O sea: en 1922 Alone es un lector de Proust y Renan, un lector quebradizo encantado por la belleza y la literatura; y un animal de salón literario herido por el desamor. A pesar de ser homosexual se enamora y obsesiona con la escritora Mariana Cox Stuven, que firma como Shade, y la acompaña en su tragedia sentimental. Ella ha tenido un affaire con un tal Leandro Penna, autor menor, arribista y patético que contará su relación en una novela. Asediada por el escándalo, Cox escapará de Chile y después morirá; Alone contemplará todo: padecerá los daños colaterales del culebrón, que abordará en 1915 *La sombra inquieta*, una novela confesional donde reivindica ese amor perdido e imposible. En *Selva Lírica* se editarán fragmentos de sus diarios y comentarios de la novela.

En 1922, Alone odia el libro porque teme al poeta. Conoce al autor, tienen negocios juntos, hablan de literatura. Reconoce su talento como autor de «versos sencillos, de inspiración popular». Dice también que De Rokha no usa el pelo largo ni sombrero alón, y que es «un buen hijo, buen hermano, buen esposo y buen padre de familia, reúne todas las condiciones de tipo normal, equilibrado, benéfico a sus semejantes». Pero, «tras los barrotes firmes, de hierro, de bronce, de oro, hay un monstruo, una fiera antediluviana; un fenómeno gruñente y espantoso que se llama Pablo de Rokha. Pablo de Rokha desprecia al otro, se ríe de su vida burguesa, abomina su talento práctico y aunque se nutre de él, en lo material, lo mataría si pudiera, lo mataría, echaría su cadáver al fuego y esparciría al viento las cenizas». Al final, concluye: «Cómo puede haber una persona cuerda que escriba, publique y firme estos gemidos... ¡Gemidos de la lógica, gemido del sentido común, gemidos del arte y la belleza!».

En la revista *Claridad* continuará la polémica. *Claridad* era el lugar donde se recogerían algunos de los debates más relevantes de la cultura chilena de esa misma década. De tendencia ácrata, supo abrirse al debate constante de la política local con lucidez y generosidad, como si el frenesí de la década (las promesas rotas de Alesssandri, la llegada del dictador Ibáñez, la transformación del Chile rural en urbano, la aparición fulgurante de una nueva poesía chilena) se encarnara en sus páginas con compromiso y urgencia. Fundada en 1920, tenía cadencia semanal y al comienzo era el órgano oficial de la Federación de Estudiantes de la Universidad de Chile. El espectro de Gómez Rojas y su muerte la marcaba a fuego. No había en ella distinción entre política y vanguardia: cualquier interpretación sobre cómo la década del veinte cambió la cultura chilena debe referirse a sus páginas. Su primer director sería Alberto Rojas Jiménez y la primera época de la revista duraría hasta 1926, cuando llegase Carlos Ibáñez del Campo al poder. «Periódico semanal de sociología, arte y actualidades», en sus ciento cuarenta números se publicarían textos de Pío Baroja, Nietzsche, Chejov, Darío, Rubén Azócar, Émile Zola, Pablo Neruda, Humberto Díaz Casanueva, Paul Éluard, Juan Gandulfo, Federico Gana, Máximo Gorki, Mariano Picón-Salas, César Vallejo y Whitman, entre muchos. «Convencidos de la necesidad imperiosa de que los intelectuales de Chile cuenten con un órgano de publicidad donde expresar sus ideales estéticos y sociales libremente», su primer número no sólo abría con una nota sobre la muerte de Domingo Gómez Rojas para dar paso a una serie de homenajes. También cerraba con un ensayo donde Joaquín Edwards Bello le exigía a Arturo Alessandri una renovación intelectual de la política y la cultura local.

Tanto Pablo como Winétt publicaban a veces ahí y por lo mismo, no era raro que él le respondiese a Alone en el nº 78: «Díaz Arrieta no ha leído mi obra; no ha leído mi obra por cobardía. Su párrafo de *La Nación* le ensucia; es indigno, absurdo y ramplón como una cocinera disfrazada de escéptico». Antes ha indicado: «Hay en la sucursal de la botica literaria francesa en América, un frasquito pequeño, rosado y oloroso. Este frasquito, este dulce frasquito, a pesar de lo que pudiera creerse, no está lleno con nada; apenas si, tras la etiqueta que dice "Alone", se ve un poquito de humo y un poquito de aire. Los escritores serios y grandes de un país serio y grande, le hubieran llevado en el bolsillo de atrás del pantalón como quien lleva una cosa cualquiera: una caja de fósforos vacía, un reloj descompuesto, un lápiz sin punta, una caja de fósforos vacía... Sin embargo, en Chile, este frasquito, este dulce frasquito desocupado, es el sacristán más frondoso de la crítica profesional». El texto cierra con una bomba: De Rokha revela que Alone no tenía idea de

Nietzsche hasta que él le prestó un libro suyo. «Nietzsche no es un francesito del siglo XVIII, y Díaz Arrieta solo lee a los francesitos del siglo XVIII», remata.

«Leed *Los gemidos* en donde no se hacen versos, ni prosa, ni valses rimados, porque los versos, la prosa y los valses rimados, son mentira; leed *Los gemidos*, en donde solo se hace lenguaje», terminaba diciendo el poeta, que no podía evitar recomendarse a sí mismo.

En *Claridad* su respuesta venía acompañada por un texto firmado por Rogelio Campino Rozas que anotaba: «La digestión de los buenos burgueses ha sido perturbada por la aparición de un libro audaz y desafiante [...] Los treinta y cuatro poemas en prosa de Pablo de Rokha constituyen la producción literaria chilena más interesante del año».

En el número siguiente el crítico Raúl Silva Castro se lanzaría contra el volumen. Silva Castro era santiaguino y tenía casi veinte años y con los años llegaría a ser uno de los principales detractores del poeta. Participaba de *Claridad* pero nada hacía presagiar que se convertiría en uno de los académicos dedicados al análisis de la literatura chilena, ya dirigiendo la revista *Atenea* en la Universidad de Concepción y luego, en Estados Unidos, en la Universidad de California. Respecto al poeta, Silva Castro tenía ojo. O pánico, mejor dicho: identificó de inmediato a Pablo como un enemigo. Era un blanco móvil, lo mismo que le pasaría más tarde con Gabriela Mistral, a quien le dedicó un libro completo.

El volumen lo había irritado: captó a tal punto el sentido de *Los gemidos* que ni siquiera pudo soportarlo. Decía que De Rokha había almacenado «todos los desperdicios del arte, todas las cosas que por inútiles, feas, antiestéticas, desagradables, torpes e infames, todas las porquerías en fin, que no han querido usar los escritores hasta el presente». No. No podía huir. No había consuelo, transparencia o legibilidad. *Los gemidos* estaba escrito para irritarlo a él o a lectores como él; su repudio era una forma de la alabanza, la mejor lectura del libro. «¿Qué es el libro de Pablo de Rokha, cómo se le puede clasificar? Excúsese la ruda sobriedad de los términos: es un libro mal escrito, pésimamente escrito, y con una pretensión abortada de trascendentalismo», concluía.

Al número siguiente, el periodista y poeta Fernando García Oldini continuaba el debate. «Nadie ha tenido el honrado valor de decir: "Este libro es superior a mi comprensión"», decía.

«He sabido que el fraile Vaisse, Hernán Díaz, un joven Silva Castro y otros periodistas han escrito sobre su libro. No he leído sus crónicas. Pero ¿qué habrá podido decir sobre *Los gemidos* esta pobre buena gente?» escribía también Aliro Oyarzún en una carta abierta dedicada a De Rokha. Oyarzún era un poeta de Chillán que moriría de tuberculosis al año siguiente. El libro lo había conmovido y no sabía cómo explicarlo. Quizá reseñaba *Los gemidos* para entender su perplejidad, dándole sentido a sus dudas y obsesiones. Anotaba: «Pablo de Rokha es el más alto renovador de valores literarios que haya existido en nuestro Continente, y quizá el único que pueda concebir y realizar la obra que hace medio siglo está esperando el Mundo de nuestra América».

Iluminado por los otros, De Rokha terminaba por volverse algo concreto. La silueta del poeta maldito ya estaba instalada y era pura carne y sangre. *Los gemidos* no admitía medias tintas. O era una obra maestra o no era nada; y la dificultad de su extrañeza estaba conectada de modo directo con las imágenes del presente. Quizás eso era la vanguardia; un lugar donde la poesía actuaba como médium para que las cosas del mundo adquiriesen voz, haciendo que su poesía fuera un almanaque de sus pesadillas y sus deseos. «Como el pelo, me crecen, me duelen las ideas; dolorosa cabellera polvorosa, al contacto triste de lo exterior cruje, orgánica, vibra, tiembla y cargada de sangre, parece un manojo de acciones irremediables. (Radiogramas y telegramas cruzan los hemisferios de mi fisiología, aullando sucesos, lugares, palabras)», dice.

No, no había nada parecido a *Los gemidos*, y la desaparición física y la ausencia del libro solo alargaron su sombra, como si esa condición de obra invisible y perdida ayudase a convertirla en un secreto terrible, en un mito de origen hecho de fuego.

XXIV

Claridad publicó además dos textos premonitorios, que quizás decretaban los contornos del futuro.

El primero era una historia policial. «Un hombre se abrió las sienes en la mañana, después del desayuno. En el cuarto había algunos libros, que resultaron obras escandalosas, algunos números de *Claridad*, y en el suelo, con un cabo de vela encima, *Los gemidos* de Pablo de Rokha» narraba. ¿Alguien se había matado por leer a Pablo de Rokha? No. La historia era falsa, era una parodia, una broma romántica que imitaba la cursilería de ciertos autores y usaba el «amalditamiento» como el último recurso de un romanticismo tardío, anacrónico. Quien perpetraba la broma era Martín Bunster, quien además había transcrito la supuesta carta del suicida. Con todo, la puesta en escena podía leerse como un comentario preciso de lo que sucedía con el libro, lo que implicaba, lo que quería y podía llegar a significar. Para Bunster, alguna vez autor encubierto (junto con Alberto Rojas Jiménez) de un manifiesto vanguardista y satírico en la misma revista, lo trágico volvía como farsa; era una broma melancólica acerca de algo que podía ser leído como un cliché.

«He tenido que trabajar un mes para comprarme esta pistola. Están tan caras», escribía el falso suicida de Bunster para esbozar, sobre el final, un testamento acelerado donde incluía al poeta: «Quedan ahí algunos libros, el terno que llevo puesto, dos pares de zapatos y un paraguas; pero no cometeré la vulgaridad de hacer de ellos un testamento. ¡Ni aunque tuviera millones!.. Solo del paraguas quisiera hacer donación humilde a quien fue uno de mis inspiradores aquí en la tierra, a Pablo de Rokha, grande entre los grandes, a quien no conseguí conocer personalmente, pero del que llevo una gran gratitud! ¡Quiera el Malo que el ejemplo de mi suicidio le anime y se decida a su vez a emprender el viaje eterno!».

El segundo texto era una reseña brevísima y laudatoria, acompañada por una selección de pequeños fragmentos de *Los gemidos*.

Decía que el libro poseía «una mirada que escarba y agujerea en el esqueleto de la vida y un lenguaje de humano, de hijo de mujer, un lenguaje exacerbado, casi siempre sabio, de hombre que grita, que gime, que aúlla, esa es la superficie de *Los gemidos*». Luego agregaba que el libro era «solo canto, canto de vendaval en marcha que hace caminar con él a las flores y a los excrementos, a la belleza, al tiempo, al dolor, a todas las cosas del mundo, en una desigual caminata hacia un desconocido Nadir».

Lo firmaba un joven de dieciocho años, casi recién llegado del sur. Se llamaba Neftalí Reyes pero firmaba como Pablo Neruda.

XXV

En 1921, cuando Pablo Neruda llegó a Santiago, Gabriela Mistral ya le había enseñado a leer a los rusos y Pedro Prado le vaticinaba un futuro literario lleno de esplendor. O por lo menos eso era lo que le había dicho Prado a Alone acerca de aquel joven de sombrero, capa oscura, flaco y alto, venido de Temuco y llamado Pablo Neruda. El sombrero se lo había copiado a Alberto Rojas Jiménez y la capa había sido de su padre, trabajador ferroviario y puede que representara lo que era su vida en esos años: la picaresca pura de la poesía.

La capa ocultaba lo gastado de su ropa: la pobreza de estudiante de provincia. Neruda se había perdido *la avant-garde* bonsái de Huidobro y era demasiado joven para haber sido incluido en *Selva Lírica*. Cuando arribó a la capital, ya había muerto Domingo Gómez Rojas. Aún no cumplía los veinte años y estudiaba pedagogía en francés. González Vera lo recordaría como una promesa adolescente que leía a Gorki en Temuco. Por supuesto, ya lo rodeaba cierta aura de niño genio. Según anotaba en *Cuando era muchacho*, Neruda podía leer al revés y tenía facilidad para el cálculo mental, y en su voz el tono de los indígenas mapuche existía como una suerte de eco, volviéndola singular.

Neruda había sido corresponsal de *Claridad* en Temuco, que lo presentó en la revista como una estrella sin que se mudase aún a la capital. Con el seudónimo de Fernando Ossorio, Silva Castro dijo de él: «adolescente aún, sabe de los anónimos retorcimientos del dolor humano, investiga las fuentes del más moderno pensamiento, vive lo que expresa, y nos presagia las más preciosas cosechas».

La capital lo recibió con pobreza y felicidad en partes iguales. Tanto *Crepusculario* como *Veinte poemas de amor y una canción desesperada* no se pueden leer sin el ruido de fondo de esa ciudad oscura donde Neruda vagaba de cantina en cantina, cambiándose de pensión y tratando de sobrevivir como pudiese, aguantando el vértigo y la noche. En esa aventura lo acompañaban Tomás Lago, Rojas Jiménez, Rubén Azócar y otros, los mismos que De Rokha bautizaría después como «la banda negra». Ahí el hambre era una excusa para la melancolía, las conversaciones se extendían a lo largo de la madrugada, solo eran confiables los ambientes peligrosos y los enamoramientos que aspiraban a ser truncos o trágicos.

Versos felices como los de «La canción de la fiesta» («La risa crispe las bocas de rosa y de seda y nuestra voz dulcifique la vida como el olor de una astral rosaleda») no podrían adquirir sentido alguno sin su romanticismo hecho de hambre. «En la calle nombrada me sentaba yo al balcón a mirar la agonía de cada tarde, el cielo embanderado de verde y carmín, la desolación de los techos suburbanos amenazados por el incendio del cielo. La vida de aquellos años en la pensión de estudiantes era de un hambre completa. Escribí mucho más que hasta entonces, pero comí mucho menos. Algunos de los poetas que conocí por aquellos días sucumbieron a causa de las dietas rigurosas de la pobreza», diría Neruda acerca de esos días en *Confieso que he vivido*, sus memorias que fueron editadas de modo póstumo, luego del golpe de estado de 1973.

En ese contexto se produce el encuentro y el origen de la enemistad entre él y Pablo de Rokha, que tiene varias versiones, todas complementarias. Lo básico: habían tomado contacto antes, en la época de *Numen*. Neruda había enviado una carta a De Rokha y después, en Santiago, cuando se conocieron, el autor de *Residencia en la tierra* le pidió que le presentara a Pedro Prado.

La primera vez que se vieron en persona fue una decepción. De Rokha llevó a Neruda a beber vino con durazno pero éste no quiso tomar. «Bebe solo leche, leche con leche, con lentitud, con actitud de cuáquero», escribiría sobre él años más tarde, antes de dedicarle su *Neruda y yo*, acaso la diatriba más brutal de un escritor a otro jamás publicada en Chile.

La relación entre ambos continuará de modos variados. Neruda corteja a una de las hermanas de De Rokha. Ella sería una de las destinatarias de los *Veinte poemas de amor y una canción desesperada*, otra más junto con Albertina Azócar y Laura Arrué. Según Faride Zerán, que siguió el caso con detalle en su libro *La guerrilla literaria*, Elena Díaz Loyola podría ser la inspiradora del «Nuevo soneto a Helena» que aparece en *Crepusculario* y que dice: «Y será tarde porque se fue mi adolescencia, /tarde porque las flores una vez dan esencia /y porque aunque me llames yo estaré tan lejano...». En esta versión, en principio De Rokha mira con agrado la relación de Neruda con su hermana, a pesar de la reprobación de su padre, que considera que su hija que era «toda una señorita, no podía casarse con el hijo de un ferroviario». Para alentarlo, Pablo lo invita al fundo donde reside la familia en Talca y al parecer le remite unas falsas cartas de amor de Elena, que Neruda descubre como tales por ciertas faltas de ortografía. Elena se casará luego con el pintor José Romo, uno de los miembros fundamentales de la *troupe* rokhiana.

Esta historia, donde Neruda casi llega a ser cuñado de De Rokha, circula de modo íntimo dentro de la familia, al modo de un secreto extraño y algo vergonzante y tiene su cierre en el momento en que Lukó, hija de Pablo, se encuentra con Neruda. Ella está con Winétt, en una estación de trenes despidiendo a un matrimonio amigo que vuelve a la Argentina. Neruda y Winétt se saludan y luego él se acerca a Lukó.

«Eres linda. Te pareces a tu tía Helena. Has de saber que te he tenido entre mis brazos», cuenta Lukó que él le dice.

La segunda versión es más extraña y aún más íntima. La narra Mario Ferrero. Sucede en Independencia, en el patio de la casa de Juan Agustín Araya, director de *Selva Lírica,* donde también se encuadernan las ediciones de *Claridad.* A Ferrero se la ha narrado su viuda. Están ahí, entre varios, De Rokha, Neruda, González Vera y Manuel Rojas. Juegan rayuela. Apuestan. Poetas contra novelistas. El premio es una botella de cinco litros de chicha, una «guagua». Todo avanza bien hasta que Neruda lanza su tejo y destroza la botella.

«Todo te lo puedo perdonar. Hasta que seas mal poeta. ¡Pero que hayas quebrado la guagua de chicha, jamás!», grita De Rokha.

La tercera es más bien sórdida. La cuenta Volodia Teitelboim en su libro *Neruda* y aparece de soslayo en algunos poemas del autor de *Canto general.* Volodia, que será una de las figuras centrales de la vida del Partido Comunista chileno es también un cronista astuto y hábil. Sabe que lo que importa de ese momento de la vida de Neruda son esos paseos por la ciudad insomne, esos años hechos de sombras y amenazas. Según Volodia, De Rokha trata de volverse líder del grupo de Neruda en ese tiempo de bohemia pobrísima. Es un mundo de deudas y empeños, de restoranes miserables y bares abiertos toda la madrugada, en la noche interminable de un Santiago feroz. En esa versión, De Rokha es un jefe autoritario, tiene diez años más que el resto del grupo, al que le exige tributo y adoración. «Emplea un tono imperativo, inapelable, da órdenes a los muchachos para ir a cumplir su deber de pedir plata prestada, de vender libros, cometer pequeñas estafas», dice Volodia, que narra lo anterior sin distancia y recuerda a Neruda impactado por la escena.

Todo termina mal, no podía ser de otra forma. La pandilla se rebela contra el jefe. Una noche se juntan en el restorán Hércules, en calle Bandera. De Rokha les pregunta cómo les fue. Entonces «los insulta. El diluvio de improperios los abruma. No han sido capaces de sacar la voz, como se habían comprometido. Amargados, furiosos consigo mismos, reaccionan luego y lo siguen a la sección urinarios. Allí, en medio de los perfumes propios del lugar, levantan la bandera de la independencia a gritos. El primero que la hace ondear es Tomás Lago. Lo sigue Diego Muñoz. Pretenden agredir al patrón desconcertado. El demonio grita, pero no echa fuego. Allí no se respira olor a azufre, sino a meado», escribe Volodia.

Queda una versión más, a la que se refieren David Schidlowsky, biógrafo de Neruda, el periodista Luis Alberto Mansilla y el mismo Volodia, aunque quizás es mejor remitirse a un poema del mismo Neruda que aparece en *La Barcarola*, su libro de 1967.

Va así: en algún momento a fines de 1925, Pablo de Rokha huyó sin pagar de un hotel en Temuco y dejó abandonado a Rubén Azócar, hermano de Albertina. Azócar tuvo que trabajar una semana en el lugar para saldar la deuda. Neruda se quejará del asunto con Albertina en una carta donde se refiere a «la fatal gira de De Rokha y Rubén que acaban de empeñar, como último recurso, las polainas». El episodio también será uno de los ejes de la oración fúnebre que escribirá el poeta cuando Azócar fallezca en 1965: «Él paseaba en Boroa, en Temuco con un charlatán sinalefo /con un pobre ladrón de gallinas vestido de negro /que estafaba, servil y silvestre, a los dueños del fundo: / era un perro averiado y roído por la enfermedad literaria

/que, a cuento de Nietzsche y Whitman, se disimulaba ladrando /y mi pobre Rubén antagónico soportaba al pedante inclemente /hasta que el charlatán lo dejó de rehén en el pobre hotelucho / sin plata y sin ropa, en honor de la literatura».

Este es uno de los pocos momentos en que Neruda hablará a De Rokha directamente (o casi). El autor de las *Odas elementales* nunca embestirá de frente contra el enemigo; esquivará el conflicto directo, no entrará en honduras, escribirá anónimos. Nadie más hábil que él en el arte de las relaciones públicas.

XXVI

Resulta inquietante imaginar a Neruda, a ese joven Neruda, flaco y enfermo de noche y de poesía, leyendo la primera edición de *Los gemidos* en algún momento de 1922. «¿Continuador del coro trágico?» se preguntará cuando escriba del libro en *Claridad*.

Quizás Neruda sabe lo que tiene entre las manos: es capaz de percibir que en la literatura chilena no hay un libro con tal radicalidad y ambición; está ahí la clase de proyecto que él mismo anhela sin saberlo: tiene en sus manos la fantasía de una obra total, de un resumen del mundo y de la experiencia del hombre en él. De hecho, es la misma búsqueda que animará más tarde *Residencia en la tierra,* donde sale a perseguir exactamente eso, como si aspirase a hundirse en esa misma mugre rokhiana, abrazando una voz que choca contra sí misma mientras arrastra en su marea los fragmentos de las cosas y los pedazos de la lengua. Lo mismo corre para el *Canto general* que escribirá décadas después, otro libro que solo puede pensarse desde la desmesura y el exceso, desde el deseo de abarcarlo todo (la historia, el idioma español, la política, la poesía, el mapa del continente). Neruda identifica esa voluntad trágica, que es la del peso de la realidad cayendo sobre la existencia del artista para modular su voz, como si solo pudiese explicarla como una herida abierta.

Por eso le interesa *Los gemidos*; es como si el libro lo prefigurara. Así, el joven Neruda escribe sobre De Rokha buscándose a sí mismo como si las frases que le dedica a su futuro enemigo también pudieran describirlo a él.

«Libres ya de las palabras, de los alaridos, y de las blasfemias, sentimos un amador de la vida y de las vidas, azotado por la furia del tiempo, por los límites de las cosas, corroído hasta la médula por la voluntad de querer y por la horrible tristeza de conocer», dice.

De Rokha no le devolverá el favor. No lo leerá ni siquiera como eso. No comentará al año siguiente *Crepusculario*, por ejemplo. Sí le ofrecerá las oficinas de su empresa familiar, para trabajar. Estará ahí la misma generosidad que tenía con el resto de sus amigos y que hará quebrar el negocio después. Veinte años más tarde le mostrarán una correspondencia privada donde Neruda y Alone conspiran contra él. Lo traicionan. Al leerla, De Rokha reconocerá en el papel el membrete de Chile Agrícola, el negocio que tiene con el coronel, su suegro.

XXVII

Chile Agrícola era una agencia de promoción del campo chileno y representó los últimos momentos de bienestar económico para la familia. De Rokha la fundó con su suegro y su cuñado Carlos. Y si bien el negocio se le ocurrió al poeta, los otros entraron en él luego de esa conversación del coronel con Pedro Prado, donde el autor de *Alsino* decretaba el nulo futuro de Pablo como escritor.

La empresa, entonces, era un modo de sacar al yerno de la literatura y ponerlo a hacer algo útil. Según Lukó, la actividad de Chile Agrícola «consistió en la publicación de monografías sobre fundos agrícolas y ganaderos, acompañados de información estadística, fotografía, etc. Se instalaron en oficinas bien equipadas. Mi padre fue nombrado gerente, mi tío Carlos Anabalón, abogado de la empresa, y por supuesto quienes pusieron el dinero fueron mi abuelo y mi tío».

Tuvieron cierto éxito. Apareció el dinero, las cosas se arreglaron y en Chile Agrícola consiguieron trabajo Alone («el aborigen que sonríe con sonrisa de cuchilla de aborigen»), Rubén Azócar, Alberto Rojas Jiménez y Óscar Chávez, entre varios. Esos días nacieron más hijos (Lukó y Juana Inés) mientras De Rokha recorría el país junto al coronel, visitando fundos. «Vestidos de caballerías vamos a los campos cercanos o lejanos, yo avergonzado del comercio, mi Coronel entusiasmado de mi Coronel, y trabajando, y contratando páginas, el bienestar crece, se gana dinero, el dinero de fuego que separa y que distancia envenenando, y el cual nos da a nosotros la posibilidad de publicar, de ser independientes», dice.

La empresa anda o por lo menos lo parece. En los viajes a través de los campos, a modo de secretario, lo acompaña a veces su cuñado José Romo, que después será reemplazado por Rubén Azócar. Con Romo bajan a las minas de carbón de Lota y con Azócar, el chato Azócar, conversan sobre asuntos literarios o sentimentales. Azócar ha perseguido, según el poeta, a Gabriela Mistral en México aunque ella solo «lo saludaba apulmonándolo con manotazos de camadería».

La agencia se expande, adquiere algo de prestigio. «Anoche llegó el coronel Anabalón Urzúa fundador de Chile Agrícola. Acompaña al señor Anabalón el prestigioso escritor don Alberto Rojas Jiménez, quien asumirá en esta provincia la representación de Chile Agrícola», anotaba un periódico de Curicó en 1922 antes de que Rojas Jiménez se mudase a París.

Son los años en que la familia trata de asentarse. Los De Rokha viven en San Felipe, vuelven a Santiago, pasan por Concepción. De Rokha escribe y participa en publicaciones diversas. Edita las revistas *Agonal* y *Dínamo*. La última dura dos números, pero llama la atención de Juan Emar, que le pregunta qué piensan de ella a algunos escritores y artistas en *La Nación*.

Emar era novelista y tenía vocación de vanguardista a la chilena, a medio camino entre París y el fundo familiar; y ese nombre y ese apellido —Juan Emar— eran un invento, un seudónimo y un chiste, la traducción literal de la expresión francesa *j'en ai marre*, que significa «estoy harto». Tras el seudónimo estaba Álvaro Yáñez, hijo del dueño del diario *La Nación*. Formado en París, Emar insistía en la llegada del arte contemporáneo a Chile, representado por sus amigos del Grupo Montparnasse (los pintores Luis Vargas Rosas, Henriette Petit, Julio Ortiz

97

de Zárate y otros), cuyas *vernissages* cubría como reportes de guerra en sus «Notas de Arte»; pero también por él mismo, consagrado a la escritura de una obra exquisita y monumental, donde destacan los cuentos delirantes de *Diez* y una novela de miles de páginas, *Umbral*, tan secreta como total.

Era imposible que De Rokha no le interesara, al menos como enigma. Entre las respuestas a su pregunta Edwards Bello decía sobre el poeta: «me parece que es de una originalidad y una fuerza sin precedentes [...] Temo alabarlo, y si no lo alabo, en cambio, temo que las emprenda conmigo». Ángel Cruchaga Santa María indicaba: «llegará el día en que se haga la selección de *Los gemidos* y entonces veremos a Pablo de Rokha libre de frases de mal gusto insufrible, repeticiones que nada agregan a su obra vertiginosa y desesperada».

Son los días en que Gabriela Mistral se jubilaba como directora de liceo y en la embajada chilena de París le hacían un homenaje a Arturo Alessandri al que asistían, entre otros, Huidobro, Pablo Picasso e Igor Stravinsky. Años después, De Rokha recordaría estos días atrapado en una paradoja: un poeta vanguardista que a la vez es emprendedor de cierto éxito. «Me sé esclavo del trabajo, lacayo del trabajo, encadenado», dice.

Buena parte de lo que escribe será recogido en *Cosmogonía*, que junta lo que publicó por esos años en *Agonal, Zig-Zag, Claridad* o la misma *Dínamo. Cosmogonía*, por supuesto, se esfumará en el aire. Será otro poemario perdido que podrá leerse completo recién en la antología total del poeta que se publicó en 1954. Años después, a fines de los cuarenta, De Rokha recordará que el manuscrito del libro «se extravió en Concepción, en aquellos años acerbos del 24 al 25, porque entonces pobres y desamparados, furiosos y violentos [...] nosotros nos debatíamos, mano a mano con la miseria y solos, entre la conspiración del silencio suministrada por la inspiración de abyectos "podetas" y la corneta de reaccionaria de entonces».

Hay por supuesto contradicciones en esos recuerdos. Si bien *El Amigo Piedra* describe esos años como de bienestar económico, en otros textos como *Arenga sobre el arte*, que es de 1949, el poeta los narra rodeados de un aura de pobreza y amenaza. No importa; *Cosmogonía* se compone de poemas sueltos, menos experimentales, acaso estados de avance de sus búsquedas de esos días. «Por adentro voy haciendo mi obra, la rabiosa obra de un anarquista del anarquismo, que fuma cigarro y escupe la burguesía, a la burguesía de la literatura [...] soy un subversivo que refleja la podredumbre burguesa, un subversivo quemante, un subversivo utilizable», dice.

En *Cosmogonía* están resumidas, de nuevo, las coordenadas de su mundo. ¿Qué persigue De Rokha? No lo sabemos. La versión que conocemos es tardía y está hecha de materiales dispersos, de tanteos en la oscuridad; y en él la experimentación da pie a un retorno a las formas más domesticadas del poema, a la nitidez de la rima, a la certeza de lo conocido que es visto con ojos nuevos.

Pero también está en él la estridencia, la epifanía de lo doméstico, del sexo y quizás de la memoria. Cabe ahí el culto amoroso a Winétt, a quien venera en «La idolatrada» y «Círculo» (un poema bellísimo que dice: «yo te comparo a una cadena de fatigas /hecha para amarrar estrellas en desorden»); pero sobre todo, brilla la búsqueda de De Rokha de su propio estilo, por medio de una serie de autorretratos, donde lucha una y otra vez por encontrar los rasgos que definen su rostro. «Soy el hombre de la danza oscura /y el ataúd de canciones degolladas; /el automovilista lluvioso, sonriente de horrores, gobernando /la bestia ruidosa», dice en «Tonada del iluminado» y continúa en «Poeta de provincia»: «Parezco un gran murciélago tremendo, /lengua del mundo a una edad remota,

/con un balazo en la garganta, /ardiendo y rugiendo de horror la forma ignota [...] definitivamente masculino, / me he de encontrar con el puñal talquino /en el desván de las calles malditas».

O sea, luego de *Los gemidos,* más mapas de sí mismo. La vanguardia, o lo que queda de ella, es un capítulo de esa fuga que solo lo devuelve a sus propias dudas y fracasos, al derrumbe inevitable de lo cotidiano: Chile Agrícola termina quebrando, provocando una ruptura casi total con el coronel.

«Estoy hecho para la tragedia», anotará sobre esos días.

Años después, le dirá a Lukó: «la empresa se hundió y en parte yo tuve la culpa. Metí ahí a una cáfila de bohemios y de vagabundos que se llevaron hasta las máquinas de escribir». Ella recordará también las palabras de su tío Carlos sobre aquel desastre: «entre mi padre y tu padre, me arruinaron, metiéndome en un negocio donde Pablo alimentaba y mantenía a todos los zaparrastrosos que encontraba en su camino. Todos mis ahorros se perdieron ahí y me costó años para reponerme».

Dínamo y *Cosmogonía* consignan los últimos suspiros del espíritu de aquella época. Es un umbral importante en el arco narrativo que la vida de De Rokha dibuja. Es su última oportunidad para abrazar cierta normalidad, para retornar a su clase, para incorporarse al sistema. Acá comienza la intemperie y el frío, la llegada de la muerte y la pobreza que solo puede narrarse como leyenda.

XXVIII

De Chile Agrícola quedó poco y nada: una colección de acusaciones mutuas, un fracaso familiar, algo de papelería y un almanaque llamado del mismo modo que la empresa. El almanaque resumía el tamaño de sus aspiraciones y de su fracaso. Firmado por el padre de Winétt, el coronel Indalecio Anabalón y Urzúa, el volumen de casi seiscientas páginas era un catastro de asuntos relacionados con el campo chileno que debía servir de guía para eventuales inversores. Había sido editado en 1922 y en su prólogo el coronel repetía varias veces «somos un país agrícola, eminentemente agrícola».

Para demostrarlo, el volumen se dedicaba a la descripción acabada de una larga lista de fundos, haciendas, chacras y propiedades agrícolas a lo largo del territorio. De cada una de ellas sabíamos quién era su dueño y cuál era su extensión, la historia del lugar y qué producía. Todo intercalado con fotos de casas, rostros de patrones y campesinos, imágenes de iglesias, parques y jardines; playas, lagos, animales y minas. Todo en un blanco y negro lechoso, como si una veladura se posase sobre los paisajes, dándoles un aura espectral. *Chile Agrícola*, el libro, también traía publicidad y se podían leer anuncios de productos para el pelo, maquinaria agrícola, fundiciones, cigarrillos y peluquerías. De pronto, intercalado, algún anuncio de que la empresa se dedicaba al corretaje de propiedades. De pronto, también, el aviso de José Ignacio Díaz, padre de Pablo de Rokha, socio de la empresa y consuegro del coronel, en donde se ofrecía como «administrador, cajero, vitivinicultor, agricultor, horticultor, técnico en lechería, etc.» para trabajos en el agro. El libro terminaba con una serie de saludos, entre ellos los del presidente Alessandri y del arzobispo Crescente Errázuriz; además de cerrar con un mapa a color de ese Chile moderno que el libro presentaba y que se contrastaba con la foto del coronel Indalecio que aparecía en sus primeras páginas.

En ella, el militar aparecía de pie y vestido con su uniforme de gala, con alguna medalla colgada y la espada en su vaina. El coronel miraba la cámara y lucía joven, mientras era retratado al lado de un plinto donde descansaba su sombrero. Tenía detrás suyo un edificio brumoso del que no se reconocían rasgos quizás porque sobre él caía cierto humo que parecía provenir de una guerra lejana, de la que emergía como un héroe casi sereno.

XXIX

Tanto Pablo como Winétt de Rokha publicaron libros en 1927: *U* y *Formas del sueño*, dos poemarios que deben ser leídos juntos. Si en el primero, que salió por la editorial Nascimento, el canto del poeta es un ejercicio donde se interna y se despoja de los detalles de su experiencia vital, en *Formas del sueño* (Valparaíso, imprenta Roma, luego incluido en *Cantoral*, de 1936), la obra de Winétt espesa su relación con el lenguaje, el mundo y ella misma a partir de apuntes sobre el paisaje, exhibidos como viñetas o estrofas en movimiento, al modo de imágenes a las que se aferra porque solo la poesía las puede sanar, conjurándolas para entenderlas.

Ya no quedan restos de Juana Inés de la Cruz ni de esa inocencia lírica de un mundo donde la poesía era un avatar de la belleza o el deseo; y si bien Luisa Anabalón ya firmaba como Winétt en la época de *Numen* y *Claridad*, en *Formas del sueño* su voz había cambiado completamente. Eso porque en este libro todo es terrible y triste, y está inundado de una melancolía sutil pero no por eso menos angustiosa. «¿Dónde ha quedado mi vida? /Sobre aquel violín de los caminos, /sobre aquel musgo hecho de briznas de cansancio /encerrando a aquellas aguas», se preguntaba. De hecho, al final del poema, esa voz aspira a desaparecer y se interna en el olvido, cede a él. No lucha; consigna y registra, hace de la literatura un espejo falso, consciente de que su canto solo podrá ser olvido. «Voy hacia la nada, /allá donde la mirada toma el aspecto de los astros, /allá donde las manos no tienen tacto, /y sin embargo se es todo ojos, /voy hacia la nada, /romperé el hielo, abriré la sombra sonora, /despeinaré al guardador de los abismos», dice.

U, en cambio, luce muchas veces armado con descartes de *Los gemidos*. Winétt, no puede ser de otro modo, también aparece en el poema, «acurrucada en su finura triste y herida», aunque su sección final está más interesada en otra cosa: hurgar en los contornos grises de una biografía donde el vértigo ha desaparecido para retornar tomando la forma de iluminaciones o pesadillas de lo cotidiano. «Un muerto errante llora debajo de mis canciones deshabitadas», dice el hablante casi al final como si él, el hombre casado, fuese la encarnación de su tiempo y todo lo que viene antes, todo lo que planea sobre él, deviniese en el espectáculo de su soledad.

«Frecuentemente voy a comprar avellanas o aceitunas al cementerio, /voy con todos los mocosos, bien alegre, / como un fabricante de enfermedades que se hiciese vendedor de rosas; a veces encuentro a la muerte meando detrás de la esquina, /o a una estrella virgen con todos los pechos desnudos», anota De Rokha en otro poema y hay algo en él que prefigura la *Residencia en la tierra* de Neruda, quizás el modo de atravesar lo contemporáneo para cargar en el lenguaje ciertas señales de una derrota íntima, de puro agotamiento moral.

Algo de eso sobrevivirá en libros inmediatamente posteriores como *Satanás* y *Suramérica* (del mismo 1927), así como en los ensayos de *Heroísmo sin alegría*. Dedicado a su amigo el doctor Fernando Delbés, *Heroísmo sin alegría* se publicó en el mismo momento en que *Satanás* y *Suramérica* estaban en imprenta. «Hablo de mí en presente y siempre soy lo pasado» escribe al final del penúltimo texto («Tragedia del individuo») resumiendo la intención del libro completo: explicar sus obras, buscar los puntos que enlazan *Los gemidos*, *U*, *Satanás* y *Suramérica* con su tiempo.

«Fui tímido y fui lírico, es decir tropecé con mi alma; como tímido lloré, como lírico canté, lloré-cantando, canté-llorando arrinconado en la adolescencia; fui como yo supongo que fueron Dostoyevski y Proust y Joyce: UN MELANCÓLICO», escribe. En estos textos, De Rokha huye por momentos del gesto total de *Los gemidos* para explorar las posibilidades más radicales de su escritura. De hecho, es como si no le alcanzara su propio trabajo —que viene haciendo desde hace más de una década— para poder justificar esa tensión. Pero De Rokha no es Vallejo; no dobla la lengua para horadar un agujero en ella sino para hacerla explotar y recomponerla a partir de sus esquirlas.

Anota: «escribo para los que no requieren escrituras sino abismos, así, abismos que abren lenguajes solitarios, yo escribo para los inadaptados, para los agresivos, yo escribo para los indominados. ¿Cuchillero de la poesía? No. Valeroso de la poesía. ¿Arte de matones? Arte de caballeros, arte de vagabundos». Con todo, hay en él un esfuerzo generacional. El volumen excede las *boutades,* vaga en la confusión de las consignas que acumula. El poeta tiene poco más de treinta años, una familia que crece y que le cuesta mantener, vive a salto de mata; y la amenaza de la pobreza es real. Los signos y rescoldos de la vanguardia son manifestaciones de un tiempo vencido, hecho de pura derrota. En ese abismo trata de mirar hacia atrás y ordenar sus propias búsquedas. Ese examen de conciencia, a veces megalómano, no está despojado de una autocompasión irónica: «yo no le contesté nada a Huidobro, porque Huidobro ha viajado, ya ha leído, ya hecho cosas, y yo me lo he pasado rascándome la cabeza como los tontos».

XXX

«Mi querida mamacita, tanto yo como Pablo nos hemos propuesto decirle a Ud. siempre la verdad en todo, sea cual fuere. No puedo ir a verla porque tengo la ropa empeñada [...] A Pablo y a mí nos parece horroroso pedirle más dinero y no solo pedírselo sino tener que aceptárselo porque consideramos que ha hecho mucho por nosotros», le escribe Winétt a la condesa en una carta.

La muerte se ha posado en la familia: guardan una máscara mortuoria de su hija Carmen, fallecida de pulmonía y cuyo ataúd el poeta tuvo que llevar en tranvía al cementerio, según recordaría Juan de Luigi. Carmen tenía apenas tres meses y ellos vivían en una pensión de calle Catedral.

Esa máscara de cera de la niña, que ha fallecido entre «pañales de sangre y rosas y tos negra de dormitorio doloroso», fue hecha por Abelardo Paschín, amigo de la familia. Paschín era pintor y artista. Nacido en 1988, viajó a Europa gracias a una transa de Alberto Rojas Jiménez que cambió su pasaje individual a Europa por dos tickets más baratos y lo llevó. Paschín no encontró nada ahí. Luego de un tiempo, decepcionado, lanzó sus pinceles al Sena y volvió, luego de sobrevivir a duras penas y haber fingido ser un bailarín ruso desterrado, un tal Paschín Bustakoff, del Teatro Imperial de Petrogrado, como recordaría Rojas Jiménez en una crónica.

«Lleva la tragedia en el cuerpo y la genialidad en los pinceles», dice Pablo de él. La máscara de su hija muerta mira a Winétt y a De Rokha desde algún lugar de la casa. Es el apunte de un rostro que no será, el susurro de lo perdido invadiendo el aire. La han traído de Santiago, ha estado guardada en la casa que tienen cerca de la caleta El Membrillo de Valparaíso.

Esos días, ella y Pablo están solos con sus hijos o parece que están solos. La poesía a lo mejor es lo que los salva. Es 1926 o 1927. Ya no son tan jóvenes. El universo que conocían ha desaparecido. Él sale a vender cuadros, a hacer negocios, a dar vueltas por los caminos. Huidobro ha vuelto a París: llegó a Chile en 1925, lo ungieron como candidato presidencial, tuvo un diario pero luego huyó de nuevo a Europa, abrigado en sus propios cuentos chinos y enamorado de su concuñada, una adolescente a la que le dedicó un poema tristísimo en *La Nación*.

Los De Rokha no se pueden fugar: la pobreza los persigue. Nace Tomás, «hijo del puerto». Pero ya no viven ahí. No viven en ningún lado, en realidad. «La emigración terrible se produce, y van bajando cerro abajo unas pobres mulas con nuestros bártulos, algunos, los que no quedaron abandonados...», anotará él. De nuevo en Santiago, se las arreglan como pueden. La casa está llena de obras, de esos cuadros que De Rokha sube en su auto y lleva al sur, a los pueblos y villorios donde trata de venderlos como sea. Son los días en que maneja un «Buick usado, amarillo y grande» mientras recorre «la Frontera volcánica y lacustre, dramática e indígena, con alcohol y látigos entre sus grandes aguas, volcánica y fluvial-forestal entrada damajuanas y copihueras con rocío». Todo se sostiene al borde del abismo. «Ya hay pan para un mes», dice De Rokha mientras le envía dinero a su esposa. La dureza de esos días la recordarán para siempre sus hijos. Lukó anota que en su casa «nunca se bebía ni té ni café. Se tomaba en cambio leche con harina tostada y se comía pan con miel. Yo sentía un poco de vergüenza cuando invitaba alguna compañera del Liceo Nº 3, donde estudiaba, y le servían a la hora del té leche con harina, pan con miel y sándwiches de cabeza de cerdo: o en lugar de la leche, un consomé de ave con un huevo dentro».

José de Rokha le contó al escritor Luis Sánchez Latorre, Filebo, que su padre empeñó los zapatos una vez. Él se acordaba porque los lustraba. Filebo agregaba que en la casa de empeños conocían al escritor, así que «subían los valores de la prenda en oferta para servir mejor al poeta en apuros». Filebo además volvía sobre otro episodio, esta vez con un cobrador, un tipo al que llamaban el «Págueme», que era «un auténtico fantoche o cocoliche de carne y hueso, un mastodonte de hombre, vestido con ropa de etiqueta y tarro de pelo». Cuando el matón llegó a la casa a cobrar, «De Rokha le arrebató el báculo del que se acompañaba [...] y dándole golpes en las piernas lo exhortó a la fuga. El derrumbe bochornoso del "Págueme" desacreditó en el comercio del lugar tan indigno procedimiento de cobranza. Ello no permitiría librar de cuitas la difícil vida del poeta, pero al menos lo autorizaría a decir que había derrotado a un enemigo fantástico».

Por esos años, Winétt caligrafía *Suramérica* en linóleo para hacer una versión en grabado del libro, a modo objeto. En las fotos que se conservan, su letra es clara y redonda; puras líneas blancas sobre un fondo negro. Son los días en que los problemas económicos de la familia corren paralelos a los estertores y simulacros de los últimos días del primer gobierno de Arturo Alessandri y los primeros de la instalación de la dictadura de Carlos Ibáñez del Campo. O sea, mientras el país cambia de piel, ellos van de ciudad en ciudad, siempre peor, siempre en el borde.

«Montamos los hogares del vagabundaje con sentido de eternidad y ambición de estabilizarnos, pues yo fabrico muebles, instalo los gallineros con dos patos, un gallo, tres gallinas, dos pavos y el perro de casa, pero no podemos, señor, no podemos; el comercio de cuadros apenas va para la comida, apenas», anotará él.

Winétt también pinta. Se inventa un nombre: Federico Larrañaga. Mancha. Busca algo. Lo hace rápido. Es menuda y grácil. Los cuadros están llenos de «hileras desde atardeceres azules, con amarillo sangriento por dentro», anota Pablo. No está sola. La rodean hijos, la rodean fantasmas. Quizás uno de los niños llora a su lado. Quizás las palabras la acompañan, la cercan, la cambian. Son momentos duros. El gesto de pintar deja fuera al mundo, quizás le promete otro. «¡Ay! qué hermoso, quién viviera en aquella casita tan blanca y tan roja, entre los sauces amarillos», le dice a Pablo mirando una obra que ha firmado como Larrañaga.

XXXI

Pablo de Rokha lleva el féretro con el cuerpo de su hijo al hombro. Va al cementerio.

«Ahora te come la tierra, más glotona que tú, hijo mío, niño mío, Tomás, y yo te lloro», anota en *Escritura de Raimundo Contreras*.

Ya pasó el tiempo de la experimentación. Ahora es el tiempo del fracaso: el poeta ha perdido otro hijo y se hunde en el lenguaje para volver de ahí casi con nada en las manos pues su lengua solo puede estar seca. Es todo lo que queda, lo que le dejaron, lo que tiene a mano. Algo pasa en su estilo. El dolor acecha las palabras, las deja desnudas. La modernidad es esto, el siglo veinte es esto, la pobreza es esto: una conciencia lanzada hacia adelante, un camino hecho de adoquines mal compuestos en los cuales el único horizonte es el pequeño vacío que hay entre los signos, todo en esa tipografía que no reconoce más ley que sí misma. La poesía es esto: la memoria de un campesino, la silueta sin rostro de un alter ego insondable que responde al nombre de Raimundo Contreras, los fragmentos de las voces de los otros confundiéndose con su otra voz, lo que alguna vez fue el deseo vuelve como esquirla, la genitalidad como la nostalgia de cuerpos desplegados sobre el mapa.

Pablo de Rokha ha tratado de salvar a Tomás. Es el segundo de sus hijos que muere. Tiene dos años. Él y sus hermanos están infectados de escarlatina. La peste se la pegó Carlos, el primogénito. El doctor Delbés revisó a los niños y le dio un pronóstico negrísimo a Pablo. El poeta decidió ganarle su señorío a la muerte. En una pieza dispuso las camas de todos sus hijos y sus hijas y desde ahí, él mismo trató de curarlos. Delbés lo acompañó, al punto de casi mudarse a la casa. El poeta le hizo transfusiones de su propia sangre a algunos; y a José le dio masajes en el cuerpo para reanimarlo, poniéndole gotitas de adrenalina en la lengua para que alcanzara a llegar al minuto siguiente.

«No morirá ninguno», dijo.

Lukó cuenta que esos días de enfermedad y convalecencia De Rokha se quedaba sentado en un sillón y escribía mientras esperaba la hora exacta en que había que darle los remedios a ella y a sus hermanos. Cerca suyo, Winétt grababa sobre madera las planchas de la edición de *Suramérica*.

Lukó recordará todo como una pesadilla larguísima y triste. Un día despertará con su hermano Tomás muerto al lado. «Escondí el rostro entre las sábanas para llorar las primeras amargas lágrimas de mi niñez. Después le escuché a una de las empleadas decir que mi padre y el doctor Delbés habían ido solos al cementerio a dejar a mi hermano y que mi padre cargó el pequeño ataúd para subirlo al automóvil. Mamá se quedó con nosotros, y en sus ojos no vi una sola lágrima pero de pronto se llevaba las manos al pecho, como si temiera que algo pudiera estallar dentro», anotará.

«Cuando nosotros abandonamos la cama se publicó el libro», agregaría, refiriéndose a *Escritura de Raimundo Contreras*.

El espectro de Tomás está ahí desde sus primeras páginas. El libro fue editado en 1929 pero la tirada quedó secuestrada en la bodega de la editorial Klog por quince años hasta que los ejemplares salieron a la luz y se agotaron, confirmando el hecho de que leer a De Rokha siempre supondrá un desfase casi metódico, un conocimiento a destiempo, volviendo muchos libros del poeta un anacronismo a los ojos de sus lectores.

111

Así, en 1929, un año donde el general Ibáñez gobierna como dictador y el mundo está a punto de caer en la peor crisis económica del siglo, De Rokha deja de buscar el presente, para qué. Como Juan Rulfo (que haría una poesía seca con el habla inventada de un pueblo muerto), o Joyce (de quien había renegado en *U*), el poeta radicaliza la apuesta de *Los gemidos* y hurga en lo que había debajo de la lengua y con eso, aborda la estructura secreta de lo real. Aquello vuelve a Raimundo un héroe literario: la cristalización del estilo es su biografía; la nitidez de su voz, su epopeya.

«Aquí, en este vértice, Tomás, hago un abismo, trazo un vacío imponente, paro mi vida», dice el texto que inicia el libro en una de esas elegías desoladoras que solo De Rokha podía darle a los suyos. «Morías como un héroe del absoluto», recuerda en esas primeras páginas, marcando el tono del volumen, esa mezcla entre oración fúnebre y celebración, entre libertad y pena.

Contreras, como personaje y narrador, excedía los contornos de la figura del campesino. Su escritura no solo era la invención de un estilo, era la invención de una vida. «Raimundo es Raimundo si por compasión un riel le partiera la cabeza agarraría la cabeza y la iría acumulando la iría edificando pacientemente como un verso o como un templo día a día va montando un potro terrible pero él es más terrible él es mucho más terrible que un potro terrible», escribió De Rokha.

Contreras retornará varias veces. En *Multitud*, por ejemplo, el poeta usará su nombre para hacer crítica literaria, lo que en realidad significará defender a autores como Rosamel del Valle, un «hombre serio, tranquilo, sobrio; está a mucha altura del charlatán alharaquiento, copiador de García Lorca, que empieza a berrear por estos ámbitos» o ajustar cuentas con enemigos diversos, como por ejemplo un tal Antonio Rocco del Campo, cuya antología *Panorama y color de Chile* «estaba hecha con los pies» y era «uno de los libros más tontos, más irresponsables, más cursis, más inmundos, que jamás se hayan lanzado en Chile». También reaparecerá en *Genio del pueblo*. Será otra voz más en el coro de voces que dialogan en un limbo que bien puede ser Chile, una tierra media y crepuscular que también parece, por momentos, un purgatorio.

Raimundo también existirá como parte del espíritu de *Eloy* (1960), la novela de Carlos Droguett sobre un bandolero acosado por la policía, obra con la que guarda no pocas coincidencias. Con cariño, Andrés Gallardo recordaría cómo Droguett defendía a ultranza el libro de De Rokha: «La mejor novela campesina chilena, aunque otros quieren llamarlo libro de poemas», decía.

Tenía razón. El libro podía ser leído como una novela. La lengua de Raimundo existía como un relato hecho de un alfabeto fantástico y lo rural, huyendo tanto de la voluntad de glosario del criollismo como de la gesticulación vacía de una vanguardia que se había vuelto una opereta. Porque Raimundo Contreras es otra de las máscaras de De Rokha. Es un artefacto narrativo, una máquina autobiográfica. Es la vida que rechazó pero de la que tuvo que inventarse una voz; es el mundo que abandonó y al que solo pudo volver abrazando sus restos sin nostalgia, escribiendo como si se moviese en las ruinas de una lengua secreta. También representa una de las libertades que no ejerció: la fantasía de convertirse en lo que había soñado su padre para él, la de haberse quedado cerca de la tierra antes de escapar hacia la condena y la guerra y la felicidad de la literatura.

XXXII

En 1987, en una entrevista publicada en *Apsi,* el escritor Mario Ferrero contó que un día Pablo de Rokha vendió setecientos libros. Fue en Calbuco, una localidad de mil doscientos habitantes.

«Compraban [...] hasta los analfabetos, las guaguas», decía.

Ferrero, que lo acompañaba como secretario, recordaba sus técnicas, que le parecían curiosas. Según él, De Rokha «llegaba a una provincia cualquiera y visitaba primero que todo al intendente, lo que ya significaba una fricción, porque se trataba de regímenes casi todos de derecha. Luego visitaba al alcalde, a los regidores, a los diputados, si los había, a los profesionales, a las fuerzas armadas. En todos los regimientos de Chile están los libros nuestros. Le compraban porque le tenían terror, por la forma en que llegaba [...] En general, vendía por presencia. Vendía mucho entre los agricultores. Como él lo había sido, sabía al dedillo todo el problema del campo. Entonces comenzaba una larga conversación con los agricultores, y quedaban felices. Lo invitaron a almorzar, a probar una chichita, cualquier cosa, y en eso comenzaba a contar historias. Era un hombre extraordinariamente simpático que sabía mucho y encantaba su personalidad por lo honesto, lo directo. Y al final, terminaba en una tomatera más o menos entusiasta. Al final, el comprador se olvidaba de que había comprado los libros y los volvía a comprar a las ocho de la noche; después hacía lo mismo a las dos de la mañana. Compraban varias veces y naturalmente se los vendíamos».

Hay montones de cuentos parecidos. En ellos, el poeta aparece y desaparece en el mapa de Chile. Salta, se pierde, se convierte en un destello; es una anécdota narrada por otros. Aquellas décimas donde Violeta Parra va dejando tras de sí pedazos de su cuerpo a través del país parecen reflejarlo a él también, que existe en el recuerdo colectivo como una figura móvil. Pablo es una silueta que atraviesa pueblos abandonados, mercados y cocinerías, caminos de tierra, salones de té, chinganas, construcciones de adobe que han sobrevivido a terremotos. Criatura de los caminos, el escritor furibundo adquiere otros avatares y se mezcla así con el vendedor viajero, con el contador de mentiras, el rapsoda itinerante. Nunca va solo, lo acompañan sus hijos y sus amigos: Carlos y Pablo, Paschín, el mismo Ferrero.

Esos viajes adquirirán un aura legendaria. Jorge Teillier narrará en una crónica bellísima la tarde en que De Rokha apareció por un camino de Lautaro. Era la hora del crepúsculo en el sur y Teillier estaba con su padre, su hermano y un par de amigos cuando escucharon a un auto frenar para luego ver como salía de él Pablo de Rokha, que le dijo: «compañero Teillier, vengo desde Los Ángeles muerto de ganas de comerme unas patitas de vaca». El poeta venía acompañado de uno de sus yernos y traían unos cuadros de Juan Francisco González.

En el relato de Teillier lo que sigue incluye la visita a un clandestino, donde también iban «el alcalde, el gobernador, el oficial del Registro Civil y hasta el sargento de carabineros». En el lugar, De Rokha devora salmón fresco y toma chicha de manzana, pide otra damajuana de chicha y una pichanga hecha de «queso de cabeza, arrollado, longaniza, cebolla escabechadas en vinagre y ají cacho de cabra», patas de vaca y otra damajuana más, esta vez de pipeño. Aparecen además un ciego que le lanza piedras a un tren y a la gente, y un profesor que se pone «a cantar

115

cuecas chilotas con el beneplácito de la concurrencia». Al final, De Rokha termina cambiando un ejemplar de *Idioma del mundo* «por un saco de papas donde el vasco Goicoechea y por un quintal de harina donde el molino de Haury, menestras que envió a Santiago a casa de su hija». Teillier cuenta un par de cosas más: el poeta trueca otro libro por zapatos y luego almuerza con sus padres, donde la madre lo ve ir a la huerta y volver con dos cebollas, que come crudas. El autor de *Los dominios perdidos* narra todo con nostalgia y certeza; recuerda al amigo como un «espléndido y peligroso anfitrión».

Como Teillier, muchos se acordarán de él así. Es parte de su mito: sus lectores llenamos el mapa de alfileres para tratar de seguirle los pasos a través del territorio. Ahí, lo atrapan como una aparición súbita, como un peregrino de sí mismo que cruza el paisaje, vivo y complejo, confuso a veces, insoportable y entrañable al mismo tiempo.

Carlos Ruiz Zaldívar lo recuerda en San Felipe, donde llega cargado de libros suyos y de Winétt y cuadros de Lukó a una escuela. El poeta le pidió una tarjeta de presentación para darse a conocer con la gente de la ciudad; «no importaba que no les gustara el arte porque sabía su oficio de convencer a la gente». Ruiz se la da. Esa noche, Ruiz lo visita en el Hotel Robles, donde se queda. Salen a celebrar, llegan a la Sociedad de Artesanos. Ahí De Rokha pide dos parrilladas de las que da cuenta «como si se comiera un sándwich», y bebe dos botellas de vino mientras parece «un buda detrás del humo de la parrilla».

En San Antonio llega a la hora del crepúsculo y junto con el poeta Víctor Castro parten a comprar «¿veinte, treinta, cuarenta kilos?» de huevos de pescado. Van al casino de pescadores y el poeta le pide a la cocinera «que los friese todos». Beben y comen y beben y la noche termina con De Rokha mirando el mar en silencio, escuchando cómo el oleaje sacudía los cimientos del lugar.

«¡P... qué mal genio tiene este viejo tremendo y milenario», dice.

En Rancagua, Héctor González lo evoca visitando el diario *El Rancagüino*. El director del diario coleccionaba su obra. Pablo andaba «con sus dos brazos repletos de libros y salía con ellos vacíos, pero con renovadas amistades y con un fajo de billetes que justificaba su esforzada labor de "trabajador del intelecto"». Ahí, enhebraba una «charla... larga, sonora, continuación de la misma que había quedado interrumpida meses o años antes». González agrega una imagen terminal, del año 1967, donde ve al poeta invadido de un «cansancio, que se adivina en grandes ojeras y sus ojos hinchados. Los años de vivir y de luchar le pesaban en las piernas y en las espaldas».

En Talca da vueltas por el mercado, según David Ojeda. No le va mal. «Tenía amigos ricos entre el huaserío de esa región y vendía su mercadería bien respaldado por su lenguaje grueso y anecdótico», anota Ojeda. También ahí, en 1965, aterriza de nuevo acompañado de un «pintor, yerno suyo», luego de ganar el Premio Nacional de Literatura. Estaba recorriendo el país, gastándose el dinero. Él conocía la ciudad y la ciudad lo conocía a él. En esa visita «nadie volvió a su trabajo». La jornada «comenzó con el chancho en piedra en el Río Claro. Después se instaló en la Sociedad de Empleados [...] e hizo llamar a todos los periodistas de la zona para compartir. Hubo horas de diálogo, confraternidad y recitaciones».

En Curicó se lo topa Orlando Gutiérrez saliendo del diario *La Prensa*, primero en 1949 y luego en 1965, donde comparte con él «en una prolongada noche, salpicada de estrellas, junto al Río Claro, en compañía de otros periodistas».

A la Isla de Chiloé va y viene. Come erizos en Dalcahue, toma chicha de manzana en Achao. Anda con Ferrero a veces. En una ocasión, cenan con un dentista que se vanagloria de una pintura que decora una de las paredes de la casa. De Rokha trata de comprársela. El dentista no la quiere vender. Ferrero contempla la escena con cierta perplejidad. La discusión está trabada por el alcohol y la arrogancia, por la soberbia que tiene quien cree ser poderoso. De Rokha insiste pero al final no consigue nada. Al salir, ya en la calle, se ríe y le dice a Ferrero que todo era una broma, que el cuadro era falso y que él mismo se lo había vendido al insoportable dentista una década atrás.

En Valdivia, Carlos Ibacache lo perfila llegando a la Escuela Normal, «arrogante, impetuoso y expresivo, capaz de comprometernos con la adquisición material de uno de sus libros, cuando lo que de verdad nosotros necesitábamos comprar con ese dinero, era un alimento o una prenda de vestir». El mismo David Ojeda también se acuerda de él ahí, saludando en el diario *Chile Austral* mientras preguntaba por su director. «Es una maravilla este Valdivia [...] brutal e imponente su paisaje. Recuerda mucho a Alemania con sus techos rojos, con sus fábricas de astilleros enraizados en la rivera de un río que parece de plata, y tan pausado y milenario. Y esas gaviotas como describiendo trayectorias de paz y de ensueño», inventa De Rokha, que también está vendiendo repuestos de auto en ese momento. En ese mismo texto, Ojeda lo recuerda dando una conferencia en el Teatro Valdivia donde «inició una mañana de domingo una áspera charla sobre el feudalismo, las leyes, los títulos honoríficos y como siempre seguía explotando y maniatando el propio pueblo, no obstante el advenimiento de nuevas repúblicas [...] Era terrible, parecía un boxeador luchando con su propia sombra».

En Antofagasta, el escritor Andrés Sabella repetía un poco en joda la pregunta que el poeta hacía por Neruda («¿Y ha venido por aquí, el pinganilla...?») pero también lo recordaba metiéndose a nueve locales en una sola y larga noche, uno por cada musa, a modo de homenaje. Por supuesto, todo terminaba de modo delirante. De Rokha, Sabella y sus acompañantes se quedaban con los bolsillos vacíos, llegaba el amanecer y algunos se iban para tratar de dormir un poco. De Rokha quería tomar desayuno pero nadie se ofrecía a acompañarlo y terminaba gritándole a uno de los desertores: «Atajen al que se robó la gallina».

En todas estas historias la literatura chilena es una tradición secreta que De Rokha va inventando mientras avanza. Esa literatura existe en la medida en que él la descubre, es una literatura de poetas solitarios, de autores secretos, de periodistas, profesores y perdidos. En ella, Pablo flota en los recuerdos ajenos al modo de una historia familiar; se vuelve parte de un cuento que se narra en medio de una borrachera, y eso queda atesorado en la memoria de los otros como la crónica de la visita de una celebridad tan exótica como cercana.

En los recuerdos ajenos, el poeta es dibujado con la nostalgia y el cariño de lo fugaz; existe entre las arboledas que dan sombra a los caminos de tierra, las plazas solas de los pueblos y el modo en que el sonido de un arroyo acalla la voz de los pájaros de la provincia.

XXXIII

«Cuando cayó el general Ibáñez, sentí que había estado fuera de la realidad. Debía afrontar responsabilidades, actuar», le dijo alguna vez el poeta a Fernando Lamberg, su biógrafo.

Tiene razón. Los años treinta lo cambian de nuevo. Afuera la crisis económica. Adentro, la dictadura de Ibáñez termina y viene el gobierno de Montero, la República Socialista y luego el retorno de Alessandri, que es una vuelta más bien penosa, una ilusión que termina en la Matanza del Seguro Obrero de 1938. Todo parece volverse triste y circular: Chile es un país en una crisis permanente, un paisaje que nunca encuentra la paz.

De Rokha vende cuadros y libros, viaja por el país. El Buick amarillo es la imagen que lo resume. La sombra de Raimundo Contreras lo persigue, cómo escribir después de eso. Cuando no está viajando, está con Winétt y los niños en Santiago, en el barrio Independencia, en la calle Caupolicán.

Su madre muere. «No escucho el aullido de animal espantoso que da mi padre, y únicamente veo su muerte, la muerte de su muerte», escribe. José Ignacio, su padre, viudo, se retira a Lautaro y después se irá a vivir a Hualañé, cerca de Licantén.

Su suegra también fallece. Él desprecia a la condesa, sobre todo por el trato que tiene con Winétt. Se entera de la noticia en La Calera, mientras anda con Luksic en alguna transa. Es «la puñalada última» de «quien no le entendió nunca, la humilló por el dinero, buena como era, en el mundo de humo y alhajas de sueño», anotará. El recuerdo del funeral es doloroso pero huele a una venganza acaso tardía: «el General permanece tranquilo, militar, seguro, frente al ataúd de la señora, que fue tan hermosa y cruel como un retrato de antaño, tan como de oro de hierro señorial, de dignidad aristocrática, y ahora está tan pálida como lirio de vidrio, en su caja».

Comienza a dar clases en la Facultad de Bellas Artes de la Universidad de Chile. Imparte el curso de Filosofía del Arte o Estética, según quien lo recuerde. Es el paso natural: antes ha formado en su casa de Valparaíso un grupo de estudio, donde han asistido los poetas Zoilo Escobar y Guillermo Quiñonez, el autor porteño de la «Balada de la galleta marinera», quien será otro de sus amigos entrañables. La primera clase es en la Casa Central, en plena Alameda, en el Salón de Honor.

El coronel está ahí entre el público y lo mira. Él «se ríe y yo salgo, sudando, a vender cuadros, sí, a vender cuadros para comer como catedrático», anota.

Son los días en que De Rokha escribe de modo continuado en el diario *La Opinión* acerca de política y literatura. *La Opinión* es el diario de Juan Bautista Rossetti, abogado y político, primero radical socialista y luego socialista, que llegó a ser canciller de Aguirre Cerda, ministro de Hacienda de Ibáñez del Campo en 1952 y diputado en un par de ocasiones.

Ahí el poeta pasa de ser un polemista a un activista, mientras comienza a rondar el mundo del Partido Comunista. Su conversión es un proceso complejo. Abandona el anarquismo de su juventud para quedarse vacío, a la deriva. Dice: «Me acribilla la preocupación trágica de no haberme jugado heroicamente entero contra Ibáñez [...] el solitario devoró al luchador social, anarquizándolo». Cuando recuerda esos días, De Rokha le reprocha a otros (a Neruda, a Tomás Lago) haber aceptado puestos en el gobierno pero sus críticas más terribles están dirigidas a sí mismo. Algo falla, algo le falta. «A nuestra conducta de intelectuales en rebelión le falta la masa social, la doctrina, la ideología, las médulas de Quevedo», anota.

Su transformación es paulatina e irrevocable pero también, en cierto modo, esperable. Algunos de sus cercanos como Paschín o Luksic pertenecen al Partido Comunista y la lectura de Marx y Lenin reordena lo que sabe, lo que escribe o vive.

En 1932 se presenta como candidato a diputado independiente por Santiago. Usa *La Opinión,* que queda en la Alameda cerca de la vieja Iglesia de San Francisco, como sede. Alberga esperanzas. «Voy a una diputación independiente que mantiene los resabios equivocados del idealista en transición, del materialista en formación», escribirá.

El pintor comunista Enrique Mosella se presenta en su casa una noche y le entrega un cuadro como ayuda para financiar su campaña. Son las primeras elecciones luego del Congreso Termal de 1930, ese arreglo político donde Carlos Ibáñez del Campo diseñó a su gusto la composición del parlamento local, sin llegar siquiera a las urnas.

El lema que aparece en los afiches de campaña junto a la foto de De Rokha dice: «Yo voy al Congreso a defender el orden, pero no el orden sino el orden».

Pierde.

Y gana.

«Comprendo que finteo y que es menester decidirse definitivamente», dice.

Encuentra un mundo. «Los contactos del Partido me producen alegría, infinita alegría, infinita alegría; a través de la cátedra llega Luis Luksic, los artículos en *La Opinión* adquieren el tinte rojo de dignidad y sangre, y el comunismo me deslumbra», recuerda feliz, aunque su relación con el partido siempre será compleja. La militancia del poeta muchas veces rozará lo fantasmagórico, y se volverá un asunto amargo, sobre todo en esos momentos donde en el futuro caerá una especie de *damnatio memoriae* sobre él y los suyos.

Pero aun así, en esos momentos donde los amigos negaban el saludo y bajaban la cabeza al verlo, el partido o la idea del partido o el sueño del partido era un asunto que solo podía ser definitivo, pues era un lugar de pertenencia que el poeta nunca abandonaría, por lo menos en su cabeza.

Porque la militancia en el PC le daba a De Rokha un ticket para concurrir al teatro de su tiempo, convirtiéndolo en un actor más, acaso otro rey que atraviesa escenografías que simulan ser bosques. No está solo en ese camino, en esa decisión; el signo de los tiempos les pega a todos. Pero si en Huidobro el comunismo ostenta la frivolidad de una *boutade* ensayada; y en Neruda se exhibe como una patente de corso para cruzar las aduanas de la historia y ungirse como mito total; en De Rokha la transformación es bastante más dramática.

Jesucristo, publicado en 1933 y reeditado en 1936, es la prueba. Era solo el primero de varios textos que compartían un tono similar. En la década del treinta el poeta abordaría una y otra vez figuras religiosas y políticas como si fuesen lo mismo: Moisés, Lenin, Marx, Mahoma. ¿Qué buscaba ahí? Tal vez fragmentos de una aventura colectiva, destellos de vidas ejemplares a las que imitar, pares con los que dialogar.

Respecto a *Jesucristo*, De Rokha «abomina de aquella imagen que lo muestra resignado, melancólicamente hermoso», como bien anotó Fernando Lamberg sobre el libro; y si bien el poeta ya había abordado décadas atrás la figura de Jesús en algún ensayo para *Numen*, acá absorbía «la verdad marxista emocionalmente» para describir a Cristo, a quien muchas veces examinaba con libertad novelesca.

Dedicado a sus padres, Ignacio y Laura («si los lluviosos años cantáis aquella gran tonada de los muertos, yo os escribo en la historia humana») y con un primer capítulo que reflexionaba tanto de sus días con Winétt («llegaron los hijos desgarrándote, como una higuera, la abundancia») como del sentido de su propio trabajo («sembrados de escrituras de osamentas están los desiertos del arte»), en el libro el poeta reescribe la Biblia a su antojo. Ahí, Cristo es apenas otra versión de Pablo de Rokha. Su conflicto no es religioso, sino ideológico: «Adentro de nuestro hoy inmenso pelean la bestia y Dios [...] la rebelión social nos nutre; y arde con nosotros el gran poema de clase, anticipado a la era obrera, el canto de la Tercera Internacional Comunista», anota. Ese Cristo no niega el placer sensual, es un revolucionario en ciernes y huye de cualquier clase de misticismo. Es alguien que «siempre estuvo fuera de la ley, como los ladrones, los poetas y los héroes». De Rokha vuelve sobre hechos y personajes de la Biblia (Caifás, Lázaro, la negación de Pedro, Pilatos, etc.) para describir a un mesías que «comía y bebía, acariciando una muchacha de su tiempo», al «atleta sano y soñador de Nazareth [...] borracho y enamorado hasta el éxtasis; vagabundo, remoledor, nocherniego, tenía hermosas queridas y deudas de dineros, como todos los grandes profetas del espíritu».

Pero a De Rokha le está vedado cualquier clase de goce: su comprensión del marxismo se parece al estudio de las Escrituras que acomete un patriarca o un asceta. El poeta lee en el lenguaje cifrado de la ideología los sentidos convulsos de una parábola sobre él y su clan. Es otra religión, un sistema al que aferrarse y quizás el único domicilio fijo que tendrá en años, al punto que venera a los líderes del partido como sombras tutelares, santos a los que imitar. «Ahora, esta casa nuestra está abierta a los camaradas y su corrección, su capacitación dan a la amistad un acento grande, soberbio y entero de jerarquía literaria definida», escribe. Por lo mismo, encuentra o quiere encontrar ahí un coro, una colección de voces que puedan unirse a la suya. Eso le devuelve cierta autoridad moral: poeta de las masas, poeta de los trabajadores, poeta revolucionario, poeta del pueblo, poeta del partido.

XXXIV

El poeta narra esos pocos años de actividad partidaria como algo feliz. Es parte de un mundo, de una comunidad. «Chamudes y Marta Vergara, Luksic, Blanca Luz Brum, Samuel Román Rojas, Roko Matiasic, Teitelboim y Anguita, Seguel, Pedro Olmos, Lira, Mosella, Burchard y el estudiantado de toda la izquierda de Chile están entrando y saliendo de mi casa, y al pie, o debajo de aquella gran mata de rosa del patio, o en el comedor grande como comedor de provincia, hay un gran vaso de vino para los amigos, un vaso de vino, un vaso de vino y plato de pavo dolorosamente ganado con el trabajo del vendedor de cuadros, ya que el vendedor de cuadros alimenta al catedrático y da el pan de la hospitalidad a quien golpea la puerta», escribe en *El Amigo Piedra*.

De Rokha siempre será comunista aunque nadie lo quiera ahí. A través de los años, se someterá a lo que diga el partido; y aceptará muchas veces sus designios con el estoicismo y la fe de una víctima sacrificial, arrepentido de pecados que ni siquiera cometió. Por eso llama la atención la actitud del mismo Partido Comunista hacia él: el deseo permanente de sacárselo de encima y no concederle nada, en una serie de actos de desprecio que se prolongarían por décadas. Entre esos actos, incontables, estaba por ejemplo la decisión de bloquear la venta en los quioscos de *Multitud*, la revista del poeta; el despido de *El Siglo*, diario del PC, de su amigo Juan de Luigi por comentar mal una novela de Diego Muñoz (otro de la «banda negra» nerudiana); o la solicitud del partido para que no

126

asista a una cena organizada por la embajada de China en la década del sesenta, petición que el poeta acataría en silencio, mascando la pena.

Porque De Rokha era demasiado para el comunismo chileno: demasiado extremo, demasiado vanguardista, demasiado ingobernable. Entiende las cosas a su modo, hace lo que se le da la gana: está con la República Socialista de Grove y luego fustiga al gobierno de Alessandri y después, en 1938, cuando el Partido Comunista y buena parte de la izquierda se unen al Frente Popular que lleva a Pedro Aguirre Cerda a la presidencia, él prefiere apoyar a Ibáñez del Campo.

«Pero cuando el Partido lleva a la victoria de la unidad nacional y produce la unidad nacional democrática en la figura de Pedro Aguirre Cerda, yo exijo a Ibáñez que ingrese al Frente Popular de Chile, que ingrese incondicionalmente [...] e Ibáñez se vuelca en el Frente Popular con todas sus fuerzas, las turbias y las claras, con todas sus fuerzas de combate y el Frente Popular triunfa, no por Ibáñez, sí con Ibáñez a la espalda, peligrosamente, y yo lo comprendo, no situado, encaramado», dice.

Todas esas explicaciones no dilucidan nada. Es una vida de compromiso, pública, a veces arriesgada. Para el poeta es su trabajo intelectual. De Rokha habla en asambleas y concentraciones, preside organizaciones, escribe de actualidad en los diarios, pone su obra al servicio del pueblo, al que aspira a encarnar en su voz.

En ocasiones, el asunto se vuelve grave. Lukó lo recuerda en sus memorias saltando el muro del patio para huir de la policía; y en una carta fechada en 1938, Winétt le pide a su hermano Carlos que interceda por él con el hijo del presidente Alessandri. Escribe: «He estampado la gran palabra para convencerme de que aún lo eres, es decir, que eres mi hermano y que fue una sola y única nuestra madre. Pues bien, en nombre de ella y de nuestros hijos: los tuyos y los míos, sangre de ella y de su inmenso dolor sobre la tierra, te pido que le escribas, en este mismo instante, por expreso, a tu amigo Arturo Alessandri Rodríguez. Es necesario que no releguen a Pablo a la Isla de Pascua, sino a cualquier otra parte donde pueda ganarse la vida para mí y mis siete hijos. Yo estoy enferma, muy delicada de cuerpo y muy trizada del alma».

Antes, en 1935, el poeta ya había participado en un «Congreso de Indios» organizado por la Federación Araucana de Chile, en Traitraico. Era uno de los representantes del Partido Comunista y dio un discurso sobre la Unión Soviética. Nadie entendió demasiado y los mapuches miraron incrédulos a este *huinca loco*, según consigna una nota en *The Clinic,* donde Eduardo A. Godoy relata el episodio desde el punto de vista de la prensa anarquista, que fustigó duramente al poeta.

«Los caudillos, los demagogos, los ganapanes de la política han encontrado en Pablo de Rokha lo que les faltaba: el Sancho que irá recogiendo los laureles que ellos conquisten en futuras campañas electorales», escribiría sobre él en *La Protesta* el dirigente anarquista Luciano Morgado, en 1937.

Lo mismo sucede con su paso por la universidad como profesor, que no está exento de polémica. Según Óscar Chávez, De Rokha era «un orador extraño, profundo, audaz, original, inédito y siempre sorprendente» que superaba «muy de lejos a todos los escritores chilenos juntos en el dominio del idioma y empuje dialéctico», al ser «capaz de teorizar sobre su obra, con la rotunda claridad, seguridad e interés con quien enfrenta cualquier acontecimiento». De Rokha entendía sus clases como un espacio de discusión pero también de lucimiento personal. «La cátedra de Estética, incendiada y saturada de política y marxismo beligerante y todos los discursos e intervenciones, me convierten en el epicentro intelectual de izquierda de Chile», dice.

Todo acaba mal, no podía ser de otra forma. En 1933 se presenta a decano y pierde por un voto, dato que repiten hasta la saciedad sus biógrafos como si en él estuviese concentrada su mala suerte y aquello fuese otra prueba más de su destino casi fatal. En cualquier caso, tiene problemas en la universidad. Está contra todo y contra todos. Es un ejército de sí mismo. Así, defiende a Enrique Mosella, que es uno de los que lo ha acercado al Partido Comunista, en contra del decano Domingo Santa Cruz y «las corrientes adocenadas de la reacción y el nazi-fascismo»; también se cruza con el pintor Hernán Gazmuri, maestro de Roberto Matta y precursor local del cubismo. De Rokha lucha contra «Gazmuri y los reaccionarios de la Academia de Bellas Artes a base de talleres abiertos para obreros». Y luego, otra traición, esta vez de Mosella: «al regresar del verano, lo encuentro con Gazmuri acumulando un frente de combate contra Pablo de Rokha y abofeteo a Gazmuri». Lukó dice, por este episodio, que lo mandó al hospital.

En cualquier caso, poco importa la fidelidad partidaria, que aparecerá como un tema relevante en sus *Cinco Cantos Rojos* o que una de sus diatribas más furiosas de aquellos años se llame *Imprecación a la bestia fascista*. De Rokha sigue siendo demasiado complejo para quedarse quieto, para dejar de ser varias cosas a la vez. Porque no es solo un militante que aspira a estar a la altura de lo que el Partido exige de él. También es un profesor de estética incendiario, un vendedor viajero que muchas veces toma la forma de un pícaro, un embaucador de provincia; y sobre todo alguien que pertenece a un universo que ya no existe, en tanto falso santiaguino arribado del sur, arrendatario de una casa con patio y gallinas, en un barrio de clase media a la que llegan a visitarlo artistas y políticos. Y ahí, dentro de esa casa, también se multiplica aún más, convirtiéndose en un hombre de familia, acaso otra versión de ese Juan el Carpintero que aparecía en *Los gemidos,* un «hombre decente» que «los domingos leía a Kant, Cervantes o Job» y «juzgaba a los demás según el espíritu».

XXXV

Neruda vuelve a Chile en abril de 1932. Llega a Puerto Montt desde Oriente, de Singapur. Lo acompaña su flamante esposa, María Antonieta Hagenaar, y trae los poemas de la primera versión de *Residencia en la tierra* en la maleta. Chile lo recibe de modo agridulce. Su padre lo sigue odiando y tiene problemas económicos. Sus amigos se alegran de verlo aunque la situación política es incierta. En cualquier caso se las arreglan para recibirlo.

De Rokha participa en algún evento pero se mantiene distante. Sospecha. Algo pasa ahí. El Neruda que vuelve vive a duras penas pero trata de publicar en España, hace una versión definitiva de los *Veinte poemas de amor*, se equilibra entre varios trabajos mientras pide una nueva destinación como cónsul. A pesar de estar casado intenta recuperar a su antiguo amor, Albertina Azócar, mientras se pierde en la noche con los amigos viejos y nuevos, cambia de domicilio y deja que su matrimonio implosione.

Entonces, en noviembre de 1932, ofrece una lectura en el Teatro Miraflores y lee poemas viejos y nuevos. Joaquín Edwards Bello celebra el show y pone a Neruda al frente de la línea de fuego de su generación.

Volodia Teitelboim recordará el evento con ojos asombrados. Es un adolescente que mira todo desde la galería. El espectáculo tiene algo de inquietante: Neruda habla detrás de unas máscaras y no se ve nada de él salvo su silueta. Su voz, esa voz nerudiana que con los años se volvería una seña de identidad y un material de caricatura, invade el lugar. Dice Volodia: «La curva melódica de la voz no experimentó la más leve modificación. Pero después de un rato resultó como ruido de aguas lentas [...] aquellas palabras daban de beber a un espíritu sediento cierto líquido embriagador, creaban un clima envolvente, generaban una atmósfera donde se entreveía la lucha de un alma tempestuosa que hablaba por un mundo interior habitado por muchos fantasmas, comunicándonos la aventura de un hombre, de la vida solitaria y de los viajes, de la conciencia y del lenguaje, que no nos podía dejar iguales a como éramos cuando nos instalamos a escucharlo».

Al día siguiente, en *La Opinión*, Pablo de Rokha publica «Pablo Neruda, poeta a la moda», una columna donde describe ese mismo tono que había maravillado a Volodia como un «sonsonete doliente e inicuo» que complementa una poesía que es una «especie de sobrante del alma, residuo siniestro y obscuro de la animalidad rumiante, que arrastra el ser humano en los sótanos del subconsciente».

No hay posibilidad de que tome a Neruda en serio. Para De Rokha se trata de un vendedor de humo, un chanta, un estafador cultural capaz de engañar a Edwards Bello y a otros. No hay espesor ahí, en esa poesía que es apenas «un bluf comercial editado por Nascimento». «Ni la raza chilena, en formación, ni la entidad indolatina se expresan en este flagrante y fiel servidor de la burguesía», dice.

Le está enmendando la plana y no lo convencen ni su aire exótico ni su éxito social. Neruda solo es capaz de ligereza y aprovechamiento. De Rokha ya lo tiene sentenciado: «entona la palinodia del versito surrealista, viste bien, come bien, duerme bien y todos los primeros se va a incautar sus buenos pesos, emanados de la Tesorería General de la República».

El otro Pablo le responderá diez días después en una carta en *La Nación*. Se referirá a él como «el vendedor de cuadros que me insulta por envidia». Un par de meses después saldrá *Residencia en la tierra* (cien ejemplares, una edición de lujo) y luego, en 1933, se instalará en Argentina donde se topará con García Lorca, Oliverio Girondo, María Luisa Bombal y otros.

Luego de ese viaje, pareciese que De Rokha lo pierde de vista pero la guerra ya está declarada. La obsesión ya está ahí. En 1934, De Rokha publica «Esquema del plagiario» en donde se refiere a las similitudes entre «El jardinero» del escritor indio Rabindranath Tagore y el «Poema 16» de *Veinte poemas de amor y una canción desesperada.*

Va así: el mismo Volodia, que es lector precoz y metiche, se topa con Tagore y por azar descubre que hay una similitud entre los dos poemas. Huidobro se entera y publica en su revista (porque *Proa* es otra revista suya y sí, a estas alturas hemos perdido la cuenta) los dos textos. El diario *Las Últimas Noticias* también lo hace y alguien llamado «Justiciero» continúa la denuncia. Volodia cree reconocer en Justiciero a su maestro y amigo Huidobro. Todos tienen razón. Las similitudes son evidentes, lo de Neruda es un parafraseo, una versión del poema del indio. Mal momento: cuando se publica «Esquema del plagiario», Neruda ha dado un recital en Madrid donde lo presenta su amigo Federico García Lorca. El escándalo suma y sigue, porque más encima la traductora de Tagore es Zenobia Camprubí, esposa del escritor español Juan Ramón Jiménez, otro que no quería a Neruda, al que llamaba «el mejor de los malos poetas».

Todo está conectado y todo es lejano a la vez. Neruda está en España, ha dejado la Argentina y está a punto de conocer a la artista Delia del Carril. Su vida cambiará de modo irrevocable: ella será la entrada al mundo cultural del Partido Comunista en los mismos días en que él lidiará con el fin de su matrimonio y la paternidad de Malva Marina, esa niña de la que quedarán escasos recuerdos, entre ellos los versos que le dedicó el mismo García Lorca: «Niñita de Madrid, Malva Marina, /no quiero darte flor ni caracola; /ramo de sal y amor, celeste lumbre, / pongo pensando en ti sobre tu boca».

De Rokha parece haberse olvidado de Neruda pero afila los cuchillos por costumbre. No puede faltar a la cita anual de su diatriba antinerudiana. De todos modos, excede lo literario. «Para ser un plagiario, menester es poseer un oportunismo desenfrenado, una vanidad sucia y enormemente objetiva como de histrión o de bufón fracasado, una gran capacidad de engaño y mentira, una noción miserable y egolátrica y deleznable, a la vez, de la propia personalidad» dice. Sin piedad, el poeta hace leña del árbol caído y cree encontrar, en la figura del plagiador, el perfil criminal que le permite revelar la naturaleza verdadera de Neruda, que en 1937 terminará por reconocer el parafraseo de Tagore y lo glosará como tal en el mismo poema.

XXXVI

La *Antología de poesía chilena nueva* era una bravata, un juego tardío, una serie de escaramuzas que pueden leerse como una versión comprimida de la historia de la literatura chilena.

Huidobro estaba detrás. La armaban dos discípulos suyos: Eduardo Anguita y Volodia Teitelboim. En 1935, los dos eran casi adolescentes y estaban seducidos por el aire internacional de villano de matiné que podía tener el autor de *Altazor*. Anguita había publicado en algunas revistas literarias y Volodia, que había ganado algún concurso de poesía, aún no cumplía los veinte años. Huidobro era su maestro y había susurrado en sus oídos aún adolescentes las promesas de un futuro esplendoroso. Su leyenda lo precede: lo odia el Imperio Británico y lleva casi dos décadas trayendo las buenas nuevas de París al eriazo remoto y presuntuoso que es Chile.

Aquella influencia es un aspecto insoslayable y otro más de los costados polémicos del libro. La lista de los autores, que incluye a Ángel Cruchaga Santa María, Juvencio Valle, Rosamel del Valle y Humberto Díaz Casanueva está dibujada en torno a él aunque le van a la zaga De Rokha y Neruda. Para rematar, Anguita y Teitelboim también se antologan a ellos mismos. Cómo no hacerlo. Pero lo importante es Huidobro, a quien escuchan y siguen con fe ciega.

Zig-Zag la publica. En sus oficinas trabaja la escritora Marta Brunet, que mira cuchichear a los dos jóvenes. La antología es arbitraria y, leída desde cierto ángulo, pomposa y mezquina. Un ejemplo: seducidos por el aura de su maestro Huidobro, Teitelboim y Anguita no incluyen a Gabriela Mistral en la selección. No vale la pena, dicen que solo tienen a la vista *Desolación*, *Tala* aún no se publica. Con los años Volodia se arrepentirá pero ya será tarde, se tratará de otra de las incontables heridas que Chile le perpetrará a la poeta de Vicuña.

Cuando el libro sale a la calle, la polémica estalla. El volumen hace daño y separa aguas. Es atrevido y tan subjetivo como urgente y el fuego cruzado rebota en la ciudad y en el país como los balazos de una cinta de matiné. Los editores, cuasi adolescentes, pasan a la historia; de ahí en adelante todas las antologías de poesía chilena querrán aspirar al escándalo o el peso o la influencia que dejó la de Anguita y Volodia.

El atrevimiento molesta. Alone trata a los antologadores de «preciosos ridículos». «Aquí como en otras partes, la fama precede la inteligencia», escribe, y no puede evitar darse cuenta de la influencia huidobriana en la confección de la lista. «Los dos recién nacidos prologan suntuosamente la colección bajo la paternidad de Vicente Huidobro, su maestro. De él, hacen datar el mundo de nuevo», dice y tiene razón. Pero hay más, otra consecuencia: Huidobro y De Rokha, que son dos viejos amigos y compañeros de armas, comienzan a matarse en las páginas de *La Opinión*.

De Rokha dispara primero. Está molesto con el libro: les ha pedido a Anguita y a Volodia que incluyan a Winétt pero no lo han hecho. Volodia se volverá después cercano a ella, pero en ese momento le resulta tan invisible como Mistral.

El poeta publica en *La Opinión* cuatro columnas sucesivas donde aborda el libro y ajusta cuentas con los compiladores. En la primera, dice que Volodia y Anguita «pertenecen a la constelación de súper-hombres que

Vicente Huidobro descubrió en la Vía Láctea del Mapocho»; identifica a Huidobro como el cerebro detrás del libro y lo llama «Sumo sacerdote de la Sinagoga»; cuestiona la lista de los poetas incluidos (propone otra a su gusto), dice que trató de retirar sus originales del volumen y termina narrando, de la nada, la historia de un prólogo perdido que le escribió a Omar Cáceres. En la segunda columna aborda la figura de Huidobro, al que alaba y destruye a la vez. «Cómo ha ido de la provincia a la capital, retorna refiriéndonos cosas nuevas que nosotros, pequeños-burgueses de barrio del pueblo, ya conocíamos», dice de él y luego agrega: «es incoherente e intermitente su desarrollo, cargado de neurosis, hinchado de neurosis y megalomanía». En la tercera, se hace cargo del gesto político de la antología: «un arte quebrado de arritmia expresa su burguesía adolorida y aún rebasa el límite de los explotadores; es el vago llanto falso de los mulatos». También las emprende contra Cruchaga Santa María y «sus angelitos y sus virgencitas, y esa gelatina rubia y celeste». Para terminar, no podía ser menos, dispara contra Neruda. «Un escritor que vale bastante, ubicado entre las cacatúas indolatinas e hispánicas», dice después de haberlo descrito como «el poeta de la decadencia burguesa, el poeta de los fermentos y los estercoleros del espíritu y la literatura». «Figura del pantano del alma: letrina de la burguesía», lo llama y continúa contra Rosamel del Valle, «el caracol con cara de guagua de peluquero». Finalmente, rescata a Humberto Díaz Casanueva, quien «no manotea la charlatanería ni el pastiche hediondo a Europa ni el esnobismo indolatino de las prostitutas y los camaleones y las papagayas de la jungla». Al final, cierra de forma ambigua: la antología vale la pena pero por razones políticas no está a la altura, amén de la nefasta influencia huidobriana sobre la obra de Anguita.

Huidobro se frota las manos y ataca a la semana siguiente. Niega su intervención y acusa de vuelta a De

Rokha de querer controlar la nómina de los autores del volumen. En cualquier caso, lo trata de amigo y se pregunta por el tono de la columna que le ha dedicado. «¿Por qué esa agriedad contra todo el mundo y por qué ese desprecio por los jóvenes?, ¿por qué ese alarde de politiquería barata y de pequeño demócrata, buscando alianzas hasta con aquellos de los cuales decía, hasta hace unos meses, los más grandes horrores? [...] Cualquiera diría que Pablo de Rokha vive temblando de miedo de que los jóvenes lo aplasten y está siempre engrifado contra las nuevas firmas». Agrega: «habla de que a mí se me dan cincuenta y seis páginas y a él treinta. Y tal pequeñez lo hiere gravemente. Vanidad, vanidad vanidad». «Vas perdido en la noche de ti mismo, Pablo», le dice.

De Rokha contraataca a la semana siguiente. «Ya te he dicho, Vicente Huidobro, que tu arte parece un pastiche, es decir, un producto de farmacia, elaborado según las últimas fórmulas de los cenáculos de París del año diez al año treinta, un calco, un cliché, un tipo estándar de artoide. Que aquel arte es el del pequeño gran burgués ocioso, millonario y viñatero, que se divierte elaborando caligramas, creaciones y jeroglíficos, a costillas del inquilinaje de sus haciendas». Luego agrega: «los compañeros y yo te conocemos bastante como un fascista literario» y firma: «con la hoz y el martillo, te saluda, Pablo de Rokha».

De vuelta, Huidobro lo acusa de estar influenciado por Neruda, para luego cuestionar sus credenciales revolucionarias. A estas alturas los dos interpretan un teatro delirante, levantan banderas, exponen agravios. «Advierto que dices marxista, leninista, estalinista. Olvidas agregar ibañista, grovista, etc. ¿Por qué insultas con tanto odio a Marx, Lenin y Stalin? [...] Eres de una inocencia deliciosa. Tu discurso parece un monólogo de zarzuela». Sobre el final, agrega: «no me interesa disputarte ningún hueso, tengo por otros sitios del mundo un gran trozo de carne

[...] Y por favor no hables de tu pobreza para probar tus ideas, ni nos cuentes que te ganas la comida para tus hijos a patadas con el ambiente o a patadas con tus amigos. Nada de eso prueba nada [...] No apeles para defender tus bajas pasiones a la hoz y el martillo. Son símbolos demasiado sagrados para mancharlos».

De Rokha lo remata en una última respuesta breve. «Lamento tener que darte una mala nueva: no voy a continuar golpeándote, me da flojera y asco, Vicentillo [...] ya me aburrió la historia esta, Vicentillo. Además yo no soy un cobarde como para pegarle en el suelo a una gallina que cacarea, porque dice que ha puesto un huevo en Europa».

A estas alturas todo es divertido y delirante. La atención está volcada sobre ellos. Son dos antiguos socios que se arrancan los ojos ante los lectores. Es puro show. Se conocen hace más de dos décadas. Han tenido aventuras horribles o maravillosas, han convertido el mero acto de escribir en un espectáculo y por lo tanto se deben a su público. Pura performance, en este fuego cruzado cada estocada que le clavan al otro es también una alabanza a sí mismos. Ya lo sabemos, cada cierto tiempo la poesía chilena tiene esos arranques de vodevil, o luce como una opereta representada en la carpa de un circo pobre. En esta versión de 1935, toma el aspecto de una fiesta crepuscular. De Rokha y Huidobro gastan los últimos ecos de su juventud y se solazan con las posibilidades del insulto, haciendo de la agresión un arte tan ridículo como lacerante.

Las polémicas funcionan como un simulacro dentro de otro simulacro. Al final, a nadie le importan Anguita y Teitelboim. Se han olvidado de ellos. El escándalo los excede, son apenas la excusa para que el resto siga la pelea de sus maestros, la verdadera, la de los perros grandes.

XXXVII

Neruda practica el arte de callar. Sigue en España. Escucha con sumo cuidado. Mira las piezas esparcidas en el tablero, analiza este ajedrez de gritos y poesía. Ya sabemos que es astuto, que es un conspirador. Entonces ejecuta un único movimiento donde tira la piedra y esconde la mano.

O finge hacerlo. Escribe un poema que comienza a circular de modo subterráneo y anónimo en Barcelona. No lo firma pero todos lo reconocen como suyo. El texto, que se llama «Aquí estoy» es, antes que nada, la exhibición de los vicios privados y públicos de sus enemigos: plagios, estafas, asuntos sexuales y calumnias de todo tipo comparecen en él.

Neruda ya no es amigo de ninguno. Ni enemigo. No existe en él una retórica que permita pensar en la agresión como un duelo literario. No está jugando a nada. No quiere tener diálogo alguno. Aspira a que no le respondan, porque eso lo pondría en su órbita: el anonimato le permite zafar de hacerse cargo de cualquier embestida. No es un juego y solo lo vuelve más violento, más mezquino y atroz.

Lo suyo es un artefacto tan malicioso como perfecto:
«CABRONES /Hijos de puta. /Hoy ni mañana /Ni jamás acabaréis conmigo [...] Y me cago en la puta que os mal parió /Derrokas, patíbulos, /Vidobros, /Y aunque escribáis en francés con el retrato de Picasso en las verijas /Y aunque muy a menudo robéis espejos y llevéis a la venta», decía, para luego seguir: «Muerte, muerte, muerte,

/Muerte al ladrón de cuadros /Muerte a la bacinica de Reverdy /Muerte a las sucias vacas envidiosas /Que ladran con los intestinos cocidos en envidia». No se ahorraba nada: «En cal y podredumbre, /Muerte al bandido que cambia fecha en sus libros y con la otra mano /Vive de puro perro y puro rico, /Vive de oscuras administraciones. /Vive fabricando incestos con hijas de madres ultrajadas; /Muerte al bandido, al estafador de diez años, / Cuadros, muebles, tíos, hermanos, /Provincias saqueadas y después colgar a las babosas barbas del coronel /Y del útero podrido de la podrida esposa del coronel. /Huid de mí podridos, /Haced clases de estética y callampas, / Haceos raptar por scouts finlandeses, /Mercachifles hediondos a catres de prostituidas, /Pero a mí no me vengáis porque soy puro, /Y con la garganta y el alma os vomito catorce veces».

XXXVIII

«Estoy barbudo y acuchillado de edades» dice Pablo de Rokha en un verso de *Gran temperatura* que aparece en 1937, publicado por Ercilla. Tiene razón. El libro es la síntesis de todo lo que ha venido escribiendo durante esos años. Compuesto de poemas largos, en ellos es posible ver el estilo cuajado del poeta. Ahí, la poesía de Pablo (renovada por el compromiso político e insuflada del hálito de cierta madurez) posee la intensidad de las imágenes perpetradas por su condición de vidente. Ahí, su voz se encuentra o cree encontrarse con la del pueblo, «sobre las masas dormidas, amontonándose contra la miseria, sudando y echando llanto /flamea la bandera roja su alegría comunista, /ardiendo su árbol con ancho látigo ciñéndose, y la insurrección levanta el pabellón del porvenir proletario». Gracias a esto, se abre paso en los caminos que habían quedado cerrados con *Escritura de Raimundo Contreras.* Lo que había ahí era la certeza del vacío y de la literatura como restos, como apuntes mentales de una conciencia que apenas podía soportar el dolor y por lo tanto monologaba hacia adelante en medio del paisaje campesino. *Gran temperatura* es lo contrario, es un libro que se abre a un paisaje más amplio, es solo posible luego de una crisis, es la propuesta sintética que está buscando. Poesía política, en él importan menos las consignas (y las tiene: «encima de la U.R.S.S, la Plaza Roja y la Internacional y el Partido, resplandeciente, /como una gran espada de oro; /y el camarada Lenin saludando, en lo obscuro, desde la muerte») que el merodeo por ese imaginario rojo que está aprendiendo a conocer. En ese sentido, la voz de De Rokha por fin suena madura; ha llegado a un puerto y conoce sus posibilidades y limitaciones. No en vano incluye un texto como «Estilo del fantasma», un poema que existe como una pesadilla, que hace de la lucha de clases y la revolución una especie de sueño atroz: «encaramados a todos los símbolos, /es bestias, negras bestias nos arrojan fruta podrida cocos de tontos y oscuras imágenes hediondas, /y los degenerados de verula, /vestidos de perras, /largan amarga baba de lacayos sobre nosotros». Winétt está ahí pero él no la nombra. El fantasma es él, que existe fuera del presente mientras se fuga hacia un futuro utópico. Su belleza reside en que De Rokha hace de la literatura un horizonte posible pero orienta ese destino hacia uno familiar, al modo de una profecía. «Y la figura de la verdad nos marca la cara, /avanzan hijos e hijas, retozando en la historia, derrochando, derramando grandes copas dulces, y el vino y la miel rosada de la juventud, se les caen como la risa a la Rusia soviética; /tú y yo nos miramos y envejecemos, porque nos miramos /y porque el arte patina las cosas /levantando su ataúd entre individuo e infinito», dice.

XXXIX

Hay otro asunto, una tragedia amorosa.

En algún momento de 1937 aparecen por Santiago la cantante ecuatoriana Magda Cazone y su marido, que es funcionario o agente de la Internacional Comunista. El hombre es alemán y ha estado detenido en las cárceles de Hitler. Cazone es hermana del novelista Pedro Jorge Vera. Es una mujer bellísima y además toca la guitarra. Termina enredándose con De Rokha. El aguijón del deseo los pierde: el poeta la rapta o arrancan juntos y desaparecen un par de semanas.

«Poco a poco se produce la corrupción del incorruptible por la sujeta aventurera, caigo en falso, carajo, y el escándalo me rodea de vergüenza» dirá él, arrepentido.

Winétt lo intuye, algo pasa. Tanto ella como De Rokha ya no son jóvenes, han tenido nueve hijos, su vida ha sido intensa pero también precaria.

Todo el mundo se entera del asunto. Pablo tiene su propio frente doméstico. Un día aparece por la casa de calle Caupolicán el alemán engañado y le confirma a Winétt la situación. Todo se va al diablo. Ella se encierra en su pieza, trata de matarse, quiere borrarse del mundo. También va a ver a Volodia Teitelboim, que es amigo suyo. Faride Zerán narra el episodio como una comedia de equívocos. Volodia convence a De Rokha de volver a casa. El poeta admite la falta y deja a Cazone. Trata de recuperar lo perdido, de pedir perdón. Winétt no lo recibe, apenas le habla. Es la gran crisis de su matrimonio. Los niños miran, contemplan el drama. Ya están grandes, algunos son adolescentes; pintan, escriben. Volodia dice que De Rokha se imagina a sí mismo en medio de un juicio del Partido, emulando la condición de los mártires culposos de los procesos que hay en Moscú.

«Hay dos figuras heridas grandes, mi mujer por la vileza, y el partido, por la torpeza», anotará.

Lukó cuenta que cuando su madre quiso suicidarse, su padre y sus tías se lo impidieron. Él estaba desesperado, dice. Entonces, después de unos días, las cosas comienzan a calmarse, a recuperar cierto orden y la familia corre un tupido velo sobre el asunto, algo que dura hasta el día en que aparece Carlos Contreras Labarca por su casa.

Contreras Labarca es Secretario General del PC y uno de esos varones probos cuya conducta admira el poeta. Contreras le revela al poeta que los Cazone son espías alemanes y le dice que «hay que combatirlos hasta aniquilarlos», según recuerda Lukó. Le pide a De Rokha que haga una declaración contra la pareja. Los niños escuchan desde la habitación de al lado.

De Rokha se niega.

«No, compañero, esto, si en realidad ha sido comprobado, le corresponde al partido aclararlo y no a mí. Yo no puedo atacar a una mujer con la cual me he acostado, más aún si las acusaciones son oscuras y no me constan», dice.

Contreras lo manda a la Comisión de Disciplina. De Rokha se presenta ante un comité donde está el fotógrafo Marcos Chamudes, un tal Ñato Hermosilla y Edmundo Campos. Chamudes es diputado y será expulsado del partido por conductas antirrevolucionarias y burguesas: se lo identifica como jugador asiduo al Casino de Viña. Campos, por su lado, acusará en otro momento a De Rokha de estafa por no estar al día en el pago de las cuotas de unos cuadros que le vendió. De Rokha saldrá inocente de la acusación, que leerá como otra más de las conspiraciones de Neruda y su mafia y describirá a Campos como alguien por cuyo rostro «corre sebo de perro, tiene cara de baba de criminal y pantalones de bolsudo al cual le han puesto los cuernos, le tiemblan las piernas de cobarde».

Pero entonces todavía no pasa nada. Chamudes, lleno de vergüenza, aún no se muda a Estados Unidos; aún no se vuelve uno de los fotógrafos predilectos de González Videla ni una figura delirante del anticomunismo local.

No, la situación termina así: De Rokha decide abandonar el Partido Comunista, que hará caer sobre él un manto de olvido doloroso.

XL

Lo que decían sus enemigos:

Era violento, machista y homofóbico. Estafaba a la gente. Viajaba armado. Tenía mal carácter. Era un ogro, un monstruo. Vivía del dinero del coronel. Engañaba a su mujer y explotaba a sus hijos. Era mal poeta, mal esposo, mal amigo, mal padre. Apoyaba a Marmaduque Grove. Votaba por el general Carlos Ibáñez del Campo. Votaba por Salvador Allende. Se victimizaba por su situación cuando lo apretaban. No pagaba las deudas. Escapaba de los usureros. No seguía la línea del partido. No entendía razones. Amenazaba a la gente. Mentía. Decía que tenía un abolengo, si no rancio, por lo menos petrificado y oscuro, donde reptaban jesuitas y algún fundador de Chile. Era posesivo con sus hijas y sus cinco hermanas, que había llevado a vivir con él. Todas las pinturas que vendía eran falsas. Le caía bien a los chinos y los chinos le caían bien.

La leyenda Pablo de Rokha sigue ahí, flotando en el aire como una lista de acusaciones, existe entre rumores y susurros, apenas verbalizada, acaso como otra parte de la caricatura de él que hacían sus enemigos.

Pero lo que ellos decían contenía algo de verdad: sí le tenían miedo, sí les tenían miedo. A él, a su esposa, a sus hijos, a sus amigos. Me acuerdo de una carta que Gabriela Mistral le envía a Winétt y a él, en febrero de 1943. Mistral está en Petrópolis, Brasil, y ha recibido un paquete de libros que los De Rokha le han enviado.

«No es verdad que yo haya dado jamás un juicio literario opuesto a Pablo, como allí se insinúa; el chismorreo

147

criollo andará en esta historia», les dice. Sigue: «Lo poco suyo que he leído, y particularmente de lo del último tiempo, me hace recordar un espectáculo del Vesubio [...] no hay sentido peyorativo en la palabra, que usted sabe que yo frecuento». Sobre el final, agrega (se dirige a ambos, pero en realidad el asunto es con Pablo): «Quiero repetirle, pues, que el chismillo sobre mi indiferencia o mi hostilidad acerca de su obra y posterior a mi tarjeta o carta de México, es pura fábula criolla. Un hombre de la tierra y de piedra cordillera como usted no podía dejarme indiferente [...] La verdad junta a los veraces, aunque estos no lo sepan siempre», concluye. Luego manda saludos. Eso es todo.

El mensaje es obvio. Por favor, que no se confundan, no hay mala onda, no pasa nada. Lo mismo le sucede a Enrique Lafourcade en 1959. Lafourcade es novelista y también el rostro visible de una nueva generación de narradores chilenos, donde también están Jorge Edwards y José Donoso. «Una mala interpretación de declaraciones formuladas a dos jóvenes de una revista estudiantil, y una versión de este hecho llevada a *Vistazo*, por algún chismoso profesional, contribuyeron a hacerme aparecer opinando peyorativamente de su persona», le escribe a De Rokha como disculpa.

Su actitud es la misma que la de Mistral. No quiere que De Rokha llegue a pensar mal de él: no quiso decir lo que dijo. «Crea Ud. que cualquiera diferencia "artificial" o real que pudiera existir entre Ud. y el suscrito queda ampliamente superada por la gran admiración que se merece su obra de poeta, obra que ya nadie puede "honestamente" silenciar», terminaba diciendo.

¿De dónde venía ese miedo? ¿Qué les provocaba ese resquemor, ese deseo de no incomodar a Pablo y a Winétt?

Quizás estaba ahí desde siempre. La violencia sí era real: correspondía a su época, a su crianza, a su modo de vida. De Rokha era un caballero antiguo, cada vez más fuera de lugar en el siglo. Lukó, de hecho, alude a episodios de violencia con sus hermanos varones. José, en una entrevista, dice lo mismo. Ninguno normaliza la agresión. Su recuerdo de Pablo es cariñoso pero nunca complaciente, lo describen como un tipo complejo y neurótico, alguien a quien han formado a los golpes también. Ellos, sus hijos, saben que está quebrado. Lo cuenta José, Pepe de Rokha, su hijo pintor. Lo dice ya viejo, a comienzos de los noventa, de vuelta del exilio, al modo de un náufrago de su propia memoria.

Pero ellos también son capaces de percibir el trato cariñoso que le da a su madre, el afecto que le guarda a sus amigos cercanos, la delicadeza que asoma en él a ratos. Saben que su familia no es normal y que junto con la fama, el prestigio o como se llame la gloria, también vienen el rumor, la calumnia, el susurro.

Porque eso está ahí. Ha estado siempre. Las murmuraciones, los líos de plata, las deudas. La mala leche. Lo viven día a día, es parte de su apellido. Lo perciben en el temor reverencial que algunos les tienen. Están malditos. O apestados. Lo notan en el silencio cabizbajo con que algunos los evaden o cruzan la vereda cuando se los topan en la calle, esa forma chilena del ostracismo. Lo han visto en los amigos que dejaron de serlo, como Mosella, que se volvió un traidor. O en los que se han sometido a las órdenes del partido y mantienen con dolor la distancia, como el boliviano Luksic, el pintor mexicano David Alfaro Siqueiros o el mismo Volodia. O los que abjurarán de él, como el ensayista Antonio de Undurraga. Es un silencio doloroso, lleno de culpa, del que muchos se excusarán. O en quienes pagarán por acercarse demasiado al poeta, como le pasará al crítico Juan de Luigi en los cincuenta.

Las leyendas negras de Pablo de Rokha viven de ese miedo, se alimentan de él. Decían que vendía pinturas falsificadas, por ejemplo. ¿Qué pinturas? Cuadros que hacían José Romo, Paschín, Luksic y sus hijos. Pinturas del campo chileno a lo Juan Francisco González, u obras de algún pintor español o italiano, reproducciones que aspiraban a no ser tales, perdidas ahora en el salón de algún fundo. O sea, imágenes perfectas para decorar las paredes de adobe de una casa patronal, puras imágenes de un orden perdido, de tierras y sembradíos, molinos tristes, de jinetes bajo algún cielo de color ocre, todos paisajes detenidos en el tiempo, trillas, murallas melancólicas, crepúsculos lánguidos, algún apunte sobre la vida campesina. Nada extraño: cuadros falsos que decretaban la posibilidad de la belleza en un instante de lo cotidiano.

Por supuesto, es imposible encontrar del todo a los agentes, a esos propagandistas silenciosos del rumor. La lista es interminable, están ahí Neruda y los suyos, por supuesto; todos los que tuvieron que ver con la demanda de Edmundo Concha, los mismos que le boicotearán el Premio Nacional más de alguna vez; Alone, que no lo soporta; y Carlos Poblete, su cuñado.

Entre ellos destaca Poblete, quien en algún momento de los años treinta se ha casado con una de las hermanas menores de De Rokha y se han ido a vivir a su casa por un tiempo.

Tanto Pablo como Lukó se ocupan de él en sus relatos, al hablar de él, el humor o la rabia deviene luego en amargura. Lo consideran un mal poeta o, mejor dicho, un poeta del montón. Es comunista, ha publicado un libro llamado *Paisaje del sexo* y anda con capa y boina. Para Pablo su cuñado resulta «una especie de larva» y no lo soporta. Entonces, según Lukó, lo obliga a deshacerse de esos adminículos. La boina y la capa desaparecen y con la tela de la capa su mujer se hace un traje de dos piezas.

El poeta, además, le indica que debe sacar su libro de circulación porque es muy malo. «Sin la capa y sin el libro circulando, podría convertirse en un ser más o menos apto, aunque no mucho, para formar parte de la familia», cuenta Lukó. Poblete no lo aguanta. Se va de la casa y al parecer empieza una campaña de odio y difamación. Él y su mujer se mudan a Argentina y adquiere prestigio como corrector de pruebas. Mientras, propaga rumores y calumnias, dice mentiras, envenena el aire.

No le basta. En Buenos Aires, publica en 1941 *Exposición de la poesía chilena*, una antología editada por Claridad de la que se imprimen diez mil ejemplares. En ella llama «comisionista de cuadros» a De Rokha y dice que su obra es «hipertrofiada, morbosamente ególatra, teñida a veces de seudomarxismo y con superficiales corridas a la filosofía, cuya naturaleza encuadra inapelablemente con el espíritu anarquista del autor, han de quedar muy pocas páginas».

El recuerdo que Lukó De Rokha guarda sobre su tío es amargo. «Esta historia no tendría acaso por qué incluirse en estas páginas, de no mediar el hecho de que los enemigos de mi padre tomaran al despreciable sujeto para que regara de calumnias el territorio nacional», dice de él. También relata que Poblete era avaro y cuenta que destruyó emocionalmente a su tía, quien retornó a Chile deshecha y terminó suicidándose.

Poblete también volvió. En 1963, en una nota de *El Mercurio* se indica que está solo, dedicado a la literatura. Se destaca su valía como corrector de pruebas y «catador de poesía». Muere en Cartagena, en 1992, convertido en otra sombra invisible de la provincia. Nadie menciona su vínculo con la familia.

XLI

«Estamos con el pueblo, con el gobierno del pueblo, que vendrá a liquidar el régimen del matón, del corsario, del soplón, del pirata, del patrón colonial y del sirviente», escribía Pablo de Rokha en el editorial del primer número de la revista *Multitud*, en enero del 1939, donde era director y gerente.

El origen de la revista tiene dos versiones. Según su hija Lukó, el poeta fundó la revista cuando lo despidieron de la Universidad de Chile, donde era profesor. Una tarde llegó a su casa cargado de vino y comida, como si hubiese una celebración. Les contó que lo habían echado y que ahora iba a fundar una revista.

Según él mismo, la idea fue de su amigo Guillermo Quiñonez y se le ocurrió un día que estaban vendiendo o rematando cuadros en Valparaíso y el negocio apenas andaba. Quiñonez era poeta y porteño y se había hecho amigo de De Rokha a fines de los años veinte. Nunca publicaría un libro pero sus poemas circularían con cierta profusión por el puerto, donde se volvería una figura inevitable. «¿Por qué no funda usted una gran revista?», le dijo Quiñonez a Pablo y a este le pareció una idea razonable. Entonces, consiguieron publicidad del Casino de Viña y se sentaron en un bar a bosquejar lo que iba a ser *Multitud*.

La revista aparecía en un momento crítico. El país había cambiado de nuevo un par de meses antes. La razón: el 5 de septiembre de 1938 un grupo de nacistas chilenos armó una insurrección para devolver al general Carlos Ibáñez del Campo al poder. Se rumoreaba que el mismo

Ibáñez estaba detrás de la asonada. Se tomaron la Casa Central de la Universidad de Chile y el edificio de la Caja del Seguro Obrero, en el centro de Santiago. Todos eran jóvenes y las cosas fueron mal desde el principio. Todo terminó aún peor porque devino en el horror. La policía los reprimió en la universidad, capturó a los jóvenes y los llevó al edificio del Seguro Obrero donde los juntó con el otro grupo, que también habían reducido. No tuvieron piedad: mataron a cincuenta y nueve muchachos mientras Alessandri seguía todo desde La Moneda, pues quedaba a escasos metros. Los disparos de los fusilamientos se escucharon desde toda la ciudad. En el suelo, todos los muertos fueron rematados a bayonetazos. «Que no quede nadie», habría dicho el presidente. Los muertos se volvieron mártires. La imagen de su sangre cayendo por las escaleras desde sus cuerpos apilados es atroz y sintetiza la masacre. El escándalo cambió el resultado de la elección presidencial. Ibáñez, que iba de candidato, partió al extranjero; Pedro Aguirre Cerda fue electo por el Frente Popular, que estaba compuesto por el Partido Radical, el Partido Comunista, el Partido Socialista, el Partido Democrático y el Partido Radical Socialista, además de organizaciones obreras e indígenas.

Multitud sintonizaba con la violencia de su época. De ella estaba hecho su espíritu, muchas veces enmascarado en una épica que casi hacía sangrar al papel; pues existía para incendiarlo todo. Hay algo alucinante en ella. De hecho, es imposible no preguntarse qué habrán pensado sus lectores ante esa mezcla improbable de ensayos políticos y literarios, poemas surrealistas, manifiestos revolucionarios, diatribas y ajustes de cuentas, de poemas y fotos de familia.

Quizás lo rokhiano es esto también: un mosaico de artes diversas que se explotaban en una sola cabeza o página para sobrevivir como pura ponzoña o pura voluntad.

XLII

La redacción de *Multitud* quedaba en la casa de los De Rokha, en Independencia. Esa fuerza de gravedad íntima es el motor que la anima, lo que permitió que pasara de ser un artefacto hecho de puro presente a volverse un álbum familiar impensado.

La revista es una vitrina para Pablo y los suyos. Será ahí donde publique cosas nuevas y viejas como *Jesucristo, Suramérica* y sus *Cinco cantos rojos*, resucite manuscritos perdidos, edite novelas inconclusas como *Clase media* y ponga en movimiento buena parte de su obra. Al lado de sus editoriales y de ensayos como su «Teoría de la diatriba» o «Los intermediarios» aparecen en sus páginas la antología *Cuarenta y un poeta joven de Chile*, su respuesta al libro de Volodia y Anguita pero también a *Ocho nuevos poetas chilenos*, una selección que había prologado Tomás Lago. Además, el poeta escribirá críticas literarias que rozan la calumnia. Algunas las firmará como Raimundo Contreras, a quien volverá como un alter ego, como otra forma de verdad, acaso un disfraz que solo lo puede remitir a sí mismo. Así ataca al diario *El Mercurio* y a la Sociedad de Escritores de Chile («tan juntitos como... como en Sodoma, los sodomitas») y donde se referirá a trabajos de Rosamel del Valle y de Juan Modesto Castro («obra de creación limpia»), Pedro de la Barra («joven y valeroso»).

Winétt es secretaria de redacción pero también podemos leerla como poeta y ensayista, en esa complejidad que quizás la define y que aparecía como una de las principales virtudes de *Cantoral*, que data de dos años antes. De este modo, nos topamos con uno de sus poemas más famosos («Domingo de Sanderson», que define a su abuelo: «los libros amontonados no hablan, /los libros deshojados como castaños, son quemados, /y el cuerpo solo, marmóreo, inmutable, desciende solo y sin libros») pero también con textos narrativos donde habla de sus suegros en Licantén y otras obras en las que es posible percibir esa extrañeza frágil que tiene algo de fantasmagórica, como en «Cadena de verbos». Lo mismo sucede con sus colaboraciones como ensayista, donde es más sutil y sofisticada que su marido, pero también más demoledora. Basta leer el canon posible que trama en «Mujeres en la literatura chilena» donde celebra a autoras con las que tiene cierta cercanía política, como Marta Vergara, María Zambrano y Blanca Luz Brum, y destruye a Gabriela Mistral: «la mujer ejemplar que había en ella, ha dado margen a la corresponsal de *El Mercurio*, aduladora y amaestrada, para los artículos pagados del diario del señor Edwards». Además, desmonta el legado de Inés Echeverría de Larraín (Iris, que alguna vez le había regalado una cuna) y hace picadillo a casi todas las que quedan. En su texto, Winétt describe a Sara Hübner como la autora de «poemitas dispersos»; a María Monvel como alguien «desgraciadamente intrascendental, cursi» y a Magdalena Petit, Mari Yan y Marcela Paz como «tres escritoras de la alta burguesía chilena, cultivadas y europeizantes [...] elegantes y distinguidas, como su dinero, sus automóviles y sus viajes a Europa».

Ellos no son los únicos miembros de la familia publicados. Su hijo, Carlos de Rokha, también está ahí desde siempre, cruel, extraño y perdido. En algún número también leemos a Carlos Anabalón, hermano de Winétt, miembro de la Corte de Apelaciones y ensayista dedicado al *Quijote*. En otro se exhiben obras de José, Juana Inés y Lukó de Rokha, entonces escolares, y se anuncia la venta de trabajos de José Romo, cuñado y socio en la factoría casera de cuadros. No hay pudor, pero es una de las gracias de la revista: no guardarse nada, contribuir a la gloria del clan del que es algo así como un órgano oficial.

Un ejemplo de ese culto familiar es la edición completa en 1940 dentro de la revista de *El poeta crucificado y la jauría*. *Estampa de una gran soledad genial*, el libro donde Óscar Chávez, amigo y socio del autor, se dedica a desmontar las relaciones entre De Rokha y James Joyce.

«¿Ha imitado Pablo de Rokha a James Joyce o ha imitado James Joyce a Pablo de Rokha?», se preguntaba inicialmente Chávez, un asunto que iba cambiando de perspectiva en la medida en que el texto avanzaba. Chávez conocía al poeta desde los años veinte y poco importaba que en su entusiasmo, dejase de apelar a cualquier sentido común pues era imposible que el autor de *Los gemidos* hubiese leído el *Ulises* cuando se publicó en 1922. No, lo que importaba era hacer una hagiografía gigantesca, que revisaba la obra rokhiana de modo fanático. Chávez no solo extractaba ahí opiniones de críticos, amigos y enemigos mientras defendía a De Rokha de las acusaciones políticas y literarias más diversas; además le dedicaba un acápite completo a la recepción de la obra de Winétt. Todo eso intercalado con fotos y registros de la familia: Pablo y Winétt con los niños; Pablo y Winétt caminando por las calles de Santiago; Winétt en varias edades; un busto de bronce de Pablo hecho por el escultor Samuel Román; imágenes de celebraciones varias y diplomas escolares donde se felicitaba a los niños De Rokha por su participación en una exposición de arte.

Chávez sintonizaba esa obsesión familiar que era tal vez una de las razones de por qué *Multitud* no solo fue la mejor revista literaria chilena jamás publicada sino también la más extrema y la más arbitraria, la más excesiva y también la más invisible. Pablo de Rokha mostró ahí algunas de sus mejores páginas. Si la leyó poca gente, tuvo problemas de periodicidad y circulación y sus relaciones con la izquierda chilena fueron traumáticas, da lo mismo. La publicación existió como una anomalía que leyó los conflictos de su tiempo y los integró de modo orgánico como si pudiese entender que en la contradicción y la paradoja (que De Rokha comprendía como un esfuerzo dialéctico respecto a su arte) estaba cifrada la fuerza de lo que debían ser la literatura y la política. «Por nosotros hablarán los desamparados, los abandonados y los que están llenos de olvido y silencio en las provincias, los románticos y los anónimos», escribió. En *Multitud* el poeta y los suyos no solo detallaron su vida privada sino que trataron de pensar que por ahí pasaba todo: la política, el arte y la literatura. Primero semanal, luego mensual, trimestral y semestral, la publicación resistió por más dos décadas mientras iba cruzando lo público y lo privado, como si el país y la familia fuesen una sola cosa.

XLIII

«Cuando hablo de revistas no conecto la idea con tu arte enteramente foráneo y de guerra [...] No te conceptúo como director de revistas, sino como capitán de conciencias», le escribiría en esos días Joaquín Edwards Bello a De Rokha en *La Nación*.

Es el signo de los tiempos y la revista y los De Rokha se hunden en ellos directamente, sin remisión. Basta leer sus portadas: «*Multitud* enluta su espíritu frente a la gran tragedia e invita enérgicamente a la unidad popular indestructible en torno al gobierno de la república»; «Todo Chile con el gobierno»; «Contra los parásitos de la propiedad privada por la rebaja de los arriendos»; «Escritores, pintores, escultores, músicos (artistas y poetas) lucharon por el pueblo y tienen hambre»; «Ni para Divertir ni para Conducir a los pueblos. Para expresar a todos los pueblos nacieron los Poetas»; «Todos los buenos Chilenos de Chile por el reconocimiento oficial de la U.R.S.S.».

Pero también, al lado del círculo interno del autor, compuesto por su familia y amigos como Quiñonez o el grabador Carlos Hermosilla, en la revista era posible encontrar a Vicente Huidobro, que se había arreglado con De Rokha y declaraba en *La Nación* que Winétt era una verdadera poeta, «sin dulzainas gelatinosas ni barro verde». De hecho, en el nº 1 había una crónica suya donde la llegada del Frente Popular al poder era descrita como «una carrera de ratones ávidos, no se habla del asalto a los mejores puestos, las exigencias de cada cual, las demandas y las ofertas». Huidobro citaba a Alfred Jarry en el texto para terminar diciendo «¡Paso a los constructores! Paso a los creadores del futuro, del Chile nuevo y que los eternos aprovechadores se vayan a sus casas, que las ratas vuelvan a sus cuevas ante el ruido del yunque y el crepitar de los hornos donde se funde el porvenir».

Esta mezcla le daba sentido a la revista, cuya lista de colaboradores era tan extensa y heterogénea que su sola mención desmonta la idea enquistada de que el mundo rokhiano era un círculo cerrado de acólitos que creían a pie juntillas en la palabra del poeta, ya caricaturizado como un polemista de iras atrabiliarias. Por el contrario, a la luz de los años, *Multitud* parece ser un lugar de reunión imposible y delirante, inédito para las letras chilenas. De este modo leemos en la publicación poemas de Max Jara, Rosamel del Valle, William Carlos Williams, ensayos de Alejandro Lipschutz («un sabio un tanto variable en la amistad»), traducciones de John Dos Passos hechas por Fernando Alegría y de *Los Cantos de Maldoror* de Lautréamont, cuentos de Manuel Astica Fuentes (que había estado en la cárcel por la sublevación de la Armada en 1931 y que luego había publicado la narración de ciencia ficción *Thimor*). Junto con eso, se publicó en sus páginas *Angurrientos*, la novela de Juan Godoy, cuyo manuscrito había circulado mano a mano y que luego se convertiría en uno de los textos claves de la generación del 38. También venían ensayos donde el muralista mexicano David Alfaro Siqueiros discutía los rumbos de la pintura contemporánea y la enseñanza del arte en Chile. Siqueiros había fracasado al tratar de matar a Trotski, Neruda lo había ayudado a huir de la cárcel mexicana y estaba en el país, exiliado. Con De Rokha eran amigos cercanos, discutían de asuntos estéticos y bebían hasta llegar al borde de la incoherencia.

La combinación sonaba explosiva pero el éxito era relativo. «Revista del pueblo y la alta cultura», decía la portada. A veces se agotaban las tiradas pero también, desde el segundo número, los dueños de quioscos afines al Partido Comunista se negaron a venderla, cuenta Lukó. Según De Rokha, la revista se sostenía gracias a la publicidad.

El ingeniero Arturo Aldunate Phillips (al que Pinochet le daría el Premio Nacional de Literatura en 1976) recordaba haber pagado auspicios en la revista para terminar sentado en una de esas mesas larguísimas de la familia De Rokha como un invitado más.

Así, *Multitud* tenía auspicios del Casino de Viña en forma de publirreportajes, además de avisos de FAMAE, de la fuente de soda Quick Lunch, del hospital psiquiátrico El Peral, entre muchos. También estaba, entre los avisadores, el Cementerio General de Santiago, al que se comparaba —imagen mediante— con el parisino Père Lachaise. «Románticos, históricos, tienen su leyenda triste... El Cementerio General de Santiago va hacia la tradición legendaria guiado por la actual administración con pulso seguro y frentista», decía el aviso, que ocupaba una página completa.

XLIV

Multitud era una tormenta de mierda que caía sobre todo el mundo. Leerla ahora resulta fascinante: la revista carece de cualquier corrección política y no espera nada de sí misma más que hacer sonar los tambores de guerra mientras hace caer todo a su alrededor. No creo exagerar. Acá hay escándalo, goce en el daño y una capacidad de agresión que oscila entre lo vulgar y lo elegante. De este modo, lo rokhiano se define de nuevo, esta vez hacia afuera y toma la forma del ataque gratuito, del insulto mordaz, haciendo de la calumnia un arte tan oportuno como inolvidable.

En *Multitud* se escribe apuntando derechamente a la polémica y a la diatriba, y se hace de la violencia verbal una voluntad de estilo. De Rokha es un francotirador insoportable, que arrasa contra la cultura chilena completa. No se salva nadie, ni la derecha ni la izquierda, ni el gobierno, ni los amigos. Los ejemplos sobran, tanto en la política como en la literatura.

A Jenaro Prieto, autor del clásico escolar *El socio*, se lo describe como «el tonto listo, el tonto amaestrado de los picaderos y las pistas jocundas y robustas de la crianza eclesiástica [...] el arzobispo, el canónigo heráldico, el arcipreste morado como el moco de los pavos».

De Rubén Azócar, sobre el que pesa aún el asunto de la cuenta del hotel en Temuco, señala: «hombrecito pequeñito, borrachinito, y tontito [...] yo te conmino, Chatito, a que ni tú, ni tus compinches, continúen provocando, suciamente, con palabras veladas y suspensivos, amparados en un Partido respetable y trascendente, porque yo, yo solo yo mismo, estoy dispuesto a trazar la trayectoria desventurada de los últimos veinte años de la literatura chilena y echar abajo el templo con todos sus filisteos adentro».

Al escritor Miguel Serrano lo tratan de «joven agente y propagandista del hitlerismo»; «no es un escritor, es un panfletario provinciano», escriben y en otro número, anotan sobre una publicación donde participan él y otros: «ahí exhiben sus calzoncillos literarios y su vanidad de carajos, grandilocuente, manchado de pus sanguinolento [...] entre borrachos, invertidos, carnudos, proxenetas, y demás sabandijas del corral nerudiano».

A Alone, el otro viejo enemigo, se lo llama «el cretino letrado, el siútico de la academia y atelier lírico y aficionado a la coca».

Respecto al mundo político, las cosas no son más tranquilas. *Multitud* increpa a Arturo Alessandri, «el conspirador, el demagogo, el masacrador de Chile». «Pueblo de Chile: clava tu ojo frentista en la marcha zigzagueante del primer enemigo de la República», le escribe. También le pide al presidente Aguirre Cerda: «Excelencia: democratice usted al Ejército de Chile, al ejército de la democracia; dé al soldado y al sargento la posibilidad de ser General de la República». Lo mismo corre para la prensa. Sobre el diario *La Nación*, cuya línea editorial corresponde en ese momento con la del Frente Popular, señala que «recoge toda la basura de los lugares comunes burgueses y la arroja con sentido difamatorio sobre la gran República de Stalin».

Con el Partido Comunista, la revista sostiene relaciones ambiguas. Está y no está con él. El partido —y la nostalgia de la vida que le prometió alguna vez al poeta— le provoca aún una añoranza, un dolor fantasma. De este modo, si en un momento en las páginas de la publicación se señala que «*Multitud* no es un órgano oficial del

Partido Comunista, ni del partido socialista, ni del partido radical, ni del partido radical socialista, ni del partido democrático», en otro la revista expresa que mantiene «su condición de simpatizante comunista, saluda con una gran lealtad y con emoción clara y recia al pleno del Comité central del Partido Comunista, el partido del pueblo, del honor del pueblo de los patriotas de Chile, el partido internacional de la vanguardia antifascista».

Un ejemplo de esa tensión es lo que sucede con la escritora uruguaya Blanca Luz Brum. Brum, una figura central de la izquierda latinoamericana de aquellos años. Brum, que había nacido en 1905, recala en Chile luego de una colección interminable de peripecias. La escritora y activista ha sufrido cárcel y exilio pero también ha participado de *Amauta*, la revista de política y literatura dirigida por el peruano José Carlos Mariátegui; además se ha casado, y ha tenido un hijo con el muralista mexicano David Alfaro Siqueiros volviéndose uno de los rostros visibles de la lucha del mundo cultural americano contra los franquistas en la Guerra Civil Española. Y asentada en Santiago, se ha vuelto parte de ese mundo de la izquierda chilena que suscribe la campaña y el triunfo del Frente Popular. Winétt la quiere, no la cela. Sus hijos juegan con los de ella.

Brum es una estrella roja. Ha publicado libros sobre su lucha, donde lo ha perdido y ganado todo una y otra vez, en una aventura constante. Cercana a los De Rokha, está en *Multitud* desde el primer número. Winétt la presenta como una «auténtica y legítima americana de piel pálida, manos firmes y gracia primitiva». La revista también le sirve como escenario de polémicas. Se defiende de las recriminaciones del mismo De Rokha luego de que ella, antifascista, ha publicado en una revista donde también participa Miguel Serrano, a esas alturas vuelto un admirador de los nazis y uno de los blancos preferidos de los chistes de *Multitud*. En esa defensa, con forma de carta, escribe: «Oíd bien canallistas que andáis por ahí como escondidos entre la pollera de las palabras puras: nosotros somos —por sobre los pequeños pleitos personales— dos revolucionarios dispuestos a no dejarnos despedazar por actitudes orgullosas y equívocas», escribió.

Pero Brum se siente traicionada como militante de izquierda ese mismo año, 1939. No aguanta el pacto Ribbentrop-Mólotov y considera una traición al pueblo la promesa de la Unión Soviética y Alemania de establecer un acuerdo de no agresión. El comunismo la decepciona y se vuelve una criatura aún más anómala y legendaria: comienza a usar el pelo rubio, se casa con un diputado radical y luego con el dueño de una aerolínea, adhiere más tarde y de modo entusiasta al peronismo argentino, donde participa de su aparato comunicacional para luego regresar a Chile. Y si bien el mito dice que Eva Perón le da cuarenta y ocho horas para abandonar la Argentina cuando el general Perón asume, Brum ayudará más tarde en Chile a escapar de una cárcel a dirigentes peronistas, vistiéndolos de mujer.

Sí, todo parece una película. Todo carece de cualquier coherencia que no sea el vértigo de la historia viva. Brum, que terminaría sus días viviendo en la isla de Juan Fernández y admirando a Pinochet, es otro de los dolores sordos de la revista: en el número donde venía el texto de Chávez sobre De Rokha y Joyce, aparece también una foto de ella subida en un caballo. No es la misma que la de la portada de su libro *Cantos de la América del Sur* (1939). Legendaria, en ese retrato la poeta está de pie en un campo y levanta su brazo, donde sostiene una hoz mientras vemos sus dientes apretados mirando a un enemigo invisible. Eso le da a la imagen cierta condición sintética, como si no aspirase a ser otra cosa que un símbolo de la lucha. Pero en la revista ya no hay espacio para ella. «La destacada poetisa uruguaya que ha desertado de las filas del pueblo e ingresado en la fila de los enemigos del pueblo», dice el pie de foto dándola por perdida y presentándola por última vez.

Pero no es solo ella. *Multitud* recoge los ecos de la guerra, los cambios de humor y temperatura de la política y la batalla por controlar el imaginario de la época. Son una colección de respuestas contradictorias a una misma pregunta: ¿cómo debía actuar un escritor con respecto a la realidad?

XLV

«Carlos se halla en una clínica. Es la primera víctima de *La Mandrágora*», le escribe Winétt al poeta Teófilo Cid en 1940. Cid es amigo del hijo mayor de Pablo pero también un surrealista *avant la lettre* metido de lleno en las guerras floridas de su vanguardia con el resto del mundo. No solo él y sus amigos Braulio Arenas y Enrique Gómez Correa participan de modo más o menos estable en *Multitud*; también han considerado a Carlos de Rokha como uno de los suyos, otro autor adscrito a eso que ellos mismos habían llamado Poesía Negra.

Arenas, Cid y Gómez Correa vivían confabulados desde que eran escolares. Se habían conocido en los patios del Liceo de Hombres de Talca y desde ahí habían planificado su asalto a la capital, que incluyó relaciones cordiales o sumisas con Vicente Huidobro y el gesto radical de inventarse su propia vanguardia como una respuesta a su tiempo: La Mandrágora, el más importante grupo surrealista chileno. Pero habían llegado tarde. Su radicalidad era literaria y su afrancesamiento saludaba un mundo que había desaparecido en el momento exacto en que el París de Gertrude Stein, Picasso y Hemingway se había transformado en ese lugar tristísimo y asolado por la culpa que Francis Scott Fitzgerald, otro sobreviviente de la felicidad parisina, había descrito como una resaca tóxica en «Babylon revisited».

Los miembros de La Mandrágora vivían en Chile mientras recordaban a Alfred Jarry y trataban de traducir al Marqués de Sade. En el fondo, eran unos punks abducidos por su propia pompa, engreídos por la certeza de que estaban en medio de una guerra aunque las batallas que podían haber ganado ya habían sido libradas desde hace tiempo. Extranjeros hasta de su propia lengua (o por lo menos eso aspiraban a ser) veían la historia completa de la literatura chilena como si fuese territorio enemigo. Por lo tanto el surrealismo chileno debía comportarse como una conjura. Así, mientras soñaban con borrar las distancias entre arte y vida, también querían existir como estallido o alarde de violencia, huyendo de una realidad que apenas podían comprender y a la que respondían con su Poesía Negra. «Que vuestra mano de media noche tome convulsamente el lápiz veloz y no haya alivio para vuestros sentidos durante esa faena manual de poesía», decía Braulio Arenas en el primer número de la revista *Mandrágora*, en diciembre de 1938. Luego agregaba: «He aquí el terror, la muerte por asfixia, la mujer amarrada a los cuatro horizontes y desgarrada físicamente. He aquí el nombre repentino de POESÍA con su fugacidad desgarrante, Ella es NEGRA como la noche, como la memoria, como el placer, como el terror, como la libertad, como la imaginación, como el instinto, como la belleza, como el conocimiento, como el automatismo, como la videncia, como la nostalgia, como la nieve, como la capital, como la unidad, como el árbol, como la vida, como el relámpago».

«La felicidad está en el peligro, amigos míos», anotaba Enrique Gómez Correa en junio de ese mismo año, en un ensayo publicado en el tercer número de la revista del grupo, con el mismo nombre: *Mandrágora*. El resultado de sus esfuerzos era una tradición que solo ellos representaban, como si sobre su pequeño grupo cayese la responsabilidad de fundarlo todo de nuevo.

En cualquier caso, sus trabajos distaban de ser definitivos. Buscaban ser videntes, creían en su propia publicidad y se veían a sí mismos como forajidos. «Seguid este ejemplo: cuando uno de los componentes del grupo MANDRÁGORA toma un revólver en su mano, es justamente para disparar», decía Gómez en una de las notas al pie de su ensayo mientras que en otra agregaba: «entre los suicidios más simples y que producen mayor placer yo recomiendo la horca».

Más sincronías: esa liquidación tenía el aire de un escándalo cuyo momento más delirante fue cuando irrumpieron en un acto de homenaje a Neruda, en la Universidad de Chile. Era julio de 1940 y Neruda se iba de Chile. Cuando el poeta estaba en el estrado Arenas se subió, le quitó el discurso que tenía entre las manos y lo rompió. El gesto era simbólico pero también práctico y tenía algún ribete escandaloso: los de La Mandrágora acusaban a Neruda de no rendir las cuentas del dinero de unas colectas organizadas por la Alianza de Intelectuales, de la que era miembro fundador y pieza clave. Los sacaron a golpes Luis Enrique Délano y Diego Muñoz, dos lugartenientes de las hordas nerudianas.

Multitud siempre tuvo dentro de sí a La Mandrágora; cuando la revista apareció los metió a todos en su casa común. Ya eran amigos de la familia. De Rokha los había invitado a su casa. En *La guerrilla literaria*, Faride Zerán incluye un testimonio donde Gómez Correa narra ese día. Él cuenta que Cid, Arenas y él viajan en auto a ver a Pablo. En el camino lo imitan y hacen unos cuantos chistes a su costa. Por alguna razón, Carlos de Rokha viene con ellos; está escondido en el asiento de atrás y cuando llegan a la casa le cuenta a su padre la conversación de sus invitados. Pablo se enoja con los surrealistas y los desafía. El poeta tiene casi cincuenta años, y los Mandrágora tienen la mitad de su edad; Carlos es aún un adolescente.

«¡Así que se venían riendo de mí! ¿Y quiénes son ustedes? Nada. Y yo soy un genio», les dice.

El asunto escala un poco. Pablo los reta a duelo. Les ofrece un revólver. Gómez Correa tiene miedo pero el asunto no va más allá. Todo se arregla de repente y el poeta baja la guardia, les dice que lo esperen y sale de la casa, destino al matadero, en busca de un cordero.

XLVI

¿Quién es Carlos de Rokha? ¿Quién es ese vidente que La Mandrágora celebra? ¿Quién es el primogénito, el hijo de dos poetas, el alucinado?

No lo sabemos del todo. Sí, sabemos que Carlos atraviesa la historia de la literatura chilena como un príncipe oculto del que vemos solo pistas, señales perdidas a través del siglo. Es un príncipe roto, herido por el mundo y por sí mismo, trágico.

Sabemos que anota en su primer libro: «La bestia y el ángel luchan en mí hasta destrozarse en lujuriosos soles».

Sabemos que nace en Valparaíso en octubre de 1920 y que es el primogénito. Sabemos que lo bautizan con el mismo nombre de pila original de su padre, que también es el de su único tío materno. Sabemos que sobrevive a la precariedad material que supuso la década del veinte para su familia, esos años en que vagaron de ciudad en ciudad, tratando de sobrevivir al odio y al desprecio de los parientes, al fracaso literario de *Los gemidos* y a la pobreza económica, entre muchos otros dramas.

Sabemos también que su padre es violento con él. Sabemos que escribe y que pinta y que es quizás lo único que hace, como si estuviese predestinado al melodrama del arte.

Sabemos que su padre escribe sobre él en sus memorias: «ahí Carlos está pintando, con espanto, cuadros del funcionamiento esencial de la especie, y ya expresa la violencia de un poema aterrador que le rasga las entrañas del espíritu».

Sabemos que a los once años se pierde varios días en el cerro San Cristóbal. Lukó lo cuenta. Estudia en el Liceo Valentín Letelier y ha ido con dos amigos al cine. Ven algo llamado *Kaspa, el hombre león;* y luego se van al cerro a continuar la aventura. Una banda los asalta. Les roba hasta la ropa. Los amigos regresan a casa y Carlos queda solo y perdido en el cerro, donde vaga por tres días y tres noches. Lo encuentran hambriento y vestido con harapos. La prensa ha publicado la noticia de un posible secuestro por razones políticas. Su madre se ha quedado paralizada y sin caminar por la impresión. Pablo lo está buscando en la calle y cuando llega de vuelta lo encuentra con el doctor Delbés, que lo examina. Le cortan el pelo, lo bañan y lo desparasitan. Sabemos que no hay recriminaciones: Pablo de Rokha no habla del asunto.

Sabemos que a los diecisiete años se vuelve loco.

Sabemos que padece una enfermedad mental de la que nadie habla abiertamente. En la memoria de quienes lo recuerdan se huye de la mención explícita. Quizás buscan cierto consuelo en la figura de una especie de vidente, de un genio de la poesía cuya conducta extrema o destemplada siempre puede ser explicada por los contornos de aquella iluminación permanente, ese rayo que lo golpea hasta dejarlo casi ciego ante las exigencias de lo real.

Sabemos que el drama está instalado: Carlos de Rokha es un escritor promisorio pero también un caso clínico.

Sabemos que escribe: «¿Hay otros mundos más allá de los sueños? Nada sabes fuera de lo que te han enseñado los sueños».

Sabemos que Eduardo Anguita celebra su poesía cuando tiene apenas quince años; Lukó anota que a los diecisiete tiene una crisis y lo internan en el Sanatorio Charcot, la clínica privada que había fundado el doctor Óscar Fontecilla, uno de los pioneros de la psiquiatría en Chile. Su padre supervisa el tratamiento, participa de las juntas médicas y, desconfiado de la alimentación del lugar, hasta hace que le lleven la comida desde la casa. Pablo está ahí hasta que se lanza desde el segundo piso del sanatorio. Cae sobre un montón de tierra. No le pasa nada: piensa que está nadando y su padre lo saca del lugar y se lo lleva de vuelta a su casa.

Sabemos que por esos días el doctor Fontecilla es asesinado a balazos por otro paciente en su consulta, cerca del cerro Santa Lucía. El hombre no soporta que el doctor conteste el teléfono durante la sesión. Explica: «me ha destrozado el cerebro. Cualquier hombre en mi caso hubiera hecho lo mismo».

Sabemos, porque lo cuenta Lukó, que lo internaron varias veces y que recién se estabilizó cuando cumplió treinta años y que en su relato se alternan el drama y el asombro, la preocupación y la pena.

Sabemos que se trata de puras vistas parciales, Carlos de Rokha sigue siendo un secreto, su poesía tiene algo de cifrado, existe como una sombra del relato de otros: de su padre, de su hermana, de sus amigos, de sus viejos compañeros de ruta.

Sabemos que lee en el Salón de Honor de la Universidad de Chile; sabemos que su obra literaria existe a cuentagotas. Hay que seguir sus poemas en *Multitud*, esas pequeñas piezas parecen venir de otro lugar que es un teatro de la crueldad o el sueño de un paisaje imaginario. Sabemos que es siempre un desconocido y que la revista de sus padres es apenas el apunte de una actividad incesante, de un frenesí que nunca se detiene en su cabeza.

Sabemos que un verso suyo dice: «Soy el hereje que se levanta a símbolos».

Sabemos que en su foto más famosa él mismo posa como un artista o un truhán o una estrella de cine. En esa foto aparece mirando de lado y fumando, tiene la camisa arremangada.

¿Qué mira? ¿A quién?

Podemos reconocer los rasgos de su padre ahí pero la mirada es dulce y parece perdida, como si su rostro rubicundo fuese el fotograma de una película que nunca veremos. Es la mejor de sus fotos. La más salvaje, la que lo capta mejor, aparece con boina y fumando pipa, como si fuese la caricatura de un artista parisino; vestido de traje y leyendo, rodeado por sus padres y sus hermanos, congelados todos en un paseo familiar, en el patio de una casa, en los terrenos del país de la infancia.

Pero también sabemos que hay otra foto suya, de corbata, más adulta quizás, donde su cara está concentrada en un punto invisible y rodeada de una especie de aura que bien puede corresponder al terror. Esa foto aparece en 1943, en su primer libro. Sabemos que el verdadero Carlos oscila entre las dos fotos, entre ese ángel sin halo y ese demonio de mirada concentrada y feroz.

Sabemos que vive para el arte y la literatura, lo que es en realidad vivir para sí mismo. Sabemos que lee su poesía en la calle. Joaquín Martínez lo recuerda así: «en 1938 nos leía sus poemas en una esquina cualquiera del gran Santiago [...] El niño poeta no hacía caso de la gente que pasaba a su alrededor ni le importaba el rechinar agrio de los tranvías». Sabemos que la poesía es eso para él: las palabras que se oponen al muro que construye el mundo, que son una señal para el propio ruido. Lo podemos imaginar así: dieciocho años, en el centro de una capital gris y pobre que es el remedo de otras capitales grises, en unos días de violencia total, leyendo sus poemas, esos textos en prosa y verso que no se parecen en nada a los de sus padres o amigos, esos poemas surgidos de la nada que quizás son formas de la laceración o la posesión.

Sabemos que él es la encarnación de esa misma Poesía Negra que buscan desesperadamente los de La Mandrágora y que nunca abandonará ese estilo, que lo que vendría después seguía el rastro del ectoplasma apenas desvanecido que su propio fantasma dejó en *Multitud*. Sabemos que Carlos de Rokha es el vidente, el surrealista en estado natural, el hombre al que la poesía se le da de modo inmediato, al modo de visiones e imágenes cifradas; muchas veces resueltas en textos enigmáticos y nocturnos, llenos de crueldad.

Dice: «Yo he masacrado, deleitándome a una rana y a un cuervo, con placer inaudito, extraviante, bendiciendo sus entrañas, así dejadas al contacto de estos esenciales vientos rituales, que mojaban mis labios de crueldad infinita y demoníaca. Los dos estando mudos parecían un dulce acto de magia, un recuerdo de atroces instintos, una visión de maleficio y ráfaga, una visión ensoñadora, total, un dibujo espantoso de Matthias Grunewald, una descripción lujuriosa del Marqués de Sade, una página delirantemente dolorosa de Misckiwicks, o bien, un poema alucinante de Blake [...] Acaricié, deslumbrándome, esos cuervos que habitan la selva devoradora de los sueños donde dos lobos destrozan mi cuerpo y mis cabellos».

Sabemos que esos poemas son un laberinto, puros fragmentos de un sueño.

Sabemos que en 1944 publica *Cántico profético al primer mundo*, su primer libro. Tiene veintitrés o veinticuatro años y ya ha escrito una biblioteca completa. A su escasa obra visible se suma otra obra invisible e inmensa, que él mismo glosa en la edición siguiendo la vieja costumbre familiar de hacer una lista de libros soñados o perdidos.

Sabemos que da una conferencia radial: «El aniversario de Jean Arthur Rimbaud».

No sabemos en qué radio habla.

Sabemos que la obra de Carlos de Rokha no se parece a la de su padre o a la de su madre; y tiene poco y nada que ver con la maldad de opereta y la violencia impostada de los «mandrágoros». Carlos, de este modo, es un habitante de las tierras salvajes que Huidobro y las vanguardias presumieron como el futuro posible de la literatura. Quizás es eso lo único que sabe acerca de sí mismo, conoce su condición de habitante insomne de un mundo alucinado y abraza la luz turbia de las palabras en llamas que era su lengua privada.

Sabemos que dice: «Soy yo el que se predice entre los lobos». O: «yo me muevo con signos: aprendo a tomar del sueño lo necesario. Así me bato entre los estériles hijos de la tierra». O: «Sudamos geología criminal y miseria dorada: niñas asesinadas cantan entre nuestros párpados». O: «Espectros, ruinas mías para vosotras surjo de todas las raíces, con la boca babeante y profética [...] Extremos muros de coreografía sanguinaria y ornamentación sacramental me circundan».

«Somos llagas de carnicería divina y masacre», sabemos que repite una y otra vez, en el libro.

No sabemos cómo sonaba su voz.

XLVII

«Permítame Ud. que, con la sinceridad de un amigo a un amigo, le objete algunas situaciones pequeñas y más o menos generales», le escribía Pablo de Rokha al norteamericano Hoffman Reynolds Hays en noviembre de 1943, en un número de *Multitud*.

Hays era más que un corresponsal literario. Como profesor de literatura especialista en la poesía latinoamericana había publicado *12 Spanish American Poets* en la editorial de la Universidad de Yale, una antología donde De Rokha aparecía junto a Ramón López Velarde, Luis Carlos López, Eugenio Florit, Jorge Carrera Andrade, José Gorostiza, Nicolas Guillén, César Vallejo, Jorge Luis Borges, Vicente Huidobro y Pablo Neruda.

En esos años *Multitud* se cuadraba con la candidatura presidencial de Juan Antonio Ríos, quizá la única elección donde De Rokha llegó a apostar por un caballo ganador. En el ensayo (que tenía la forma de una carta) el poeta le contaba que había recibido su copia del libro, el que quería comentar y corregir a partir de su propio testimonio de circunstancias, apelando muchas veces a su propia biografía. Nada nuevo ahí. O quizás sí: el poeta le escribía a Hays como una autoridad superior pero también como compañero de lucha que podía comprenderlo, revelándole a lo lejos lo que pasaba, las precarias condiciones de producción de su obra en el sur del mundo. H.R. Hays también colaboraba en *Multitud*, donde había traducido a William Carlos Williams, por ejemplo; pero lo más importante era la labor que cumplía en su país como lector y propagandista de la poesía latinoamericana. En su carta Pablo le explicaba, por ejemplo, por qué no usaba verso rimado, discutía sus diferencias con la obra de Blake y señalaba que «una gran poesía subversiva y épica, rigurosa, acendrada, estupenda, es el lenguaje de nuestro martirio y de nuestro horrendo y tenebroso misterio social, en la agonía capitalista, cuya flor negra es el fascismo». La carta era también una revancha contra los escritores funcionarios, los enemigos de siempre (como Pedro Prado, «lechero fascista de bastante prestigio industrial») y detallaba las condiciones laborales de autores locales como Augusto D'Halmar, recién retornado a Chile después de media vida en el extranjero, «acorralados por un sueldo de perro de emigrante, inferior al de un vigilante de cárceles».

«En este instante voy a abrir de par en par mi espíritu a América, amigo Hays» le escribía el poeta al antologador. Hays era en ese momento un profesor de literatura obsesionado con lo que pasaba en Sudamérica. Tenía casi cuarenta años, había nacido en Nueva York, estudiado en Cornell y Columbia antes de viajar en 1939 a México y descubrir la poesía hispanoamericana en unas vacaciones junto con su esposa y un amigo músico suyo, Hans Eisler, colaborador de Bertolt Brecht. Hays era de izquierda y poeta y huía de Pound y Eliot y parecía que eso que buscaba lo había encontrado en la literatura latinoamericana. Con los años, sería traductor de Neruda y de Borges, antes de dedicarse a escribir guiones para la televisión y publicar libros de antropología.

En cualquier caso, De Rokha y Winétt ya habían sido traducidos antes al inglés. Primero en la monumental antología *War Poems Of The United Nations: The Songs And Battle Cries Of A World At War*, que había hecho Joy Davidman para Dial Press y donde aparecían, entre ciento cincuenta poetas más, Brecht, Octavio Paz y Neruda. Davidman, judía y militante de izquierda, antes había trabajado como guionista en Hollywood. La antología era un encargo pero también una forma de sostener su compromiso político, con el que años después entraría en conflicto luego de sufrir una conversión religiosa para terminar sus últimos días casándose en Inglaterra con C.S. Lewis, escritor de *Las crónicas de Narnia*, quien le dedicaría *Una pena observada*, donde trataba de entender el luto que le provocaba su ausencia. Pero no era solo el volumen de Davidson. Pablo y Winétt habían sido incluidos también en la *Anthology of Contemporary Latin-American Poetry*, una recopilación de setecientas páginas hecha en 1942 por Dudley Fitts donde Hays había hecho traducciones y escrito las notas bibliográficas finales, un trabajo amargo porque el profesor Fitts le descontaba cincuenta centavos por cada error.

12 Spanish American Poets era su respuesta a ese libro. Editado por Yale University Press, se trataba de un trabajo de un calado bastante más hondo que el de su antiguo empleador. El volumen era la presentación en inglés de los poetas al modo de una nueva escritura: una vía paralela al modernismo inglés y a las modas de París, que se elevaba sobre la sombra de Darío y que existía como una tradición que esperaba ser descubierta.

Hays era un buen lector de De Rokha. No tenía los prejuicios locales y tampoco padecía la intensidad del mundo que rodeaba *Multitud*. Sus guerras floridas solo existían como ecos, detalles de ese otro planeta que era Sudamérica. «El centro de la tormenta de la poesía chilena», lo llamaba Hays y luego indicaba que el poeta había «absorbido de influencias diversas como Lautréamont, Marx, Freud y Blake. Más allá de un fantástico y caótico imaginario ha creado una emoción heroica. Mientras ataca los elementos reaccionarios de la sociedad, celebra el poder del proletariado [...] Por lo tanto se considera él mismo una expresión del subconsciente de las masas».

Hays era un lector atento de la «prosa dinámica» del poeta, que es como llamaba a su estilo. Veinte años después de su publicación inicial y fuera de la caja de arena de la literatura chilena, obras como *Los gemidos* crecían y adquirían otro sentido, se abrían al mundo. De Rokha existía y sobrevivía en otra lengua, encontraba otras conexiones, otros lazos, otras perspectivas para comprenderla. Y si en su reedición en 1972, el volumen de Hays seguía leyéndose como un texto clave, «un paso de montaña» como la llamaría Robert Bly, en el año que se publicó supuso una consagración para el poeta, que aparecía confirmado por parte de la primera línea de la poesía en lengua española en los años de la Segunda Guerra Mundial. Desde la mirada de Hays, De Rokha era leído desde un lugar inesperado, quizás más amable, sin que luciese extraño o extremo. Quizás, por un rato, parecía que las cosas encontraban su lugar y el prestigio literario alcanzaba al poeta. O, en realidad, puede que ni siquiera tuviese que ver con eso, con el prestigio; simplemente se trataba de que el poeta dejaba de perseguir algo que los otros ya le reconocían sin que tuviera que esforzarse o demostrar su valía, como si toda la larga explicación que daba en *Multitud* sobre sí mismo ya no fuese necesaria. Ya estaba ahí, era parte de un mundo, de un presente, de un país, de un continente y de una tradición.

XLVIII

«Este viento internacional que nos saluda como que nos socaba las telarañas», escribe Pablo de Rokha acerca de esos años fabulosos de 1944 y 1945 donde Winétt y él comenzaron a viajar por el continente convertidos en embajadores culturales de Chile.

El viaje, antes impensado, sucede a partir de la repercusión que *12 Spanish American Poets* ha tenido en el medio cultural chileno, asombrado por la inclusión de De Rokha. Mario Ferrero cuenta que a raíz de eso el presidente Juan Antonio Ríos llama al poeta y le propone «una misión secreta, de carácter cultural, que se desarrollaría a través de los distintos países de América».

Entonces, los De Rokha viajan fuera de Chile.

Los despiden con una comida en el Hotel Crillón.

Una guerra mundial termina pero a nadie parece importarle.

Los esposos se tomarán las manos en el avión y se darán cuenta que todo queda lejos, que su país es una isla y que el mundo de afuera existe realmente. No son jóvenes. Tienen ya cincuenta años y dejan atrás a los hijos, al partido, la pobreza, la literatura.

«La bandera de Chile es un pañuelo del tamaño del mundo cuando nos plantamos en la frontera, la cruzamos, y no lloramos», escribe De Rokha recordando cómo mira hacia abajo desde la ventana del avión, cómo la geografía del mundo deja de ser imaginaria.

El Amigo Piedra narra su aventura americana como una colección de fragmentos, de apuntes de memoria.

Los recuerdos son postales de diverso calado, otra colección de viñetas de ese álbum familiar, que nunca parece terminar de completarse.

Ahí van algunas:

En Lima atraviesan los salones del Hotel Maury, comen y beben, y los restos del pasado colonial y del virreinato los conmueven. El Partido Comunista peruano les brinda una comida oficial. También se juntan con el presidente Manuel Antonio Prado; Pablo lee en un teatro, recuerda a César Vallejo, pasea por mercados, trata de entender los restos del mundo incaico.

En Ecuador atraviesan la selva y ven agujeros de bala en los muros de Guayaquil; los rostros de los indígenas los conmueven; Winétt se refiere a la belleza triste del país y el poeta habla ante una multitud en la Plaza Arenas en la asunción del presidente José María Velasco. Les hacen un homenaje en el Círculo de la Prensa en Quito. Winétt declama y la aplauden. Un coro de niños canta. De cualquier modo, De Rokha sospecha de las credenciales democráticas de Velasco. Posan en fotos. Ella lo acompaña. Viste de oscuro. Los que están detrás parecen espectros.

En Guatemala se quedan poco. Los invita el general Ubico, presidente y dictador, pero ellos rechazan el convite.

«Hallaste la horma de tu zapato», le dice Winétt a Pablo cuando llegan a México. En el ex D.F. De Rokha odia la movida cultural del Café París mientras recorre mercados, mira las figuras del museo de cera de la Inquisición, habla en universidades obreras. El huaso de Licantén podría ser un perfecto chilango mientras se familiariza con el plano de una ciudad pavimentada con cadáveres. Está feliz. Ama las balas y ama la revuelta; y se siente cómodo con la violencia y el aliento de la violencia, mira la sangre como un río secreto que corre bajo las calles. "Aquí fusilaron a Fulano, allí fusilaron a Mengano, y a los que fusilaron, los fusilaron frente a frente a esa muralla con sol, inmensa", dicen los mexicanos, e indiscutiblemente nosotros no sabemos si nos fusilaron o nos van a fusilar de repente y estamos alegres», escribe.

Pasan más cosas. Neruda se les aparece como un fantasma. *Multitud* publica en Chile algunos avances del viaje. Asisten a comidas y eventos. Dan conferencias en la Universidad Popular de México. Los declaran huéspedes de honor. En este punto, las imágenes que conocemos del viaje (la mayoría, incluidas al final de *Suma y destino*, la antología póstuma de la obra de Winétt) los muestran al centro de las mesas y los grupos, como invitados principales, vestidos de modo formal, rodeados de árboles y rostros, o en salones oscuros, detenidos y congelados para la foto. También aparecen en la ruta. Por ejemplo, a los pies de una pirámide en Teyanuca. Pablo sonríe y tiene una mano en el bolsillo. Winétt mira la cámara. Están felices. Por esos días, la pareja celebra su aniversario de matrimonio con una cazuela. Los acompañan algunos españoles sobrevivientes de la Guerra Civil. Echan de menos su casa. Se publica una edición mexicana de *Canto al Ejército Rojo*. El poeta recorre a caballo la ruta de Emiliano Zapata junto a miembros del ejército. Van desde Choluta a Chinameca, donde mataron a Zapata. El viaje le deja la piel de las posaderas en carne viva. Su viejo amigo Siqueiros y el general Lázaro Cárdenas, el presidente, le regalan como recuerdo una Smith & Wesson calibre 45, de cacha nacarada. Será el arma con la que Pablo se suicide en 1968. Faltan décadas para eso y en 1944, Winétt y Pablo contemplan los murales del pintor José Clemente Orozco, tratan de entender su estilo, el sentido de aquellas imágenes que reinventan el mundo una y otra vez, aquella imaginería agónica. No sabemos si lo consiguen. «Hay literatura dentro de la verdadera pintura mural mexicana», escribe a modo de explicación somera. Sigue pensando que Siqueiros, su amigote, es el mejor de todos. Entonces, se cruzan en Cuernavaca con Konstantin Umansky, embajador ruso, cercano a Stalin y que ha escrito sobre el valor del arte soviético. Umansky morirá en un accidente aéreo poco después del encuentro, el mismo día fatal en que se enterará de que la familia de su mujer ha sido asesinada por los nazis. Es «el grande hombre de los sóviets épicos y es nuestro gran hermano muerto». Entonces, participa de un diálogo con José Vasconcelos, autor de *La raza cósmica*, exministro de educación y responsable de haber traído, un par de décadas atrás, a Gabriela Mistral a México. Mientras, la letra de «La cárcel de Cananea» les llega como «una tonada amarga y acuchillada», escribe.

La canción lo destroza. «Me aprehendieron los gendarmes /Al estilo americano, /Como un hombre de delito, /Todos con pistola en mano», escucha Pablo, pura épica del polvo y la revolución.

«México y tú son tallados en la misma madera», le repite Winétt al poeta.

En Estados Unidos les revisan los documentos, a pesar de la visa diplomática. El poeta recuerda a Whitman, su maestro. Llegan a Washington, los recibe el embajador chileno y luego leen en el Salón de los Héroes de la Unión Panamericana. Juan Ramón Jiménez, otro que como él no quiere a Neruda, los escucha, «grandiosamente remecido de huracanes». También graban poemas para el registro fonográfico de la Biblioteca del Congreso. Más: pasan por Wyoming y se acuerdan de las hijas que dejaron en Chile; recitan poemas en la Universidad Negra de Howard; se interiorizan con el conflicto racial, encontrando otras formas de la lucha de clases, esa «herida aterradora que le imprime su hijo, el negro, el ciudadano negro de la larga y ancha Yanquilandia Blanca...».

Nueva York los impresiona. Ahí se encuentran con el amigo Hays, «correcto y tremendo [...] elaborando su pedido de controversia, desesperado». Dan vueltas por Manhattan. La ciudad ya no es un objeto hecho de pura literatura, ya no es el paisaje imaginario que aparecía en *Los gemidos*. Deja de ser una fantasía, el eco de un poema o el eco de las vidas imaginarias de Walt Whitman. Ciudad real y concreta, «Nueva York es nueva, hecha con materia vieja, con intestinos, con vísceras, con cerebros machacados y amasados, con sudor, con dolor, con terror de trabajadores, y precisamente con trabajo pagado, robado a los obreros muertos porque he ahí la capital de la plusvalía», escribe Pablo. Pero lo que repudia también lo maravilla. En la ciudad visitan el Empire State, beben cerveza cerca del puente de Brooklyn y se enteran de las noticias sobre Roosevelt. Hacen un recital en el Council for Pan American Democracy. William Carlos Williams está ahí, sentado en el público junto con Archibald MacLeish. Hays hace de presentador. Winétt lee un texto sobre Lenin y el poema «La Pasionaria»; Pablo habla de la poesía del pueblo y lee su *Canto al Ejército Rojo*. Todo pasa en Chelsea, a las tres de la tarde. La calle Broadway está a un par de pasos. ¿Qué habrán pensado los que estaban ahí y habían pagado un dólar la entrada? ¿Quiénes eran esos poetas, los miembros de esa pareja que parecía venir de tan lejos? ¿Cómo sonaría su poesía desde el espejo de otro idioma, apenas vuelta música, respiración, puro sonido?

«Con qué enorme emoción que estamos en este instante, tocando precisamente las entrañas de Norteamérica», dice Pablo.

Son los últimos días de diciembre. Unos días después toman el tren a Miami. «Aquí a la ribera del mar tropical le tiramos a la cara a 1945 nuestra gran copa rotunda de trabajadores intelectuales», escribe.

El viaje a Cuba es un desastre, un chiste, una mala comedia. Hablan en la Universidad de La Habana y salen a beber whisky con Alejo Carpentier, a quien le traen saludos de Hays. «Cuba hoy por hoy vibra con nosotros y nosotros, al escuchar la gran tonada americana de la Habana, nos estamos cubanizando», dice.

Las cosas andan bien hasta que aparecen los chilenos. La foto que quedó de su paso por La Habana muestra a Winétt y Pablo oscuros y tensos, aunque esa bien puede ser una impresión tardía, producto de las páginas agrias que en *El Amigo Piedra* le dedica al episodio. Entonces, De Rokha se encuentra con Emilio Edwards Bello, hermano de su viejo amigo Joaquín y primer chileno en haber piloteado un avión. Es el embajador de Chile en Cuba. Dan vueltas por ahí dos médicos también chilenos: Héctor Orrego Puelma y Armando Alonso. Andan en un congreso sobre la tuberculosis que se realiza en La Habana. En su relato, De Rokha los considera filo-fascistas o derechamente nazis. Los conoce. «Yo recuerdo que cuando me ganaba la vida a patadas vendiendo cuadros muy malos por el mercado, les vendía a ellos dos cosas muy bobas y muy tontas que les gustaban mucho porque eran tan artistas» recuerda con ironía. «Son pequeños hítleres», agrega. Las cosas se ponen confusas. Anda también un tal González Scarpetta, periodista de varios medios y figura borrosa, al modo de un secundario terminal de Graham Greene. González Scarpetta quiere un poco de polémica, de picante. Le hace una nota a De Rokha, quien no pisa el palito, no da declaraciones incendiarias. Luego entrevista a Winétt, que habla mal de las mujeres chilenas de la burguesía. Emilio Edwards lo cita en la embajada. Algo se aproxima. Pablo y Winétt van pero ella no entra, se queda en el auto. La puerta del lugar está llena de guardias. En la reunión están Edwards y un secretario suyo, pero también llegan Alonso y Orrego Puelma. Todo es extraño y denso. El calor y la humedad vuelven las cosas más espesas. En los albores de la Guerra Fría, De Rokha tiene su propio drama de espías. Le piden que se haga cargo de lo que dijo su esposa. De Rokha responde que ella no dijo nada que no estuviese en la obra de su amigo Joaquín, de Iris, y de las memorias de Crescente Errázuriz, viejo arzobispo de Santiago. Orrego quiere batirse a duelo con él. Todo es idiota y un tanto penoso. Llegan a un acuerdo. De Rokha da una declaración donde explica lo que había dicho Winétt, pero lo tergiversan, el asunto se expande, se enreda. Cunde la paranoia. La sombra de Neruda acecha. Los tentáculos de la banda negra, las conspiraciones que vienen de lejos, los enemigos eternos, esa clase de cosas. «La ralea de agente provocador es lo que nos ensucia la estada en La Habana, haciendo sus necesidades a la vecindad de nosotros, es la vieja morralla del resentimiento de todas las épocas», dice. «El cielo de azúcar de La Habana ensuciaron estos espantajos de encomenderos y su pobre traílla de sirvientes», agrega.

Siguen el viaje. Pasan por Guatemala, donde almuerzan comida chilena con el embajador en un convento franciscano. Descienden por el mapa. En Costa Rica hablan en una universidad y se asombran del paisaje, con «toda esa sombra dulce grande del café cortando la luz costarriqueña». Panamá les parece una paradoja, una víctima de la explotación capitalista. Pasan por la Universidad Interamericana. «Estamos aquí hablando, estremecidos por el calor y el dolor del sur enormes, de un pueblo en el cual todas las cosas del mundo están confusas», dice.

En Venezuela se juntan con el novelista Miguel Otero Silva, autor de *Casas muertas*. Según De Rokha, evaden una conspiración de Neruda donde también participa el poeta cubano Nicolás Guillén; aunque su influencia la perciben en el resto del viaje: miran de reojo los hoteles, las gestiones con los servicios diplomáticos y la prensa, lo que les dice la gente con la que se encuentran. «Son carajos descamisados y bandidos de alpargata, y su expresión son los Lameda y los Meneses, fetos de puerco en la literatura», anota. También se cruzan con el académico y escritor Mariano Picón Salas, su esposa chilena y algunos poetas. Atraviesan el país, «los páramos y los desfiladeros a la altura de las águilas por el zumbador». Winétt le sonríe mientras lee poemas.

Cruzan del Atlántico al Pacífico. Colombia no parece gustarles. La encuentran secuestrada por la influencia de la iglesia. «Los artistas de Colombia nacen con un bonete de cura en la nuca, como los hijos de la señora más piadosa de Roma», escribe. Viene entonces otro desastre. Los invitan a comer al Country Club de Bogotá pero en vez de ir ahí los llevan a otro lugar, más popular. Pablo y Winétt están vestidos de etiqueta. El cambio de planes resulta una vergüenza. «El Country Club es para poetas caballeros y no para poetas-proletarios y los poetas-proletarios no han de ir a donde van los caballeros, es a la rabia concreta a las que nos sentimos furiosamente uncidos», recuerda. Luego viajan a Cali en avión y Pablo lee en el Palacio de Gobierno. Recuerda: «calor con naranjas, con vacunos, con caoba, con mujeres pálidas, ardientes».

Bolivia les duele. Aterrizan en La Paz, en lo que será luego conocido como El Alto. Comen charqui de llama, beben cerveza. Perciben el ambiente local con suspicacia. «La literatura oficial se nos acerca arrastrándose, pero la literatura oficial no nos interesa ni nos preocupa», dice. No sabemos si se apunan, si el aire delgado les pega en los pulmones. Se topan con Luis Luksic, el viejo amigo pintor, que también está paranoico por la influencia de la banda negra de Neruda. Luksic había vuelto a su país, había hecho algunas exposiciones internacionales (en París había conocido a Picasso, por ejemplo) aunque faltaban años para que se exiliara en Venezuela, donde terminó sus días. Winétt y Pablo lo abrazan. Antes Luksic ha visitado Chile. No los ha ido a ver, producto de su militancia comunista. Les duele, pero se lo perdonan. Lukó se lo topará en Venezuela décadas más tarde, aún recordará con amargura el episodio. En La Paz, Pablo lee en una universidad. El rector es de izquierda pero sale de la sala cuando De Rokha habla de arte revolucionario y Winétt declama un poema dedicado a los héroes soviéticos.

El paso por Bolivia es el último momento de *El Amigo Piedra*. El libro termina ahí y deja en suspenso a la pareja, en cierto modo aburrida, perseguida por una conspiración de rumores que quizás está en su cabeza, apestada por los hoteles y su cultura de una vida de paso; perpleja ante el paisaje. «Culebras, ratones, lagarto, soledad de piojos y hambre sobre estas tristes ruinas de un imperio», anota.

Vendrá después Uruguay, donde dan conferencias en universidades y los reciben amigos. Ahí se reencuentran con sus hijas: una foto registra a Winétt y Pablo, de sombrero, con Laura y Flor en una playa, sobre un pequeño bote. Y luego, Argentina, donde se quedarán un par de años y donde Pablo dicta un curso de Filosofía General en el Colegio Libre de Estudios Superiores. Su hijo Pablo está allá, en Córdoba, se dedica al cine. Blanca Luz Brum también: le conseguirá trabajo a Carlos de Rokha en alguna oficina relacionada con el aparato comunicacional peronista.

Santiago existe de lejos. González Videla es elegido presidente. Aún no promulga la Ley Maldita donde se proscribe la participación del Partido Comunista en la política chilena. Aún no empieza el tiempo de la infamia, como lo bautizaría Juan de Luigi. Todo es una especie de anticlímax, como si el poeta y los suyos desapareciesen en la distancia o tuviesen un momento de paz, un respiro tras tantos años de guerra.

Por esos días, 1948, Vicente Huidobro muere en Cartagena. Su fantasma, dice la prensa de la época, se aparece de noche en el balneario.

Vuelven a Chile en 1949, cuando Winétt enferma de cáncer.

XLIX

A veces pienso que esto queda del viaje, esto queda de
esos años: la grabación que Pablo y Winétt hicieron en la
Biblioteca del Congreso de Estados Unidos, el 27 de noviembre de 1945. Es raro escucharlos. Él lee «Demonio a
caballo» y ella «Sinfonía del instinto». Los dos poemas se
parecen, sus voces son similares en ciertos puntos. Quizás
tiene que ver con la elección de los poemas de cada uno.
Ambos son textos largos que permiten ejercicios digresi-
vos donde la palabra acumula visiones, versos enroscados
en sí mismos, pedazos de la experiencia. Comparten el
tono, la respiración. En los versos largos le falta un poco
de aire a De Rokha, un poquitito apenas, no mucho; y
hay un cierto tono señorial de Winétt, una compostu-
ra o elegancia frente el grabador, tratando de seguir sus
propias palabras y darles algún sentido. Mientras hablan,
mientras él dispara algo parecido a una profecía y ella tra-
za apuntes del dolor donde quizás se revela a sí misma, los
dos suenan seguros, saben lo que están haciendo. Es raro
escucharlos. Uno espera de él un tono más grave, más pe-
rentorio, más dramático; y de ella, algo más juvenil, menos consciente del acto de la lectura, de su performance
frente a la grabadora. Es quizás la mejor postal del viaje.
La voz como un último fantasma, la poesía como un espíritu perdido que es el esqueleto de lo que escuchamos.
Detrás de las voces de ambos suena un crujido; un ruido de la máquina se vuelve algo parecido a la psicofonía,
acompañando el sonido como si rasgase el aire.

L

Pablo de Rokha fue candidato al Premio Nacional de Literatura en 1950. La proclama apareció en *Pro Arte*, la revista dirigida por Enrique Bello. Firmaron cien personas. «Es toda la juventud literaria y artística de Chile quien lo solicita, no en su nombre, sino en el nombre de la dignidad de las letras nacionales», decía. Entre muchos, suscribían la postulación los escritores Enrique Lihn, Carlos Droguett, Mariano Latorre, Stella Díaz Varín, Andrés Sabella, Armando Méndez Carrasco; el periodista Tito Mundt, el pintor Camilo Mori; su viejo amigo el doctor Fernando Delbés y José Romo, su cuñado. Para ellos, el poeta era un «maestro indiscutible y decisivo de la juventud»; alguien que «desarrolló su obra, solitario, inclaudicable, entre las persecuciones y el azar material, sometido al juicio bárbaro de una crítica sin pudor ni visual durante más de treinta y siete años».

No estaba solo. Ya tenía lectores atentos preocupados de su obra. En julio de ese año, en la revista *Pro Arte*, el poeta Humberto Díaz Casanueva trazó una «Evocación de Pablo de Rokha» donde lo veía como «un atleta trasladando cerros de arena negra», luego de imaginarlo «destinado al asalto de la posteridad», solitario en su exceso.

Winétt polemizó con él. No le gustó lo que decía. «¿Es una apología inmensa o un ataque subterráneo que pretende, con algún fin obscuro, socavar la personalidad definitiva de un hombre?», anotó en la misma revista semanas después.

Era un año malo. Habían vuelto a Chile el año anterior, luego de su largo viaje por el extranjero. Winétt estaba delicada y su celo (ese celo rokhiano que es una forma de la rabia y la posesión y a la vez otra de las lenguas del clan) le impidió ver que Díaz Casanueva trataba de resolver algo que a ella le costaba entender —o que más bien comprendía desde la intuición—, y que contenía un amor inmenso hacia la obra de su esposo. Un amor que era capaz de remontar la paradoja que existía en la obra de un autor que, según Díaz Casanueva, había escrito algunos «de los versos más hermosos de la poesía chilena y también algunos de sus versos más malos y vulgares». Esa contradicción sintetizaba el efecto retardado que su lectura provocaba. «Leerlo, agobia; más vale recordarlo, porque entonces decanta el vino y quedan las llamas y quedan los símbolos, las visiones mutiladas de este hombre trágico e impetuoso», anotó Díaz Casanueva. El ensayo terminaba con una conclusión, De Rokha había sido el realizador de una «experiencia delirante [...] un precursor, un padre violento».

Ya estaba circulando *Arenga sobre el arte,* editado por Multitud. Había salido a fines de 1949 y a la distancia podía ser comprendido como una despedida a la vida que Pablo y Winétt habían tenido juntos. Eso porque se trataba de un volumen accidentado, raro, perseguido por la mala suerte. La editorial trasandina Claridad, que lo iba a publicar en 1946, lo bajó por su contenido marxista; el crítico Juan de Luigi no quiso sacarlo por capítulos en el suplemento dominical de *Extra,* el periódico que había fundado y donde también escribía Carlos Droguett; Mahfud Massís (poeta y yerno de De Rokha, casado con su hija Lukó) se olvidó del manuscrito por dos años; y luego se alcanzó a imprimir la mitad en Argentina. Esos pliegos quedaron guardados y perdidos en una casa de Mendoza; y la edición final, que el mismo poeta publicó en Santiago, es más bien precaria.

El volumen debía solo contener los ensayos sobre poesía, arte y política de De Rokha pero en el trayecto se le fueron sumando cosas: un poema largo de Winétt, más poemas de Pablo, y un epílogo donde daban cuenta de las dificultades que había tenido su edición, su odio por el género de las antologías y los escritores devenidos en antologadores («ejemplar de ladrón infantil, parasitario e intermediario») y la pregunta triste, solitaria y quizás fatal pregunta, sobre si su literatura había realmente influido a alguien.

Pero lo anterior, esa descripción somera, no le hace justicia. Una de las conferencias del volumen («La épica social americana») definía el sentido que quería para su poesía como «el estilo de las nuevas formas artísticas, equivalente al estilo de las nuevas formas políticas del hemisferio del caucho, del carbón, del hierro, del petróleo, del oro, del salitre, del yodo, del trigo, de la carne, del vino y de los grandes peces como las bestias inmensas... Como hechos todos de plata».

El libro contenía además la «Epopeya de las comidas y las bebidas de Chile», la que sería la obra más célebre de Pablo, y «El valle pierde su atmósfera» de Winétt, un largo poema surrealista donde su voz aparece perdida en la espesura de un paisaje americano donde apenas se pueden reconocer detalles sueltos en su barroco casi secreto: Teotihuacán, alguna alusión a Walt Disney, la poeta salvadoreña Claudia Lars, Marx, Lenin y Angélica Arenal, esposa de David Alfaro Siqueiros.

«Y tú, Pablo, en la espiral única conmigo, Whitman, De Rokha, Maiakovsky», le dice ella a él en el poema, como si en esa maraña interminable de imágenes superpuestas, recordase el camino a casa. «Me baño, exploradora, en la perplejidad de lo inaudito. /En aquella claridad amenazada y cauce ruiseñor de campamento de su mismo tesoro taumaturgo, torrencial, inadvertido, hacia las etapas y los arrecifes de temperatura y métodos desconocidos», anota para terminar, unas páginas después: «he aquí, Pablo de Rokha, el monólogo enroscado al de su lado caliz-delirante/ de la incomprensible, amarga y mentirosa infancia de América de sus cangrejos dorados».

La espiral: Pablo y Winétt volvían de Argentina, de Córdoba, donde estaba su hijo Pablo.

La espiral: «Este libro que nos calmará la vida», decía Winétt sobre *Arenga sobre el arte*. Las cosas se iban a poner oscuras. No tenían al tiempo de su parte y el Chile al que retornaron no era el que conocían. Gabriel González Videla era un presidente paranoico y traidor, acaso una versión degradada de todos los males que habían asolado a la política chilena en las décadas anteriores. Ya estaba vigente la ley 8987, la Ley de Defensa Permanente de la Democracia que sería conocida como la Ley Maldita. González Videla la había promulgado el año anterior para sacar al Partido Comunista del escenario político: la agrupación quedaba proscrita, sus parlamentarios eran despojados de los cargos; y se montaban campos de concentración en lugares como Pisagua. En ese escenario incierto, Neruda había padecido el acoso de la policía y había huido por un paso cordillerano, en una fuga que duraría años. Huidobro ya no estaba y el Premio Nacional de Literatura había sido entregado a viejos enemigos: a Ángel Cruchaga Santa María en el 48 y a Pedro Prado el 49.

La espiral: él la llamaba a ella en sus poemas y ella le respondía. Se abrazaban en ese mundo común, ese universo de referencias que se desarmaba. Porque eran días extraños, densos, quizás definidos por un estado de ebullición permanente, por el vértigo de un siglo que cambiaba en su mitad exacta.

Entonces, en Chile, retoman sus viejas rutinas. Los vemos perdidos y encontrados. El clan familiar se dispersa y se junta una y otra vez, y la tragedia les pega sin remisión. Pablo sale al sur a vender libros y Winétt se va a Viña. Se queda en el sector de Recreo, donde viven el coronel y su hermano, que es ministro de la Corte de Valparaíso. Mientras, Carlos de Rokha trata de vender ejemplares de *Arenga sobre el arte*. Gana cien pesos por cada uno.

«Nos trasladamos aquí porque Pablo se fue en gira al Sur y yo le tuve miedo al viaje. No estoy bien en realidad y aquí cuando menos disfruto de una paz incomparable frente a estos amados azules que se desplazan desde el alba», le escribe a su nuera Claribel, esposa de su hijo José. Mientras, envían libros a la Unión Soviética y a Italia.

Pero todo es precario. Entonces, Carlos enferma. El estómago. Úlcera. Anemia. Transfusiones de sangre. Debe esperar para una cirugía. «Aún después de operado no podrá hacer trabajos que le desgasten físicamente como sería la venta de cuadros. Para nosotros ha sido catastrófico: primero por tratarse de un hijo y segundo porque esto se produce en el momento mismo en que aparece *Arenga sobre el arte,* libro que pensaba vender en provincias con un mínimum de cinco libros diarios que le representarían a él y a nosotros quinientos pesos diarios por cabeza», escribe Winétt. Ella misma también está enferma, según cuenta a sus hijos, Pablo y José, que están en Argentina. «Ni siquiera he podido ir al hospital a ver a Carlos», dice.

Por un tiempo todo parece estabilizarse. Winétt y Pablo pasan Semana Santa en Constitución. «Días aburridos», escribe ella. *Arenga sobre el arte* circula. Avisan del libro en *Pro Arte*, donde Carlos escribe sobre la obra de su amigo Whady Barrientos, poeta secreto, muerto y desconocido. Todo empeora después.

En los primeros días de mayo la Ley Maldita cae sobre la familia. Detienen a Carlos, Julio Tagle y Mahfud Massís. Tagle está casado con Juana Inés de Rokha y Massís con Lukó. Los dos son poetas. Massís, que antes firmaba como Antonio, había publicado en 1944 el ensayo *Los tres* donde se ocupa de la obra de Pablo. Mientras pasa todo, el poeta y Winétt están en Los Ángeles. Llegan a Santiago de madrugada. Los esperan en la estación de trenes.

«¿Qué irá a suceder? Las penas pueden ser mínimas, tres años y un día, cárcel o relegación. A Carlos podríamos salvarlo con certificados médicos pero él ni nosotros queremos hacerlo: o todos o nadie, es la consigna», escribe Winétt. Ya están en la cárcel cuando llegan. Han tenido que dormir en el suelo. La comida que la familia les lleva se la roba la policía. Carlos está enfermo, debe seguir una dieta. «La vida nos oprime con dureza», les cuenta Winétt a sus hijos José y Pablo.

En esas pocas cartas publicadas en *El valle pierde su atmósfera*, la antología de la poesía de Winétt que hizo Javier Bello, conocemos la historia por fragmentos. Winétt menciona, por ejemplo, las cien firmas de apoyo para el Premio Nacional. También dice que Carlos ha sido relegado por tres años y un día a Melipilla pero esperan cambiar el lugar por Temuco, donde tiene más posibilidades de trabajar. Los otros, los yernos Tagle y Massís, quedan libres. En su escritura es posible percibir ciertos problemas en la familia, pero no importan frente a la urgencia. Porque Winétt es precisa y pragmática. No le da vueltas a las cosas, evita todo drama. Mientras, De Rokha viaja al sur, planea giras para seguir vendiendo, hace lo que sabe hacer mejor. El dinero es un tema delicado. Nunca está demasiado claro dónde ni de qué viven: todos se cruzan en un departamento en el barrio de El Golf; ahí se quedan Lukó y Massís (que luego se mudan a Puerto Montt «con muy buena situación»), sus hijos José y Pablo; y los hijos y las nueras. Según ella, Carlos estaba asustado por la muerte de su amigo Whady. La cuestión económica es apremiante. No es una vida tranquila. Winétt hace cálculos, consigna deudas; trata de encontrar el orden doméstico de una familia que está diseminada por el territorio.

Ese año Pablo de Rokha no ganó el Premio Nacional. Se lo dieron a José Santos González Vera, novelista que había sido fotografiado tres décadas atrás vendiendo en la calle ejemplares de *Selva Lírica*. Maestro de la brevedad y autor de *Alhué* y *Vidas mínimas,* un narrador en las antípodas del exceso y la voz destemplada del poeta.

Para Pablo va a ser la primera de muchas decepciones con el premio. Lo perderá varias veces más y lo celebrará con una fiesta de desagravio en el Hotel Bristol, donde se mudará por temporadas en sus años de viudez.

En medio de los viajes y la tormenta y la amenaza de la muerte, no se dará cuenta de que ha publicado por fin el poema que los otros considerarán su obra maestra: la «Epopeya de las comidas y las bebidas de Chile».

LI

Todo vuelve ahí, a la «Epopeya de las comidas y las bebidas de Chile», a esa pesadilla que es también un mapa y un conjuro. «Hermoso como vacuno joven es el canto de las ranas guisadas de entre perdices», dice en el primer verso. Después lo vemos bajando por el territorio, inventándose sus propios caminos, sus rutas paralelas.

El poema no se llamaba así. La primera versión, al parecer de 1943, fue leída por De Rokha al novelista Luis Durand en una comilona donde sirvieron patos asados y tomaron vino tinto. Cuando se publicó, dentro de *Arenga sobre el arte,* el poema tenía otro título: «Teogonía y cosmología del libro de cocina (Ensueño del infierno)» y era parte de *Carta Magna de América*, un texto mayor. Unos años después, el 53, aparecería en *Multitud* con su título definitivo, el que ahora conocemos.

En cualquier caso el poema terminó adquiriendo prestigio propio y confirmando la imagen de De Rokha como un sibarita hecho de puro exceso, alguien capaz de devorar kilómetros de prietas, kilos y kilos de carne asada, beber garrafas completas y seguir vivo, de pie, en marcha. Su hijo José se quejaba de esta imagen, propagada por amigos y enemigos. «Casi todo lo que se dice de mi padre es mentira», decía.

Pero la «Epopeya de las comidas y las bebidas de Chile» dialoga con otras cosas, otros ámbitos. En la literatura chilena hay poemas parecidos, libros-mapas que entrañan un desafío final entre sus autores, una ceremonia de consagración. Están ahí el *Canto general* de Neruda, el

Poema de Chile de Mistral, algunas secciones de las *Décimas autobiográficas* de Violeta Parra. Es tal vez la resaca de Alonso de Ercilla: nuestra parte de la épica, con sus saldos, sus restos. Ese es quizás el sueño, la aspiración de buena parte de los poetas chilenos: abordar el paisaje para volverlo una consigna, atraparlo en versos para convertir la palabra en registro y el registro en una forma del mito. Y De Rokha lo consigue sin querer, metiéndolo como *bonus track* en un libro que quería ser otra cosa.

«Y cómo flamea el pañuelo, como la bandera soberbia de un gran barco, al anochecer, si están bien cabezonas las mistelas, si los huasos son huasos y no velas de sebo, si arde el ponche y estalla la cueca zapateando los entorchados, entre cielo y mundo», dice De Rokha y hace del poema un laberinto y un monumento.

En ese laberinto él es el minotauro. Acecha en el centro, las paredes son los contornos de su experiencia. Vuelve ahí a lo suyo: a la fiesta y a los restos de la fiesta. Pero también crea un tiempo propio, hecho de celebración y goce, de nostalgia y a veces soledad. Es el tiempo en que recorre los días y las noches de un país secreto, unas coordenadas frágiles y quizás alucinadas. Chile es su estómago, Chile es su hambre, Chile es su cocina o lo que De Rokha recuerda que es su cocina; a ella le canta a tropezones, en versos largos que casi son postales independientes. Este es el «ensueño del infierno» que el poema despliega como si la geografía nacional fuese un atlas inesperado que usa la comida como única flora y fauna posible; así viaja entre las longanizas de Antilhue, los piures tajados a cuchilladas en Constitución, las cazuelas en Lonquimay, el charqui de guanaco en Vallenar, los perniles de cinco kilos en San Felipe, el caldo de cabeza en Valparaíso y las sandías de Chimbarongo.

O sea, un mapa.

«El vino de Pocoa es enorme y oscuro en el atardecer de la República y cuando está del corazón adentro, el recuerdo y la apología de lo heroico cantan en la rodaja de las espuelas». Y sigue: «El ñachi lo toman caliente, bebiéndolo del degüello más tremendo, como en los espantosos sacrificios religiosos de la fe arcaica, horrorosamente ensangrentada, con la naturaleza y la sangre como dioses».

«Si murieron por ejemplo, sus relaciones y sus amistades de la infancia y Ud. retorna a la provincia despavorida y funeral, arrincónese, solo en lo solo, cómase un caldillo de papas, que es lo más triste que existe y da más soledad al alma», aconseja.

«Porque, si es preciso el hartarse con longaniza chillaneja antes de morirse, en día lluvioso, acariciada con vino áspero, de Auquinco o Coihueco, en arpa, guitarra y acordeón bailándose, dando terribles saltos o carcajadas, saboreando el bramante pebre cuchareado y la papa parada, también lo es paladear la prieta tuncana en agosto», recuerda.

En 1965 De Rokha grabará el poema en un disco de 33 1/3 RPM. Será una de las caras de un vinilo (que tendrán el tamaño de uno de 45, objeto diseñado por el gran Mauricio Amster) donde también vendrá registrado el «Canto del macho anciano». Lo producirá el editor Carlos Orellana para una colección de discos-libros de Editorial Universitaria donde también había textos de Fernando Alegría y Nicanor Parra. En esos casos, cuenta Orellana en *Informe final*, su autobiografía, los poemas habían sido declamados por el actor Roberto Parada. Con De Rokha fue distinto, la idea era que él mismo leyese sus textos. Había algo de riesgo. «Tenía una voz ronca, gastada, como de fumador empedernido, aunque creo en verdad que no fumaba; leía mal, además», recordaba Orellana.

El disco solo trae un fragmento del texto: su comienzo. De Rokha lee mejor que otras veces. No acelera, ni se pierde en el tráfago de sus palabras. En su recuerdo, Orellana lo describe de modo casi terminal, lleno de pena, rabioso y cansado.

Eso no se percibe en la lectura que sí subraya el aspecto autobiográfico de su escritura. Su voz le da sentido a la «Epopeya de las comidas y las bebidas de Chile» y al escucharlo terminamos de darnos cuenta que el poema está hecho de sus recuerdos, que el poema son sus recuerdos.

Todo está ahí. Licantén, la familia, los viajes, las esquinas de su propia memoria. No hay turismo, ni nostalgia. Es otra cosa, acaso una última fiesta donde comparecen todos sus fantasmas, que ni siquiera se dan cuenta de que son tales. Dice: «hacia la rayuela del domingo van el Juez y el Alcalde, el Cura, el Oficial Civil, el Gobernador, don Custodio, don José Tomás, don Clorindo, don Anacleto, don Rosauro, las Peralta, las Díaz, las Correa, las González, las Montero, las Ramírez, las Pacheco, las Mardones y las Loyola».

Al leerlo y escuchar el poema, también nos damos cuenta de otra cosa. La verdadera epopeya de De Rokha consiste en su batalla contra el olvido, el modo en que se lanza a encontrar lo perdido y devolverlo como literatura porque es la única forma de que sobreviva. La «Epopeya de las comidas y las bebidas de Chile» es la descripción de un país invisible, las señas de identidad de una república que se ha ido quedando sola.

O una casa, «una poderosa casa de adobe con patio cuadrado, con naranjos, con corredor oloroso a edad remota, o en donde la destiladera, canta, gota a gota, el sentido de la eternidad en el agua, rememorando los antepasados con su trémulo péndulo de cementerio».

LII

Winétt murió en agosto de 1951. Su hija Lukó la describe como «un ser casi irreal». Su fase terminal duró cinco meses. Estaba escribiendo una novela llamada *Callejón de luciérnagas*, que quedó inconclusa. Lukó y Mahfud Massís vivían en la Patagonia. Dos de sus hermanos en Argentina. Cuando supieron la noticia tardaron unos días en volver a Santiago. El clan se juntó por última vez. Todo lo que cuenta Lukó de esos días es triste, quizás tenso, mientras habla del egoísmo de su dolor, del modo en que guardó para sí la pena y se la enterró, sin dejar que la herida sane.

En esos meses finales, cuenta ella, su padre había enflaquecido y no se despegaba del lado de la cama de su madre. Pensaba «que había perdido su poder, ese poder para solucionar sus problemas y los de cada uno de nosotros».

Ese día De Rokha no quiere que lo vean llorar, se come las lágrimas. Nadie lo puede descubrir débil. Hay cierto reproche en el recuerdo de la hija. Mientras ella escribe, décadas después, aún observa atónita la complejidad del lazo que une a sus padres, la cercanía dolorosa, los modos del deseo y la posesión, la dulzura.

La velaron en la sede de la Federación de Estudiantes de la Universidad de Chile y la enterraron al día siguiente en el Cementerio General, luego de un día de lluvia. «Todos vienen, uno a uno, a despedirla. Y cuando llegan Salvador Ocampo, Juan Vargas o Carlos Contreras Labarca, es el pueblo, son los trabajadores manuales e intelectuales de Chile y su vanguardia, trayendo en sus banderas huracanadas el más grande saludo y homenaje a la insigne guerrillera dormida», anotó el abogado Sergio Politoff sobre el funeral. Blanca Luz Brum también estaba ahí. «La primavera de este año no floreció para ella. Para ella, que amaba tanto las flores», escribió Óscar Chávez, otro viejo amigo de la familia. «Winétt en este archipiélago inmortal tiene un sitio privilegiado de reina», dijo Braulio Arenas. La revista *Pro Arte* se despidió de ella y *Polémica*, que pertenecía a sus dos yernos (Massís y Julio Tagle), le dedicó un número especial.

«Hijita, estoy de pie, pero estoy muerto», le dijo Pablo de Rokha a su hija.

Lukó y Massís se quedan con el padre. Acá se fijan quizás las rutinas que seguirá durante toda la década. Sabemos que De Rokha también pasaba temporadas en la casa de su amigo Samuel Román y en el Hotel Bristol, en el centro de Santiago, a pasos de la Estación Mapocho, que era el lugar de donde salían los trenes que tomaba al sur o a Valparaíso. Seguía de vendedor; viajaba con sus secretarios, amigos, ayudantes: el escritor Mario Ferrero, el poeta suicida Boris Calderón o alguno de sus hijos.

El duelo dura tres años aunque en realidad no desaparece nunca. El poeta honra a Winétt como sabe, como puede. Nunca termina de despedirse. Visita su tumba y la honra con lo que tiene a mano, con su literatura. Primero edita una antología de la obra de ella; luego una oración fúnebre.

Suma y destino, la antología, aparece en diciembre de ese año y contiene toda la obra poética que la autora había firmado como Winétt De Rokha. El libro está editado por *Multitud* y es otro artefacto familiar, otra reliquia. Un cofre lleno de recuerdos donde también viene la reproducción del manuscrito donde ella refuta a Witold Gombrowicz, a quien había leído en un diario de Córdoba. Gombrowicz era polaco y había quedado varado en Argentina justo antes de la Segunda Guerra Mundial y aguantaba como podía: daba clases, traducía, hacía de funcionario. Su *Diario argentino* da cuenta de esa vida en la cuerda floja, de esa soledad desangelada que bien podía transformar en humor. «La poesía pura es, en estos momentos, francamente estúpida. La versificación con ritmo es una forma arcaica que poco a poco tiene que desaparecer», escribía Winétt para rebatirlo. Traía además un texto del crítico Juan de Luigi, que no la había conocido.

Porque *Suma y destino* es un retrato con voluntad total, inmenso. Pablo quiere atrapar todos los ángulos de su esposa fallecida y la antología es una pirámide, un monumento funerario. Todas las imágenes de Winétt convergen en ella. Todos los retratos de Paschín, de Julio Romo, de Camilo Mori. Todas las variaciones de su obra: el poema corto y perfecto, hecho casi de apuntes de *Cantoral*; la militancia y la extrañeza de los textos que venían en *Oniromancia;* o sea, todos esos poemas que eran la manifestación de una madurez y una precisión inesperadas; y el marxismo casi alucinógeno y exuberante de «El valle pierde su atmósfera», esa espesura americana que también era una forma de opacidad de la lengua.

El volumen traía al final, como esos viejos reyes que son enterrados rodeados de sus objetos de poder, una *cronografía*: una larga colección de fotos, recortes y memorabilia sobre Winétt y su obra, sobre Winétt y su esposo y sus hijos; sobre Winétt y la política y la poesía.

En algunos de esos retratos y fotos familiares Winétt parecía transparente, era apenas una silueta hecha de humo. Por lo mismo, era y es imposible no leer el volumen sin pensar en un Pablo de Rokha hundido y flaco, siguiendo con el dedo la letra de su esposa en un libro o un manuscrito como si buscara un mensaje secreto para él. Una prueba de vida. Una voz que viene de otro lado.

La antología es el verdadero funeral, la verdadera despedida. Ahí está el poeta doblado sobre sí mismo, cada vez más solo mientras sus hijos se van, retoman sus rutinas, huyen, se quedan mudos o intentan seguir adelante. Ahí está el poeta: es un viudo sentado en una mesa oscura que él mismo ha fabricado con sus manos, igual que las sillas que lo rodean. Una mesa de madera pesada, indestructible, que ahora parece tambalear mientras avanza con los ojos cerrados por la galería del recuerdo y deja que las palabras, que son el esqueleto y la piel y los nervios y el alma de la obra literaria de su esposa, sean también las cuchillas invisibles que se le entierran en la piel. Es imposible, verdaderamente imposible, no pensar en él y en el laberinto de su soledad mientras compila *Suma y destino*, juntando y releyendo la obra de Winétt como si fuese la leña de una pira funeraria. Mientras lo hace, mientras lucha contra la muerte (aunque ya ha perdido la batalla, y solo le queda la rabia), se pregunta si tendrá la fuerza para aguantar cada latido de su propio corazón.

Entonces, lee los poemas que ella escribió y desaparece en ellos del mismo modo en que un cuerpo se hunde en la ciénaga.

LIII

La oración fúnebre aparece dos años después y es un libro que llama *Fuego negro*. Es 1953: él visita su tumba todos los domingos y le lleva flores. A ella le gustaban las violetas. Los poemas simulan ser una plegaria, un desfile, una herida.

Ahí escribe o grita: «El hijo y el libro que amamantaste como quien cría esfinges, se arrojan como furioso lobo contra el olvido y contra la sombra te defienden, como a la espiga el pan dichoso y amado que es puro sol fecundo, y desde adentro de las épocas, en donde refluye el oleaje social de la historia y la Humanidad es un fantasma o un problema con la dentadura tronchada, mi alarido de animal infinito te llora como si se pusiesen a sollozar las tinieblas, y la eternidad bramara en tu recuerdo Winétt de Rokha, por los siglos de los siglos de los siglos».

LIV

Neruda había vuelto a Chile en agosto de 1952. Al año siguiente le otorgaron el Premio Stalin en la Unión Soviética. Se había hecho famoso a nivel mundial, si es que ya no lo era. Tenía el *Canto general* detrás suyo. Ese libro lo definía. Era una obra mayor, capaz de condensar la historia de América, de sus materias y rostros, de los objetos de los que está hecho el tiempo. La primera edición, publicada en México en el cincuenta, traía grabados de Diego Rivera y de David Alfaro Siqueiros. La persecución que había sufrido lo había vuelto un héroe. El mismo De Rokha lo había defendido al final de *Arenga sobre el arte*. Perseguido por el gobierno de Chile, su fuga había ya sido contada como un espectáculo por la prensa de la época y sus peripecias en el exilio terminaron de volverlo tanto un símbolo como un problema: en su condición de enemigo personal de Gabriel González Videla, el gobierno hacía operaciones tan burdas como traer desde Holanda a María Antonieta Hagenaar, su primera mujer, para acusarlo de bígamo ante la opinión pública.

Para Pablo de Rokha debió haber sido agotador seguir a Neruda a la distancia; mirar de lejos todas esas fiestas y homenajes a su retorno, verlo celebrar su cumpleaños cincuenta y pensar que él lo merecía todo y no tenía nada; debió haber resultado duro seguir el autobombo de toda esa mitología que él consideraba construida con imposturas y operaciones políticas, anotar todos los detalles nimios de esa celebración de la banalidad y la nada.

No sabemos cómo Pablo aguantó todo: la depresión, Neruda, la falta de reconocimiento. Seguía siendo fiel a sí mismo. Cuando volvió a la presidencia Ibáñez del Campo, el viejo general al que había apoyado alguna vez y también fustigado en *Multitud*, le ofreció una embajada y él la rechazó. Lukó habla de una depresión terrible, de lo abatido que estaba. Mientras, preparaba una enorme antología de su obra que iba a salir por Multitud, un libro espejo de *Suma y destino*.

Antología 1916-1953 se publicó en 1954; ahí estaban buena parte de sus trabajos perdidos y encontrados y ponía orden respecto a esa larga lista de obras inconclusas, secuestradas o jamás escritas, ese canon privado que era la mejor de sus invenciones. La compilación ahora sí tenía sentido. El poeta, ya viejo, era considerado un maestro para generaciones más jóvenes, donde representaba una alternativa a la moda nerudiana, la moda parriana (que estaba a punto de sacudir todo con sus *Poemas y antipoemas*) y todas las modas literarias que podrían haber aparecido en la mitad del siglo XX chileno. De Rokha era una tradición en sí mismo y acercarse a sus libros era bordear lo ilegible y lo hipertrofiado pero también internarse en una experiencia total y desquiciada, de una belleza vertiginosa y violenta.

Esa experiencia era compartida por sus lectores, por escritores como Jorge Teillier o Gonzalo Rojas; y por los que habían firmado la carta para que le dieran el Premio Nacional en 1950. Esa experiencia merecía que se la reconociese, que se la celebrase. Era importante y única, algo que había entendido, por ejemplo, el periodista Juan de Luigi, que se volvería su amigo en esos años. De Luigi era un periodista reconocido pero también un crítico literario experto en los clásicos y escribiría luego el mejor ensayo sobre la obra del poeta («Claves para una poética», prólogo de *Idioma del mundo*, de 1958), un texto que se eleva por sobre cualquier lectura militante o fanática y se pregunta por sus relaciones con la tradición clásica y la religión.

Dice que lo que hay ahí es una lírica «dórica», que nace «cuando la epopeya muere o se debilita».

«Llamo bárbara la poesía de Pablo de Rokha, desmesurada, fuera de toda clase de medida, enorme, sin detalles combinados, sino presentados de acuerdo con un criterio también joven y bárbaro. Y bárbaro también su estilo, que tiene las mismas características, su lenguaje, que sigue el mismo cauce, su concepción de la poesía, su concepción de la lucha y la forma en que él lucha. Bárbaro [...] La obra de Pablo de Rokha está en pleno desarrollo. Él cree haber llegado al fin. Yo espero que no. Él cree que este es su último libro. Yo creo que no. La consigna del mutismo se ha roto en parte. Se ha cuarteado. Se está deshaciendo en Chile y en América», escribía De Luigi, un lector brillante, por más que a otros críticos literarios les doliese. Había quedado ciego pero no importaba, conocía al dedillo la tradición y era otro más que padecía en carne propia los problemas de su relación con De Rokha: ya no seguía colaborando en *El Siglo*, donde hacía crítica literaria, luego de comentar mal la novela *Carbón* de Diego Muñoz, amigo de Neruda, el que en un acto de mezquindad aludía a él de modo velado en algunos versos de su «Oda a la crítica».

En ese contexto, la antología de De Rokha ponía las cosas en orden y se saltaba los escándalos literarios del día a día de poeta como, por ejemplo, una entrevista tendenciosa que el escritor le había dado a Jorge Onfray en 1951 y que era denunciada por sus yernos en *Polémica*. De este modo, establecía el valor de la obra de De Rokha en un mundo nuevo, durante esos años finales de González Videla, la vuelta de Ibáñez del Campo al poder, la Guerra Fría y la crisis mundial permanente. Era su respuesta al olvido que querían decretar sobre él sus enemigos, incapaces de concederle nada o casi nada cuando escribían sobre la poesía local, tal y como lo había hecho Alone y su

Historia personal de la literatura chilena donde ordenaba la tradición a su antojo. Pablo no estaba ahí. En el 31, en otra panorámica que había hecho, lo había puesto entre los prosistas, jamás con los poetas. Ahora apenas lo había mencionado. No tenía una entrada biográfica en su índice de autores del siglo veinte. Era el autor de libros tachados y el dueño de un nombre que no merecía ser pronunciado, el elefante de esa cristalería falsamente exquisita con la que Alone decoraba su memoria de la literatura chilena. De Rokha, cuya voz desmesurada aspiraba a incendiar el mundo, era en ese relato un silencio, un nombre ahogado, una consigna invisible en el libro de su enemigo.

Por eso, en el gesto monumental de revisar su propia obra para ordenarla, había cierta fascinación mortuoria y romántica. Y aunque nadie comentase el libro, la *Antología 1916-1953* cerraba su obra o parecía que la cerraba, era otra canción de tumba, era otro busto parecido al que le había hecho su amigo Román; su literatura parecía, por fin, esculpida en piedra y bronce, iba a resistir al tiempo y los elementos. Por otro lado, *Fuego negro* parecía haber agotado su estilo. En cierto modo, lo había dejado vacío porque era la escritura de un alma en pena, la palabra de un fantasma que se aferraba a lo poco que tenía como si fuese un pellejo hecho de voces propias y ajenas.

LV

¿Qué le quedaba entonces?

No mucho: despejada la propia leyenda, solo queda espacio para el odio.

El odio.

Ese odio rokhiano lo mantenía vivo, despierto y alerta como una bestia acorralada. Le han quitado a su mujer, sus hijos están lejos, se preocupan de sus propios asuntos y no lo necesitan. ¿Qué tiene entonces? No mucho, apenas el peso de un silencio infamante pues la *Antología 1916-1953* será recibida con ostracismo, con mudez; hasta Juan de Luigi se avergonzará de aquel silencio cómplice. «Callé por razones que Pablo conoce. Vergüenza para todos. No se pronunció ni un juicio favorable ni un juicio adverso. Nada. La malla del silencio, las envolventes murallas de humo, estaban en pleno apogeo. Ni los enemigos chistaron ni los amigos dieron su paso para adelante. La antología no existía. Tuvo aún menos suerte que *Los gemidos*».

Está solo. Solo en piezas de hoteles que daban a plazas de provincia, solo en vagones de trenes que atravesaban el valle central, solo en ciudades que quedaban despobladas para la siesta o cuando la lluvia parecía que no iba a escampar jamás, solo en un paisaje que la ausencia de Winétt decretaba como vacío, desfondado, hueco.

Neruda es la representación de ese vacío. Después de *Canto general* solo podía ser leído como una parodia de sí mismo. Una parodia razonablemente eficaz, pero parodia al fin y al cabo, mientras volvía a sus mecanismos de autocelebración, postales o derechamente lugares comunes, como *Los versos del capitán* o esos volúmenes con sus *Odas elementales*, falsamente inofensivas. Porque la mejor obra de Neruda era el mismo Neruda, que iba de fiesta en fiesta, mientras construía casas que eran como parques temáticos y posaba para la posteridad como un héroe de la clase obrera. Tomás Lago describiría con precisión ese momento del poeta en *Ojos y oídos. Cerca de Neruda*, su diario de esos años, que puede ser leído como la historia secreta de la cultura chilena del período, muchas veces frenética y banal, en ocasiones terrible.

Neruda y yo, que salió en 1955 editado por Multitud, está escrito con esa rabia; y se alimenta de esa violencia y ese dolor para devolverlo como un hálito vital, como una prueba de vida. De Rokha lo había escrito el año anterior mientras preparaba ediciones populares de su antología y de la de Winétt. Neruda, mientras, celebraba en julio su cumpleaños número cincuenta con bombos, platillos y homenajes; recibía el Premio Stalin, publicaba las *Odas elementales*, viajaba a Brasil y a la Unión Soviética; viajaba por Europa y Chile, daba conferencias y, además, recibía una pensión vitalicia por parte del gobierno.

De Rokha miraba todo. Anotaba. Había cumplido sesenta años.

«Celebré solo el hecho y nadie escuchó el lagrimón de fuego que fue rodando mejillas abajo, hasta mi corazón de varón solitario y desgraciado», escribió.

Por lo mismo, leer *Neruda y yo* es una experiencia asombrosa y descarnada, incluso para los lectores de De Rokha. Vengo a desearte un infeliz cumpleaños, parece decirle De Rokha en el volumen, que es una diatriba extrema y total, llena de una belleza paranoica. Porque ahí el poeta no solo examina su relación (si es que se puede llamar así, si es que esa palabra de verdad alcanza) con Neruda sino que persigue su obra completa. Ya conocemos los argumentos. Nada nuevo: Neruda es un plagiario, un acomodado que ha seducido al Partido Comunista y traicionado al pueblo con sus embustes, un camaleón de la política, la cultura y la vida.

Por supuesto, una cosa era escribir todo lo anterior en 1935 y otra, hacerlo veinte años después, luego del *Canto general*, cuando la fama de Neruda ya no era continental sino global.

«Neruda no es poesía sencilla, es poesía fallida, lo cual es completamente distinto, y es oscura, como lo es todo lo no logrado», decía De Rokha en el libro. «El caracol y el mascarón de Proa aclaran la estafa literaria, y se comprenden, porque son símbolos horriblemente gráficos de la conducta social del poeta», anotaba en otro. El ensayo era exhaustivo en su odio, demencial en su obsesión. Porque el poeta gozaba en la diatriba. Era su género predilecto; incluso había escrito alguna vez en *Multitud* una teoría completa sobre él; y sabía que antes que nada se trataba de un espectáculo. Daba lo mismo que se refocilara en su propia tragedia. También era el destinatario de su propio espectáculo.

«Por eso escribo así sobre este hombre enmascarado: con dolor rabioso», consignaba.

Esa rabia era un regalo que se hacía a sí mismo, otra manera de ponerse de pie frente al mundo. «Neruda es a la literatura lo que el falsificador de vinos o quesos, lo que el vendedor de salchichón de asno carretonero a la pobre gente pobre, lo que el embaucador de la culebra y peinetas del mercado», y era posible ver ahí cómo volvía a vivir, a respirar, a sangrar.

A morder.

«Estimo haber venido hallando y reencontrando el estilo del destino de América y su expresión», anotaba y muchas veces *Neruda y yo* adquiría el tono de un monólogo cerrado sobre sí mismo. Pero el volumen era también su propia historia de la literatura chilena, su relato personal, su modo de comprender y ajustar cuentas con un sistema que quería olvidarlo, leyéndolo como una figura anacrónica y violenta, hija de otro tiempo.

No en vano, el primer capítulo del texto se refería a Alone, al viejo Díaz Arrieta, al que acusaba de «amancebador oficial de las musas pagadas». En la mirada del poeta, Neruda existía por obra y gracia suya, que lo había celebrado y apoyado una y otra vez, a través de las décadas. Demoler a Neruda era también desmontar la maquinaria que lo había instalado, el sistema que le daba todo ese poder. Significaba ir hacia atrás pero también hacia adelante, soñar con alguna clase de posteridad.

«Voy a empezar a ser leído por la opinión pública mundial, de aquí a tres siglos, cuando ellos estén muertos de mortal olvido», escribió.

Neruda y yo era la exhibición de eso que la literatura chilena no quería mirar y que se empecinaba en dejar fuera. «De no pasar parte al Juzgado del Crimen o avisar al director de la Casa de Orates ¿qué haremos?», había escrito décadas atrás Alone sobre De Rokha; «un adolescente decrépito y equívoco», lo llamaba de vuelta el poeta. También le ponía un nuevo apodo: Floridor Callampa.

De este modo, hablar de ellos, de Alone y Neruda, era tomar de vuelta lo que los otros le habían robado: su posición, el ascendiente sobre el canon, el lugar del poeta del pueblo y del partido, la parte de la verdad que le correspondía. *Neruda y yo* era la venganza de los marginados, de los olvidados, de todos aquellos que existían a espaldas de la capital, lejos de las cofradías partidarias y las bandas negras, ajenos a todo poder.

El libro, por lo tanto, no era sobre Neruda.

Era sobre él y los otros, los escritores de provincia, sobre los amigos perdidos, sobre los que habían colaborado en *Multitud* y no se habían agenciado cargos o simplemente eran tan pobres o tan radicales que habían sido devorados por el olvido. Neruda les había robado todo y De

Rokha les devolvía lo perdido, reparaba la ofensa. El libro era un modo de dejar constancia de esa marginación, de esa soledad. Pero De Rokha volvía a sí mismo en el libro, quería decir que sí estaba a la altura de su leyenda. Ahí expresaba lo que los otros temían, mientras le recordaba al mundo que era un animal herido, aunque aún podía coger su propio dolor y lanzárselo a sus caras, devolviéndole su pena al mundo como una ola de mierda que lo tapara hasta ahogarlo.

«Su caldillo de congrio no da la sensación de caldillo de congrio, a la chilena», decía De Rokha en algún momento y con esa frase lo resumía todo.

¿Importaba que Neruda respondiese tres años después en *Estravagario* de modo oblicuo? ¿Importaba que ni siquiera formulase el nombre de su enemigo en ese poema «Tráiganlo pronto»? ¿Tenían sentido esos versos que decían «Aquel enemigo que tuve estará vivo todavía? /Era un barrabás vitalicio, /siempre ferviente y fermentando»? ¿Se burlaba de su pobreza, de su soledad, de su silencio, cuando decía que «De pronto no silba el tridente /y las mandíbulas del odio /guardan silencio putrefacto»? ¿Eso era todo? ¿Esa mezquindad? ¿Esa distancia?

Neruda daba lo mismo. Era apenas un espejo, el reflejo de algo ya vacío, un monstruo conocido, una transgresión consensuada.

Porque a De Rokha no le quedaba mucho o, más bien, no le quedaba nada salvo la literatura, a la que se aferraba aunque estuviese llena de espinas y recuerdos dolorosos mientras trataba de abrazar de nuevo su propia alma, intentando reconocerse en medio del río de la lengua, que hacía propia para alumbrar su mundo y el de los otros, por medio del odio. Así lo más interesante del libro era cómo recuperaba su propio tono, encontrando el ritmo de su propia respiración luego del agotamiento que *Fuego negro* pudo haber supuesto. Porque estaba ahí, de vuelta y seguía agitándose dentro suyo. Neruda era la excusa para aprender a caminar de nuevo, a recuperar su propia palabra que aparecía renovada, con los puños apretados, viva y supurante, capaz de destruir todo lo que lo rodeaba para, quizás, crearlo otra vez.

LVI

Desde la pieza del Hotel Bristol, en el centro de Santiago, Allen Ginsberg mira la cordillera. No es su habitación. Está de visita. Detrás suyo un hombre habla, murmura. Ginsberg es joven y el hombre es viejo o parece viejo. Los dos están a mitad de camino; están atrapados en un tiempo que no es suyo, están de paso en su propia vida. Desde la calle suenan bocinazos y puede verse cómo la gente camina apurada hacia la estación de trenes. Ya le han hablado a Ginsberg de este hombre en la noche de Santiago. Ha escuchado los mitos que se cuentan de él, lo que ha hecho, lo que ha perdido, lo que ha sido o querido ser. La luz de la tarde no llega a la pieza, le pega a las montañas que solo reflejan el crepúsculo. Las montañas tienen poca nieve, son una postal de rocas lejanas que reemplazan el horizonte. Ginsberg se está quedando en La Reina, en la casa de Nicanor Parra. Lleva varios meses en Chile, perdido. Viajó con Lawrence Ferlinghetti, invitados a un congreso de escritores en Concepción. Los invitó Gonzalo Rojas, que le escribió a City Lights, la librería de Ferlinghetti en San Francisco. Ferlinghetti estaba traduciendo a Parra y Fernando Alegría había hecho una versión de *Howl* el año 57 para una revista de la Sociedad de Escritores de Chile de la que algunos abjuran pero que tuvo la virtud de existir en un presente imposible e inesperado. Pero ahora eso no importa. Ginsberg está varado en Chile y espera que le paguen por *Kaddish*, el poema largo que comenzó a escribir después de la muerte de su madre. El pago lo tiene detenido. Ferlinghetti se fue hace rato a Bolivia. Ginsberg fue a Ancud, buscó drogas en la isla para recalar en Santiago y su noche, y quedar solo en sus tribulaciones, a medio camino entre la añoranza de su novio, Peter Orlovsky, y el recuerdo de su vieja pandilla de amigos, como Jack Kerouac y Williams Burroughs, todos jóvenes que ya no lo son tanto, perdidos entre los libros y la aventura, atados a la condena de su propio delirio.

Pablo de Rokha habla y Ginsberg trata de entender su acento, de seguir sus razonamientos. Piensa en lo que lo trajo a Chile. Piensa en Concepción, en las discusiones que apenas le interesaron. Todos han hablado de la función social de la literatura. «Todos en este país hacen discursos feroces acerca de los obreros. Todos quieren revoluciones», le ha escrito Ginsberg hace unos meses a Orlovsky. Le dice además que es el único hombre que lleva barba en el encuentro. Mientras, vive entre paréntesis: no se ha acostado con nadie, no ha inhalado cocaína y Chile, anota, se parece a California. Se ha hecho amigo de Parra, un hombre de cuarenta y cinco años que vive enamorándose de muchachas suecas. Piensa en eso, como piensa en *Kaddish*. Hablar español lo ha obligado a simplificar sus relaciones con el lenguaje. «Siento como si estuviera traduciendo todo a sus explicaciones más básicas», anotará en una carta a su novio a fines de enero, antes de viajar a Chiloé para arribar luego a la noche santiaguina.

De Rokha sube un poco la voz al final de cada frase subrayando la importancia de lo que dice. No fue invitado a Concepción, a ninguno de los encuentros que realizaron en 1958 y 1960. Gonzalo Rojas, que era lector suyo, optó por Neruda. No lo llamó. Ahora sigue rodeado de espectros, parece que sus enemigos han ganado. Él trata de sobrevivir. Es un vendedor viajero que se vende a sí mismo, un poeta temido y quizás solo. Neruda publicó el año anterior *Cien sonetos de amor*, otro libro redundante e innecesario. Parra insiste con *La cueca larga*, acaso una parodia de ese mundo campesino del que nunca terminará de huir.

No sabemos si Ginsberg calla ante De Rokha su homosexualidad; su hijo Carlos le ha advertido.

Entonces, ¿de qué hablan en esa pieza?

Quizás conversan sobre William Carlos Williams, que fue su maestro y al que De Rokha conoció en Manhattan, una década antes, en un auditorio cálido, a metros de la calle Broadway. O hablan de poesía, del temblor de la escritura, de visiones extáticas o arrolladoras. O hablan de Whitman, que los ronda a ambos. «Escribo poesía porque Walt Whitman abrió el verso de la poesía a la respiración sin obstáculos», escribirá Ginsberg en un poema de 1990. «Hermano Walt Whitman, Walt Whitman, Walt Whitman eres NUESTRO hermano, NUESTRO hermano Walt Whitman», había anotado De Rokha en 1922, como si la repetición fuese una especie de mantra que permitiera abrazarlo.

Ginsberg quizás le cuenta de sus viajes a través de Estados Unidos y México, le habla de electroshocks, le narra el funcionamiento de las metrópolis furiosas que hierven bajo la luz eléctrica. Quizás le habla de *Kaddish*, y de las imágenes que contiene acerca de su madre muerta. Quizás, mirando la cordillera en otoño por la ventana del hotel, varado en un país que apenas comprende y donde solo es un extranjero con un bolso de buhonero y un overol de trabajo, le dice que *Kaddish* también es una oración y una historia familiar. Pablo de Rokha lo escucha sentado en la cama. Bebe vino, su abrigo pesado está colgado en un perchero. Su mirada es triste y grave. No hay espacio para el humor, no puede permitírselo.

Quizá Ginsberg le habla de su madre, le dice que el kaddish es una plegaria judía para los difuntos y le explica que terminó el poema el año anterior, que lo comenzó en París y lo cerró en Nueva York. Quizás le dice que es un poema largo, que se va desgranando y que en él, antes que la barba de Whitman, están los huesos de Emily Dickinson y que esos huesos son los guiones que interrumpen el flujo de la consciencia, ese río hecho de penas y lamento mientras el poema se va destruyendo, abriéndose hasta lo esencial como si las memorias de familia (su padre le reprochará algunos pasajes) se convirtieran en el retrato a cuerpo entero de su madre, en los contornos de su ausencia: «Oh madre /adiós /con tus ojos amarra a la mesa de operaciones /con tus ojos con el páncreas extirpado /con tus ojos de cirugía del apéndice /con tus ojos de aborto /con tus ojos de ovarios extirpados/ con tus ojos de electroshock /con tus ojos de lobotomía /con tus ojos de divorcio /con tus ojos de derrame /con tus ojos sola / con tus ojos /con tus ojos /con tu Muerte llena de Flores». Quizás le dice que al final en el poema hablan los pájaros y un cuervo grazna y en la plegaria otra voz se cuela, una voz que no es voz sino un graznido, un ruido que aumenta el vacío y hace del luto un coro.

Ginsberg termina de hablar y mira a De Rokha. Recuerda el miedo o la extrañeza con los que algunos se refieren a él, un pavor que apenas pronuncian o simplemente despliegan como un manto de silencio.

Entonces, quizás De Rokha habla. Sentado en su cama, apurando un vaso de vino mientras esperan que termine el crepúsculo, le cuenta de su propia oración fúnebre. Quizás le dice que se trata de un libro viejo, de papeles perdidos que recién ahora adquirieron su forma: puros textos rescatados de una hoguera imaginaria. Le dice que es un libro inmenso, un libro total: en él hablan más de cien voces a la vez.

¿Desde dónde hablan?, agrega tal vez como pregunta retórica.

Hablan desde un limbo. Hablan desde el fondo de la historia de Chile. Hablan a la vez, se superponen, se estrellan contra sí mismas hasta fundirse. Hablan desde el fondo de mi cabeza. Algunas son reales, otras son ficticias. Hay, de nuevo, una voluntad de ilegibilidad, un gesto total e inmenso que apenas puede ser contenido en un libro porque no hay forma de distinguir entre el libro y el poeta, entre el gesto y la palabra, entre el arte y la vida.

De Rokha dice que el libro se llama *Genio del pueblo* y es una obra donde caben todos los géneros, todas las voces y que es una gran fiesta póstuma. Dice que el prólogo lo escribió en enero y que el epílogo (que a la vez es un falso prólogo) el año pasado en Tierra del Fuego. Su hija Lukó y su yerno viven allá. Le cuenta a Ginsberg que al comienzo aparece o va a aparecer (el mismo libro transcurre en varios tiempos, en todos los tiempos) una escultura de Winétt que hizo Roberto Von Pohlhammer y que el libro está dedicado a ella. El libro es tremendo, es bestial. Todo se mezcla ahí. Todos bailan en la misma fiesta que es su lengua pero también su cabeza. Los vivos y los muertos. Los seres reales y los de ficción. La biblioteca y el mundo. Las biografías y los mitos. Los héroes: Manuel Rodríguez, Balmaceda, Recabarren. Porque Recabarren se llama Don Emilio en el libro y también habla. Dice De Rokha, de pie y mirando a Ginsberg, ese joven barbudo que habla español con cierta dificultad, que ahí están sus familiares, las personas que conoció en la infancia, los amigos y los enemigos. Le dice que se trata de una epopeya y que en esa epopeya todo existe a la vez: los recuerdos de Licantén, la vieja magia campesina, los perdidos de la familia. Están ahí el Rucio Caroca y Juan de Dios Alvarado y Juan de Dios Pizarro. Está ahí él mismo, Carlos Díaz Loyola, transfigurado en una multitud, escindido para encontrarse como un hilo de palabras, como un tono común. Dice que en el libro él tiene otros nombres. Se llama también Pablo del Águila, Ramón Ormeño. Se llama Raimundo Contreras, como si él mismo usara una máscara que no lo disfraza, que no tapa su rostro. Mientras, cita su propio prólogo, esa escritura del pospretérito que acomete como si fuese un tiempo circular, hecho de avatares idénticos que se despliega en su conciencia.

Ahí todo se mezcla, todo se junta. Todo explota. «Los patrones están quemando las montañas, está todo completamente rojo y Chile ardiendo», dice el Rucio Caroca en un momento. Porque *Genio del pueblo* es un fragmento de memoria desesperada y destruida donde aparecen barcos de difuntos, teorías sobre la cueca y el mapa completo de Chile. Está ahí Joaquín Murieta, el bandido chileno que se instaló en California. Están ahí los compañeros de ruta: Zoilo Escobar y el amigo Guillermo Quiñones. Está ahí el espectro de Juan de Luigi, que se pasea como el poseedor de una sabiduría precaria, como la víctima de la vieja banda, de Casiano Basualto que es otro de los nombres que le ha dado a Neruda. Porque Basualto va y viene en *Genio del pueblo*; el libro trata de denunciar de nuevo al viejo enemigo, al Neruda que ese mismo año está escribiendo *Canción de gesta* mientras se apronta para un viaje a Cuba en donde Fidel Castro dirá que se trata del soneto más caro del mundo, luego de escucharlo declamar ante una multitud.

Pero acá no hay lamento sino una fiesta; una fiesta de la cueca y el vino, una fiesta de la carne, un mapa de Chile hecho de rincones secretos, de puteríos y cantinas, de tormentas chilotas, de un país inventado que existe como una tragedia solo consolada por el alcohol, apenas despegada de su embrutecimiento para elevarse sobre todas las voces que son en realidad una sola. Y Pablo de Rokha, el hombre al que visita Ginsberg se multiplica hasta la extenuación mientras se inventa otros nombres, otros avatares, tratando de que su lengua sea capaz de hacer hablar otras voces. Habla consigo mismo, es un espejo que refleja otro espejo hasta el infinito.

No sabemos qué le responde Ginsberg. Sí sabemos que en 1987, cuando Sergio Marras lo entrevista en Nueva York apenas recordará el encuentro, será otro detalle más de un anecdotario lleno de páginas sociales fulgurantes protagonizadas por un poeta de cuello y corbata. Dirá que vio a De Rokha varias veces, que aún tiene sus libros, que lo visitó en el hotel y que le recordó a «uno de los poetas más envidiosos y paranoicos de los Estados Unidos».

Tampoco sabemos si De Rokha sigue hablando. Ya ha caído la noche. La botella está casi vacía. La luz se ha ido del centro y camino a la estación, desde la ventana del Bristol, los cuerpos parecen sombras que se hunden en la noche de Santiago.

LVII

Una semana y media antes de la tragedia habían cerrado las calles de la comuna de San Miguel para hacerle un homenaje. En esas Fiestas Patrias de 1962 el alcalde Tito Palestro y los regidores le otorgaron a Pablo de Rokha el Premio Nacional del Pueblo. Miles de personas habían salido a la Gran Avenida y el tráfico había colapsado. Palestro, como sus hermanos Mario y Julio, era militante del Partido Socialista y un capo político del Santiago más popular. Palestro se haría cercano a De Rokha, que luego tendría un taller literario con jóvenes de la comuna. El premio llevaría más tarde su nombre y algunos sospecharían del vínculo entre el poeta y los militantes socialistas, cuya línea ideológica estaba más cerca de los chinos y Mao Tse-Tung que de los rusos y la culpa por los procesos estalinistas. Nada nuevo, Pablo andaba en esas hace un rato: le había dedicado algún libro a Mao, el que venía citado en *Idioma del mundo*, su libro de 1958.

A esas alturas, se había construido su primera casa, en la comuna de La Reina. Quedaba en la calle Valladolid, 106. Era una vivienda modesta, diseñada por el arquitecto Luis Viveros. Su hijo José le había regalado un auto.

Era un gesto de desagravio ante la pérdida del Premio Nacional de Literatura. Juan Guzmán Cruchaga lo había ganado, Alone estaba en el jurado. Los obreros y los trabajadores habían pedido honrar a De Rokha, según Palestro. Organizaron un acto multitudinario y un cóctel en el Club Social Gran Avenida. En el acto De Rokha le agradeció a la gente y leyó «Los arrieros cordilleranos», un poema rimado de clara inspiración biográfica. Luego se retiró, estaba mal de salud. Dos de sus hijas (¿Lukó y Juana Inés?) sí fueron al cóctel y ellas, junto con Palestro, escucharon a un grupo folklórico tocar un «Canto a De Rokha». Al final, les dieron de regalo una piel de huemul cazado en la Isla Wellington.

Eso fue el 18 de septiembre.

El 29 murió Carlos de Rokha.

Carlos llevaba una vida compleja. En 1956 se había publicado *El orden visible,* el primero de los tres tomos que iban a contener su obra completa. Incluía siete de los libros que comenzó a escribir en 1934. Los otros volúmenes nunca aparecieron mientras estuvo vivo. Los tres iban a ser publicados por Multitud. En el volumen de ese único tomo, no había prólogo; solo una nota pegada con cola donde Pablo explicaba el sentido de la poesía de Carlos. Trataba de entenderlo, lo buscaba ahí, en su escritura. El padre publicaba al hijo quizá para no perderlo de vista, para que no se fuera tan lejos y la iluminación no lo cegara. Pero no había salida. «Ya no me salvaré. Ya no me salvaré /Ya no me salvaré perecer», anotaba Carlos en el último poema de *El orden visible,* prefigurándose.

En *Fantasmas literarios,* el novelista Hernán Valdés caracteriza al Carlos de esos años sin cariño alguno, de modo más bien sórdido. Lo deja como un maníaco sexual; lo muestra acosando muchachas y siendo llevado por su padre a prostíbulos. Lo muestra perdido en las noches santiaguinas, sin domicilio fijo, hundiéndose en una bohemia sórdida, de humo y espejos, acompañado entre otros por Teófilo Cid, sobrevivientes de las guerrillas de La Mandrágora y *Multitud.* Teófilo y otros han caído de la gracia y queman sus últimos cartuchos como dandis en situación de calle, iluminados secretos y enfermos de literatura. Carlos deambula por ahí. Vende libros, viaja, acompaña a su padre. Escribe, pinta. No se detiene. Sigue mirando a través de los párpados.

Los miembros de La Mandrágora han envejecido. Gómez Correa se ha ido a París y Braulio Arenas sigue perdido en la trampa de las formas, buscando maneras elegantes de salir de la vanguardia. Ha ajustado cuentas con el surrealismo pero el surrealismo ha terminado con todos. Teófilo Cid es casi un indigente. A veces, algunos escritores le consiguen una pieza, lo bañan, le cortan el pelo y le compran ropa nueva, pero Teófilo se pierde de nuevo: el rey de los poetas mendigos vuelve a sentarse en su trono de bares y copas, rodeado de acólitos que lo acompañaban en su descenso.

En ese mundo, Carlos también era otra presencia errante. Iba y venía entre la familia, lo sometían a electroshocks, escribía, pintaba. Había terminado por ser uno de esos mitos que existen solo como susurros en la noche de la literatura chilena, que viven como cuentos orales; extinguiéndose de modo lento porque quienes los recuerdan desaparecen o se pierden en la lejanía.

Cuando murió, dos de sus libros inéditos habían ganado el primer premio de los Juegos Municipales Gabriela Mistral, que organizaba —y todavía organiza— el municipio de Santiago: *Memorial y llaves* en 1961; *Pavana del gallo y el arlequín* en 1962. Ambos serían publicados y celebrados de modo póstumo.

¿Qué sucedió esa noche?

Fue inesperado. Mezcló mal las pastillas, las combinó con trago, lo hizo a propósito, le vino un ataque al corazón, tuvo una crisis. Todas las anteriores o ninguna de las anteriores. No está claro: estaba dormido, fue un accidente.

«Su muerte, como su vida, no excluye la sorpresa. La sombra descendió sobre él como un ángel, durante el sueño; pero él había ascendido hacia el sueño tantas veces, quemándose el plumaje en cada tentativa», escribió su cuñado Mahfud Massís.

Lukó cuenta que Carlos vivía con su padre en La Reina. Lukó y Massís ya no residían con el poeta, que se enteró cuando llegó a su casa y la vio llena de gente. Había salido, no lo pudieron ubicar. Lukó le dio la noticia y la pena se volvió puro silencio. Pablo se encerró solo en su pieza por un rato y salió luego con la cara pétrea, sin mover músculo alguno.

Enterraron a Carlos en el Cementerio General. El cortejo salió de la Casa del Escritor, la sede de la Sociedad de Escritores de Chile.

Lo despidieron como a un príncipe alucinado, como a un compañero de ruta, como al mago de la aldea.

«No hubo dolor en el momento justo /de oír sobre tu muerte. Fue como si tú mismo la hubieras anunciado en uno de esos absurdos llamados telefónicos que solías hacer a tus amigos: /una broma sangrienta», anotó Enrique Lihn en la elegía que le dedicó.

«Sé que Carlos de Rokha escribió muchos otros poemas en esa esfera de visiones, en la que el dolor quiebra su mundo paradisíaco e interviene lúcidamente para transmutar el mundo. Fue su última etapa, sin la cual él no se habría visto plenificado como hombre y como instrumento del Verbo. Después murió. La grave seriedad de su experiencia no podía traerle otro suceso más justo que su muerte. Vivir después de eso creo que le habría resultado trivial, insignificante e incomprensible», escribió Eduardo Anguita.

Su padre se despediría de él en 1965: abriría su libro *Estilo de masas* con una carta perdida a su primogénito. «Adiós, Carlos de Rokha, hasta la hora en que no nos volvamos a encontrar jamás, en todos los siglos de los siglos, aunque sean vecinos de vestigios, los átomos desesperados que nos hicieron hombres», escribía al final, devorado por la culpa, haciendo que la poesía cerrase la herida que había quedado abierta, uniendo las piezas rotas que eran el único orden posible que se le presentaba. No funcionaba. La carta era una cárcel donde Pablo seguía atrapado, otro laberinto, otro peso que el mundo le hacía soportar y que ya casi no aguantaba.

«Perdóname el haberte dado la vida», le decía.

LVIII

El poeta Gonzalo Rojas le contó al periodista Pedro Pablo Guerrero que uno de los poemas de Pablo de Rokha se leía por la radio en China con frecuencia. El poema se llama «Gran oda secular al río Yangtsé» aunque en verdad, en el manuscrito que se conserva de él, el adjetivo «secular» está tarjado y reemplazado por «popular». El poeta la escribió en China, en 1964, y es un texto de extensión mediana donde describe al río de modo trágico y épico como si pudiese con eso resumir la historia del país asiático. Aparecen en él el poeta Li Po pero sobre todo la China de Mao y el poema es tanto una oda como una elegía. De Rokha trabaja el tiempo como algo que percibe de modo simultáneo mientras mira el agua correr, aunando el presente y el pasado chino en una sola imagen.

Es un poema más de la cincuentena de textos que De Rokha escribió cuando visitó China invitado por el gobierno de Mao Tse-Tung. Los publicó en un volumen que recoge veinte de ellos llamado *Xiangei Beijing de songge*, cuya traducción directa es *Himno dedicado a Pekín*. Su traductor se llama Zhao Jinping. Editado en 1965 e inédito en castellano, el libro es objeto de un culto más o menos soterrado. Si por un lado el manuscrito —que debería estar en la Biblioteca Nacional— es en realidad propiedad del coleccionista César Soto (que lo adquirió de un pariente del poeta), por otro, el hecho de que no haya sido publicado aún obedece a la decisión del crítico Naín Nómez, especialista en la obra de De Rokha, que no vio mérito en él para que saliera a la luz como libro, según indicaría el poeta Alejandro Lavquén en una crónica.

Más: el 2014 Lavquén descubrió el volumen chino. Pensaba inicialmente que el original estaba perdido y acometió junto al profesor José Miguel Vidal K. una traducción al español, hasta descubrir que Nómez tenía una fotocopia. Lo que importa es que De Rokha había bautizado finalmente el libro como *China Roja* y la cantidad de poemas excedían claramente el volumen original en chino. La portada es una síntesis de los temas que aborda: chimeneas rojas de las fábricas, un palacio milenario, grúas, aves y unos faroles. Todo bajo un cielo amarillo donde los objetos se superponen, puros fragmentos del puzle que la revolución suponía.

El libro es, por supuesto, un testimonio del viaje de De Rokha por esa revolución, que ya había homenajeado en diciembre de 1963 en «Canto de fuego a China Popular» publicado en un número de *Multitud*. Ese poema estaba en la portada acompañado de una foto en blanco y negro de Mao que le daba cierto aspecto adusto, acaso la gravedad que poseen los rostros que aspiran a la posteridad, el rictus de quien se volverá una consigna o una estatua. Luego de eso, el gobierno lo invitó a escribir un libro sobre China, según contó Eugenio Matus, profesor chileno que residía en el país asiático y que escribió sus encuentros con el poeta en un número de 1969 de la revista *Trilce*.

De Rokha fue por dos meses pero se quedó seis. El libro que le habían propuesto debía ser un reportaje o una colección de estampas o notas de viaje pero terminó como un poemario. Algunos de esos poemas se publicaron en *Diario del Pueblo*, que tenía un tiraje de varios millones de ejemplares y era el órgano de prensa oficial del Partido Comunista chino.

Eugenio Matus era novelista y profesor de literatura española y conversaba con De Rokha acerca de Pío Baroja en China. En su texto recuerda al poeta, quien parece tener una vida tranquila, mientras lo describe como alguien afable y delicado, de buen humor, capaz de citar a los clásicos; «un hombre cordial, de gran simpatía humana, de un notable sentido del humor y que gozaba charlando con aquellas personas que le inspiraban confianza y con quienes, generosamente, hacía muy pronto amistad».

De Rokha se quedaba en el Hotel Hsin Chiao y no estaba bien de salud. Enfermó cuando llegó y su estadía supuso un período de convalecencia. Ya era un hombre viejo y quizás estaba agotado. Se aburría en su hotel, donde trabajaba con el traductor Jinping. Iba a ver a Matus y jugaba con sus hijos. Uno de ellos, que tenía diez años, le servía de intérprete. A veces daban vueltas, salían a caminar. O De Rokha compraba cosas: zapatos, un abrigo, dulces para la niña. O hablaba mal de Neruda, que le enervaba al modo de una obsesión. O discutía con su traductor, que trataba de entender su sintaxis, que era lo mismo que descifrar su estilo.

«Está usted perdiendo el tiempo. Yo tengo mi propia Gramática, que seguramente no coincide en casi nada con la que aprendió usted», le decía.

No sabemos qué decía Jinping de vuelta, qué le podía responder a este caballero chileno. O si comprendía la literatura de De Rokha.

China Roja es un libro formalmente distinto a otros suyos. Su estilo es sencillo, y está definido a partir de la búsqueda de cierta legibilidad, una claridad que se despliega al abordar al paisaje, que recorre en textos que funcionan como notas de viaje, todas postales de un mundo que lo maravilla y que describe para tratar de atraparlo. Es la añoranza de cierta pureza, como si después de tantas guerras floridas de la poesía, de tanta traición y silencio, de tanto enemigo impostado, de tanta revelación demoledora (con las purgas de Stalin a la cabeza), China y Mao le ofreciesen la renovación de un horizonte que presumía perdido al exhibir una epopeya que en Chile solo podía concebir como literatura pero en Pekín existía como un mundo concreto, acaso parte real de la historia: un horizonte de modernización industrial, una versión de esa sociedad nueva que anhelaba, sin el *agón* de la tragedia sudamericana.

Los poemas describen fábricas y ríos, abordan la figura de Mao, cruzan Pekín y Shanghái, y se pasean por palacios y Comunas Populares. Aparecen ahí obreros, la historia de la seda, odas a las mujeres chinas, viñetas dedicadas a la artesanía, a los niños, al agua de los regadíos. En su mayoría se trata de textos de una relativa brevedad, de versos cortos, muchas veces rimados. Hay una especie de sencillez en ellos, definida tal vez por una belleza lírica que descansa en la epifanía constante que el paisaje provee. Es como si el poeta se liberara de todo peso y dejara libre su mirada a la ensoñación. Así, escribe de China como un visitante privilegiado que se maravilla de un mundo que ha abandonado el horror y la furia que él conoce tan bien y a la que parece haberse consagrado desde hace tantos años.

De este modo el libro puede ser leído como encargo pero también como algo parecido a una biografía encubierta, otra más de las que el poeta dispara sobre sí mismo pero que transforma en una mirada que hurga en el paisaje sin abandonar el asombro.

China Roja está impregnado de la conciencia de un hombre viejo que habita un sueño que no creyó posible alcanzar a ver. Es un sueño literario que se vuelve concreto, un sueño futurista, ese horizonte perdido que perseguían las vanguardias cuando le cantaban a la máquina y al hombre nuevo.

Pero De Rokha no viajó solo a Oriente. Lo acompañó su hijo Pablo, el cineasta, que hizo de secretario. No fue cómodo para ninguno. China probablemente amplificó sus distancias y volvió aún más dolorosas sus cercanías.

«No he abierto aún el libro /pero estoy en sus páginas», dice Pablo hijo en un poema. Puede ser. *Testimonial testigo,* la recopilación de poemas de Pablo hijo, termina con un dossier de fotos de la familia a través de los años. Hay varias de De Rokha en China y puede apreciarse en ellas el centro secreto e invisible de *China Roja,* su corazón oculto. En una, padre e hijo posan en la Gran Muralla o al lado de la estatua de un león en la Ciudad Prohibida. Hay también otra muy bella donde están en una escuela y caminan en medio de una fila de niños. Ambos sonríen y uno parece un espejo del otro. La luz del sol les pega, puede que estén bailando. Sabemos que su hijo se suicidará en 1968 unos meses antes que su padre, pero eso no nos impide tratar de encontrar en esas fotografías el sentido de su lazo, mientras intentamos imaginar cómo habrá sonado el poema acerca del río Yangtsé en chino.

LIX

Están en un patio, en unas sillas.

Tal vez duermen.

Ella lo abraza.

Pablo de Rokha tiene el abrigo cerrado y su corbata es oscura; Violeta Parra lleva el brazo descubierto, su rostro descansa sobre el hombro de Pablo y posee una dulzura secreta. Podría ser el fin de una fiesta, la luz no parece importarles. Hay un mundo alrededor de ellos que no vemos. Son amigos. Se conocen desde hace años, de la casa de Daniel Belmar donde los acompañaba Julio Escámez, muralista y contador de historias. Cantaban, bebían. Belmar era profesor y novelista. De Rokha pasaba por Concepción y se juntaba con ellos. Violeta Parra le había quemado alguna vez el colchón a Escámez, quien había ilustrado el primer libro del poeta Alfonso Alcalde.

Todos los lazos que los unían eran viejos y complejos. Alcalde cuenta que cuando cantaban juntos, De Rokha desafinaba. La fotografía donde aparecen sentados Violeta Parra y Pablo de Rokha posiblemente es suya. Está borrosa pero no lo suficiente como para que nos perdamos los detalles de sus rostros, la placidez que hay en el modo en que ella apoya la cabeza en su hombro. «La gran placenta de la tierra la está pariendo cuotidianamente, como a un niño de material sangriento e irreparable, y el hambre milenaria y polvorosa de todos los pueblos calibra su vocabulario y su idioma folklórico», escribirá de ella cuando se encuentren en París, en 1964. Él vendrá de China. Ella estará en París, tocando en peñas y exponiendo sus arpilleras en el Museo de Artes Decorativas del Louvre. Ese texto de De Rokha será, en 1970, uno de los tres prólogos de la primera edición de las *Décimas autobiográficas*, cuando ambos ya estén muertos. Los otros dos prólogos de ese libro los firmarán Nicanor Parra y Pablo Neruda. El de Parra será perfecto en su tristeza, una elegía hecha como una cárcel infinita, el aforismo y el ingenio ahora convertidos en paradojas de la culpa. El de Neruda será apenas un apunte escrito en un auto en marcha, una manera de cumplir quizás con qué favor. Porque Violeta estará al centro y a la vez será el vacío. Los superará a todos, les demostrará su fracaso como el recuerdo de que la poesía es algo que está hecho de carne y de sangre y que las palabras son huesos que conocen el alfabeto del trauma y la memoria del dolor. «Saludo a Violeta, como a una "cantora" americana de todo lo chileno, chilenísimo y popular, entrañablemente popular, sudado y ensangrado y su gran enigma, y como a una heroica mujer chilena», anotará De Rokha de ella.

La foto no dice nada de eso, no presume ni prefigura: solo vemos a un hombre y una mujer con los ojos cerrados, solo vemos a dos personas que han bajado la guardia por un momento como si descansaran de sí mismos y de todas sus guerras.

Pienso en esto: ella escucha su corazón mientras sueñan.

LX

Le darían el Premio Nacional en 1965. Había vuelto de China y las cosas parecían deslizarse con cierta normalidad. La vida seguía en La Reina, en Valladolid 106. Ya era tarde. Ya estaba solo. Hasta él mismo lo sabía. No había nadie ahí salvo los viejos enemigos. Paschín, muerto. Huidobro, muerto. La Mistral, muerta. Juan de Luigi, muerto: había escuchado la noticia en la radio, en algún momento de 1960, mientras estaba en un viaje. Su hermana Laura, muerta. Winétt, muerta. Carlos, muerto. ¿Hablaban con él desde el otro lado?, ¿qué le decían?, ¿importaba el premio, servía para algo?, ¿qué era esta gloria tardía que ahora le tocaba la puerta?, ¿tenía derecho a disfrutarla?, ¿qué carajos significaba? Había barruntado miles de páginas, ¿qué había ahí salvo las batallas perdidas, salvo el aliento último de la guerra? Su mundo ya no era su mundo. Podía verlo a través del paisaje: ese mapa que conocía tan bien estaba cambiando, desapareciendo. Un terremoto había destruido Valdivia y el sur. La ciudad, los caminos y los ríos que recordaba ya no estaban ahí. ¿Cómo sentirse feliz en ese cuerpo cansado que se estaba hundiendo con la soledad? Tal vez a veces soñaba con Pekín y las fábricas y la Gran Muralla, con ese paraíso real que había visto de cerca.

La vieja pregunta quizás volvía: ¿lo habrían leído realmente alguna vez? Detrás de las maquinaciones del premio estaban sus hijos, el rector de la Universidad de Chile Eugenio González y el periodista y crítico Luis Sánchez Latorre, Filebo, lector exquisito y amigo cercano. No estaban de acuerdo en política, pero no le importaba. Filebo era un tipo leal, cercano a Juan de Luigi, que sabía de literatura, con el que se podía hablar. Filebo escuchaba y anotaba todo en su cabeza, su memoria era un órgano prodigioso. Eso quedaría de él, los recuerdos que conservaban los otros, las crónicas que escribirían, pedacitos de historias, versos sueltos, fábulas, pedazos de su propia leyenda, que ya le parecía gastada, fuera de lugar. ¿Qué decir? ¿Rechazar el premio? ¿Lo habrían leído? Sí, pero más sabían de él de oídas. Seguía siendo una bestia parda y vieja que acechaba en la sombra, un rescoldo de guerras pasadas. Ahora era cercano a los chinos, que lo respetaban; y a los socialistas. También tenía relaciones con el Movimiento de Izquierda Revolucionaria, el MIR, o lo que iba a ser el MIR. Había conocido a Miguel Enríquez, que citaba versos suyos en casas de amigos comunes en Concepción. Aún quedaba algo de él ahí. Vestía con ropa oscura. Escribía. En su casa, por fin su casa, respiraba el aire delgado del borde de Santiago, de eso que podía ser campo, montaña, espesura. Iba y venía. Viajaba al sur. Había editado *Estilo de masas*, que estaba dedicado a la China popular, a Mao, la Unión Soviética, Fidel Castro y Cuba. El libro abría con una «Carta perdida a Carlos de Rokha» y terminaba con «Heroína de antaño», otra elegía a Winétt, otro poema desgarrador dedicado a su Luisita, lleno de culpa y pedazos del deseo, otro lamento intolerable. O sea, sus muertos abriendo y cerrando el libro. Sus muertos como coordenadas, como polos magnéticos. Y entre medio de todo, estaban la «Tonada a la posada de Lucho Contardo» y «Oceanía de Valparaíso».

La tonada era otro apunte acerca de Talca y sus alrededores, sobre la infancia y el mundo campesino, sobre ese Chile decimonónico y rural que él abrazaba con una nostalgia no exenta de ferocidad. Pero ahí estaba su última batalla. Su épica social americana llamaba a la revolución, estaba hecha como un canto de guerra, inventaba horizontes para países, naciones, hombres y paisajes pero sobre todo era una lucha contra el imperio del tiempo, haciendo de la poesía una forma final del recuerdo. «Oceanía de Valparaíso» era otro de sus grandes poemas: un texto largo sobre el puerto. Una oda a la ciudad mezclada con su autobiografía, llena de amor y nostalgia. Porque pasaba eso con sus libros. Era un poeta viejo que de pronto salía con algo brillante y doloroso. Aún estaba ahí. Aún lo tenía. Porque ese poema atrapaba algo en el aire: el color local de lo que ya había sido, la arquitectura desquiciada de los cerros que parecían caerse. Conocía la ciudad. Había vivido ahí. Había estado ahí mil veces. El puerto y los cerros eran como él: viejos, exhaustos, peligrosos en modos inesperados. «"Urbi et orbi", te doy mi bendición atea, de marxista-leninista consciente e irreductible, épico, ¡oh! anciano como yo, Valparaíso, anciano y parado en las hilachas, pero los pueblos crecen de viejos, cuando los hombres mueren de viejos, mueren de viejos los hombres y los dolores de los hombres y las pasiones de los hombres y los terrores de los hombres», decía sobre la ciudad. Ahí vivían algunos viejos amigos suyos, vueltos maestros locales. Ahí estaban el amigo Quiñonez y Carlos Hermosilla. Entonces, daba alguna conferencia, leía en algún recital, participaba de algún acto, los estudiantes lo llamaban. Le tenían miedo. Sí, no había que hablar de Neruda cerca suyo, tal como le había pasado a Juan Luis Martínez, vándalo juvenil que luego devendría en autor experimental y que se lo había mencionado solo por joder. Habían tenido un conato de pelea, De Rokha lo había sacado de un local, nada del otro mundo; esas mañas y esos odios eran también su patrimonio, era lo que le habían dejado, lo que quizás lo definía. ¿Estaba tranquilo? No lo iba a estar nunca. No se podía. No se podía bajar la guardia y por eso *Estilo de masas* es otro retrato insomne, ansioso. Luego de los poemas chinos, tan breves y luminosos en su candor, venía este paseo por territorios conocidos, la vuelta a las viejas ceremonias, al baile de los fantasmas que creía haber aceptado en su corazón porque ya no creía que pudiese pasar nada.

Y entonces, el Premio Nacional.

LXI

Lo había perdido varias veces. Sus enemigos no iban a dejar que lo ganara. En *El club de la pelea*, el libro donde el periodista Andrés Gómez detalla la historia de las polémicas del Premio Nacional de Literatura, también consigna sus conspiraciones y contubernios. Porque el Premio Nacional es un asunto espinoso, rodeado de transas y pruebas de fuerza, de política de salón, de traiciones y argumentaciones vacías; en suma, un catálogo interminable de miserias morales.

En 1965 por fin se abre una posibilidad, una ventana. El jurado está compuesto por el rector González, Martín Cerda, Daniel Belmar, Raúl Silva Castro y Tomás Lago. Lago y Silva Castro odian a De Rokha. Lago es miembro de la banda negra. Filebo conspira. Se pone de acuerdo con González y habla con Juan Gómez Millas, ministro de Educación de Frei Montalva. Gómez Millas coloca como representante al ensayista Martín Cerda. Luego Filebo, con José de Rokha, hijo del poeta, encierran a Belmar que viene de Concepción y lo terminan de concientizar.

Funciona: consiguen los votos.

Neruda no puede, Lago y Silva Castro pierden esta vez.

Es 24 de septiembre de 1965. González lo llama por teléfono y le avisa que es el nuevo Premio Nacional de Literatura. De Rokha se lo agradece. Todo es tardío, y la celebración tiene un aspecto triste, quizás relacionado con la justicia crepuscular que el galardón le da al poeta. En cualquier caso la fiesta comienza temprano. No puede ser de otra forma. La casa de La Reina se llena de gente.

Pero ¿le importa el premio? ¿Le importa la fiesta? Sí. Lukó cuenta que aún tiene la salud quebrantada, que se acabaron los pataches de antaño. De Rokha es un hombre convaleciente de una crisis cardíaca, un señor que bebe solo agua y cuida de modo estricto su dieta, siguiendo al dedillo las órdenes de los médicos. La celebración era para los otros, para la familia, los amigos, los vecinos; para los muertos. El poeta está preocupado de que le den de comer a los niños del barrio, que se suben por las rejas. Un diario lo muestra con la boca abierta, doblado sobre un plato. Andrés Gómez consigna datos duros de la celebración: cuarenta kilos de prietas, treinta garrafas de vino, docenas de fuentes con causeo y pebre, un cordero de veintisiete kilos.

El silencio del que está rodeado desaparece. «Cada mañana repito una poesía del gran oso mágico de la selva faunal de Sudamérica», dice Joaquín Edwards Bello, su viejo amigo. «Nuestra retribución es pequeña para lo que el poeta nos ha dado», opina Daniel Belmar. La escritora Magdalena Petit le dedica un programa de radio. Enrique Lafourcade agrega: «un acto de justicia que debió haberse cumplido veinte años atrás».

«Mis impresiones en este momento son contradictorias. Cuando vivía mi Winétt, mi mujer, y también Carlos, mi hijo, antes de que la familia se destrozara, este galardón me habría embargado de un regocijo tan inmenso, infinitamente superior a la emoción que siento en este momento. Hoy, para un hombre viejo, este reconocimiento nacional, que indudablemente me emociona, no puede tener la misma trascendencia», le dice a un diario.

Todo el mundo lo celebra. Se acuerdan de él. Vuelve a la memoria del pueblo. Pero es un objeto extraño perdido en esos tiempos que apenas entiende. Ha cumplido setenta años. La leyenda negra parece haberse disipado. Luego del premio Fernando Lamberg publicará *Vida y obra de Pablo de Rokha* y Mario Ferrero *Pablo de Rokha. Guerrillero de la poesía,* dos libros biográficos que tratan de ordenar sus libros y su vida, a modo de hagiografías cariñosas, con voluntad de divulgación. También saldrá a la luz *Estilo de masas* ese mismo año y luego *Poemas rimados o asonantados,* una antología preparada por Filebo; además del disco donde vienen la «Epopeya de las comidas y las bebidas de Chile» y «El canto del macho anciano».

Vive solo en La Reina, acompañado de la mujer que se encarga de las cosas domésticas en la casa y de su hija, una niña pequeña. Su hijo Pablo se queda con él por temporadas, hace de secretario, lo mismo que alguno de sus nietos. La esposa de Pablo le ayuda a pasar a máquina lo que escribe; aprende a soportarlo. Su hijo José se enamora de Patricia, una de sus sobrinas, hija de Juana Inés y Julio Tagle. Ella es menor de edad. Le cuentan al poeta su relación. Él la acepta y los bendice.

El premio parece interrumpir apenas esta rutina. Al año siguiente, en 1966, lo declaran Hijo Ilustre de Licantén, su pueblo natal. El lugar nunca sabrá muy bien qué hacer con el poeta. Varias décadas después lo homenajearán con estatuas suyas que apenas se le parecen, le organizarán eventos, será el rostro de eventos culturales y el héroe de más de alguna efeméride. La casa en que nació será demolida después del terremoto de 1985: una de las hermanas de Pablo le escribirá a Filebo para contarle, desesperada. Sánchez Latorre no podrá hacer nada.

El poeta volverá a su pueblo natal a recibir estos homenajes crepusculares, esta fiesta que le llegaba tan tarde. Fingirá volver a un lugar que solo existe porque él se ha encargado de recordarlo, de escribirlo.

Filebo le narrará fragmentos de ese viaje a Faride Zerán en *La guerrilla literaria.* Pablo lo ha invitado pero no puede ir. Manda a un practicante de *Las Últimas Noticias* que apenas aguanta la celebración. Otro desastre. Al joven le dan una pateadura en medio de la fiesta por mirar a una muchacha. Antes ha corroborado el mito rokhiano con una imagen desaforada: en el camino, arriba del auto que los llevó al pueblo, ha visto a Pablo de Rokha beberse cuarenta cervezas.

LXII

Fernando Lamberg concluía el prólogo que escribió de la reedición de *Escritura de Raimundo Contreras* con una imagen consoladora, una especie de viñeta de paz: todas las tardes Pablo de Rokha salía al patio de su casa de La Reina, ese «caserón de madera y hierro que semeja su propia reciedumbre», y le daba de comer a las aves para luego sentarse en el porche de su casa. «Contempla las montañas [...] Puede mirar cómo el crepúsculo llega hasta las cumbres, que —aparentemente perdidas en la noche— continúan presentes».

Lamberg anotaba esto en 1966, en la reedición de un libro de 1929 que permaneció escondido por demasiados años. Es una esperanza, quizás un cierre. La imagen parece perfecta: el tiempo detenido en un ritual que lo devuelve a la infancia, el reposo del guerrero de un modo casi lárico, el atardecer como una especie de imagen otoñal y consoladora que es reafirmada por esa foto donde el poeta aparece en un patio al lado de un corral abierto. Está de pie y lleva abrigo sobre el traje, además de lentes y una gorra oscura. La foto es en blanco y negro pero los muros divisorios del patio están pintados de azul. Tiene las manos en los bolsillos del pantalón y mira hacia su derecha, quizás despreocupado. A su lado vemos unas rejas y unos árboles. Más adelante, en el borde inferior, vemos a las aves, que son apenas unas cuantas gallinas y un pavo que caminan sobre baldosas que dibujan un camino sobre el suelo de tierra. Patricia Tagle, su nieta y nuera, contará que en el patio también hay un estanque con patos, pero no lo vemos en la foto.

Es un buen final, la verdad. El guerrero del estilo, como se llama a sí mismo a veces, había sintetizado el sentido de su poesía en algo que nombraba como «épica social americana» y que era una suma de todo o casi todo lo que sabía: una escritura en permanente tensión, desmesurada y revolucionaria, capaz de sintonizar con el espíritu de la lucha del pueblo pero también con las contradicciones de su lengua. Lo había dicho a fines de los cuarenta, en *Arenga sobre el arte* y lo había seguido repitiendo a lo largo de los años, en todos esos libros sobre los mártires de Corea, sobre Cuba, sobre la Gran Marcha de Mao, sobre lo que sucedía en la sociedad chilena; todo poetizado en visiones totales, desmesuradas, muchas veces insoportables. «¿La Belleza politizada y civil que emerge del proletariado? Sí. Precisamente un estilo de asamblea, de fábrica, de oratoria, de concentración pública y de intervención obrera del poeta, sublimándose en rigores de construcción terribles», había anotado.

Es un final perfecto. De Rokha aparece ahí congelado en una imagen terminal, un cierre plácido condensado en un momento detenido para la posteridad. Un hombre da vuelta por el patio de la única casa que ha tenido. Un hombre solo, un viudo eterno que se concentra en un pequeño gesto para aguantar la pena mientras contempla el paisaje como una suerte de recompensa que es acaso el reposo de esa guerra que ha terminado de pelear y de la que solo le han quedado el heroísmo, los muertos y la poesía.

Por supuesto que es falso: Pablo de Rokha se suicidó en la mañana del 10 de septiembre de 1968, dos años después de la reedición de *Escritura de Raimundo Contreras*, en esa misma casa donde Lamberg fijaba su postal beatífica.

LXIII

Otro año malo, el de 1968.

El poeta había pasado varios meses internado en el Hospital José Joaquín Aguirre, donde lo operaron de la próstata. La enfermedad se sumaba a otras, entre ellas una afección cardíaca de la que se había recuperado, pero que a él, un hombre que ha vivido alardeando de su propia fuerza física, lo ha dejado disminuido y mustio. Tenía problemas económicos y dictaba un taller en San Miguel. Vivía con su hijo Pablo y además había adoptado a la hija de Yolanda Díaz, la empleada de la casa, como un nuevo miembro del clan. La niña tenía seis años y había llegado desnutrida cuando era bebé. Su nombre de guerra era, no podría ser otro, Sandra de Rokha.

No estaba bien. Marina Latorre recordaba, en 1982 en *El Mercurio*, un almuerzo que había tenido con De Rokha, luego de que ella publicase en su revista *Portal* la elegía que Neruda le había dedicado a Rubén Azócar («Corona de archipiélago para Rubén Azócar»). En ese poema, recordemos, además de despedir a Azócar se insultaba a De Rokha. El almuerzo fue intenso, lleno de improperios contra Neruda. Al final, el escritor le pasó un sobre con una colaboración para la revista. Ella fue a devolverle el material dos días después y el poeta la invitó a comer. Iba acompañada de su marido y un amigo. Se quedaron. Latorre cuenta que en un momento De Rokha explotó y comenzó a gritar. Dijo que Neruda le había robado hasta el nombre, que ella era su enemiga. La invitada y sus acompañantes hicieron el amago de irse. De Rokha desenfundó un revólver que llevaba en el cinturón, pero «quedó como tambaleando [...] Se derrumbó en el asiento y se puso a llorar. Nos pidió disculpas. Nos pidió que comprendiéramos que a quien odiaba hasta morir era a Neruda. Nos pidió que nosotros también lo odiáramos».

Puede ser, aunque las fechas, en cualquier caso, no están muy claras. Latorre dice que todo transcurre en 1966 y afirma que el poeta se mató apenas unos meses después del encuentro que tuvieron con el «pistolón». De nuevo, como siempre, los datos aparecen confusos, corridos de algún modo y las anécdotas se comprimen y se vuelven borrosas.

El tiempo se acelera en 1968. De Rokha se queda aún más solo. Violeta Parra se había suicidado el año anterior, el 19 de febrero se mató Joaquín Edwards Bello y el 21 de mayo, su hijo Pablo. Edwards Bello estaba enfermo también, tenía la cara y las piernas paralizadas desde 1960 por una apoplejía de la que se recuperó parcialmente mientras se volvía cada vez más y más paranoico. Usó una Colt calibre 38. Su padre se la había regalado y aprovechó un minuto de ausencia de su esposa para dispararla. Tenía ochenta y un años. «Perdóname lo mucho que te hago sufrir. Si me voy es culpa exclusiva mía. Perdóname. Yo no puedo más con esta tremenda agonía», le escribió a Marta Albornoz, con quien se había casado en 1953.

El caso de Pablo hijo fue aún más trágico. Estaba separado y llevaba años en una depresión de la que no podía reponerse. Había llegado a ser director de una escuela de cine en Argentina y vivía con su padre. La relación no era fácil, lo mismo que la vuelta a Chile. Filebo lo describió como «un hombre de una pasión por los problemas estéticos enorme»; un «modelo de brillo atormentado por la genialidad». La sombra del malogrado Carlos planeaba entre ambos y el viaje que hicieron a China había mantenido las heridas abiertas. *Testimonial testigo*, el libro que escribió en 1965 con el seudónimo de Tomás Tabardo era una obra triste, una confesión demoledora sobre la depresión y el vacío. «Tú lo sabes, /no tengo razones para estar vivo, quiero decir /que tengo demasiadas», anotó en un poema. «No existen día y la noche y todo es tránsito, /límites del ojo, piedad a mí mismo, /espanto de estar vivo, /río con moral y códigos», había dicho en otro.

De Rokha estaba internado cuando sucedió. Pablo hijo usó una pistola. Algunos dicen que fue la misma Smith & Wesson 44 que usaría el poeta. Otros, como Mario Ferrero, dicen que fue otra, una 9 milímetros, la misma que le había pasado a él esa noche al borde del naufragio. En una crónica que Patricio Orozco escribió para la revista *7 Días*, en julio del 68, De Rokha habla acerca de la muerte de su hijo, de la que se enteró en el hospital: «Yo no le reprocho nada. Si me duele en las entrañas es cosa mía. Pablo de Rokha hijo vivió como un hombre y murió como un hombre: yo lo respeto».

Aquel texto de Orozco se ubica en la mitad exacta de ese año terrible. «Aquí estoy como un pobre diablo; mejor, como un diablo pobre», murmura y esa frase le da título al reportaje. Escrito en primera persona, en él vemos cómo Orozco lo va a visitar al hospital y se pierde en un laberinto de pasillos oscuros y camas de enfermos hasta que lo encuentra «con el respaldo del lecho mecánicamente levantado, los ojos perdidos en el aire gris de la habitación, el poeta parece mirar el dolor de toda su vida como por última vez». Hasta ese momento, De Rokha lleva treinta y siete días en cama, odia los periódicos que tiene a mano, habla de Vietnam («Nos dejan a merced de los yanquis estos traidores de la revolución», dice) mientras el compañero de pieza —un hombre al que le han extirpado un riñón— los observa. La conversación toma, por supuesto, los derroteros clásicos: el Premio Nacional de Literatura, la muerte, el libro que está escribiendo.

Orozco se va y vuelve dos semanas después. El escritor apenas puede hablar, no se mueve de su cama, su voz es un hilo que se sostiene apenas. No cruzan palabras. Luego De Rokha es dado de alta y vuelve a La Reina, a la casa de Valladolid. Orozco lo visita allá por última vez. Lo encuentra destruido, apenas camina. Dos mujeres lo trasladan desde un sillón lleno de almohadones a una cama. Él le pasa un manuscrito. Es el comienzo de algo. Orozco lo lee. De Rokha apenas puede moverse.

«Discúlpeme que no pueda conversar con usted, compañero. Tengo una arritmia feroz después de esa operación. No se da una idea de lo que he sufrido. ¿Le gustó el vino? La arritmia no me suelta. En cualquier momento puede dejar de bombear. No se pierda, compañero», le dice.

Según su hija Lukó, De Rokha estaba recuperado de la operación a la próstata el día en que se suicidó, cuando debía internarse en el psiquiátrico para hacerse unos exámenes. Parecía estar mejorando, por lo menos en las apariencias.

Son días tristes. Eduardo Frei Montalva, también amigo de De Rokha, es presidente. De Luigi lo había apoyado una década atrás pero De Rokha votaba Allende fijo. Se debate una reforma previsional. Los avisos comerciales de los diarios están llenos de propaganda de circos. La escritora francesa Nathalie Sarraute da conferencias en la Universidad Católica y en el Instituto Chileno-Francés de Cultura. «La pionera de la antinovela visita Chile», dice la prensa. Un ovni aparece en Uruguay. Los rusos ya han invadido Praga, que ha terminado con su primavera política: han traído al ejército, eliminado la libertad de prensa y cualquier clase de crítica o autocrítica ha sido acallada. El gobierno confirma que no hay soldados chilenos al otro lado de la cortina de hierro. Francia prueba una bomba de hidrógeno en el atolón Fangataufa. Frei está de viaje por Brasil, sellando acuerdos comerciales. Hay una crisis en Colo-Colo entre la dirigencia y los socios. Alejandro Sieveking estrena una obra en el Teatro Experimental de la Universidad de Chile. Duke Ellington apronta dos conciertos en el cine Gran Palace. La cantante Gloria Simonetti se ha casado y se ha largado de luna de miel a Lima. En la televisión cubren la gira del presidente y dan *El gran Chaparral*, *Los invasores*, *Los tres chiflados* y *La novicia voladora*.

No sabemos si algo de esto le importa, aunque sea un poco, a Pablo de Rokha, si le interesa lo que sucede más allá de su pena, de aquella confusión y fragilidad de la vida cotidiana. Suponemos que escribe, que sigue empecinado en eso. No ha terminado aún *Mundo a mundo*, su epopeya final, de la que ha publicado solo la primera parte, dedicada a Francia. En el hospital, le cuenta a Orozco que está escribiendo algo llamado *Rugido en Latinoamérica*. Orozco lee un mes más tarde en la casa de La Reina el manuscrito, que contiene —además de un prolegómeno dedicado a Winétt— los «poemas inéditos, los más violentos y subversivos de toda su obra», según el visitante. Por supuesto, su figura ha cobrado cierta vigencia tardía después del Premio Nacional. Él mismo prepara *Mis grandes poemas*, una recopilación de trescientas cincuenta páginas que publicará Nascimento al año siguiente. Mientras, la obra de su hijo Carlos ha comenzado a circular, ha dejado de ser un mito susurrado en la noche (por Enrique Lihn, por los sobrevivientes de La Mandrágora, por él mismo) para volverse una presencia concreta, más allá de *El orden visible*. De hecho, en diciembre del 67 sale de imprenta *Pavana del gallo y el arlequín*. Libro perfecto y a la vez extraño, está lleno de poemas inquietantes que bien pueden ser escombros de alucinaciones, fragmentos de identidades rotas, de trampas e ilusiones. Dice uno: «Un bello animal de oro diseñado por la tiza

de los algodones /Aparece de pronto al medio de las piza-
rras del jardín /La escena continúa cuando los bailarines
llevan sus trajes al bosque /Todo está en orden debido a
la densidad de la luz /Tu rostro de líneas simultáneas es
la calle que conduce a otras calles /Esas calles perdidas en
los días de la infancia».

LXIV

La hora exacta del balazo se transformó en una consigna. A las 10:10 del 10 de septiembre Pablo de Rokha se sentó en su escritorio y se disparó en la cabeza. No estaba solo en la casa; estaban ahí Yolanda, la persona que se encargaba de las cosas de la casa, su pequeña hija, y la sobrina de la mujer. Las tres escucharon el estampido. La sobrina limpiaba en el living y la tía creyó que había roto algo.

El poeta tenía puestos sus lentes ópticos.

No dejó carta ni documento alguno.

Había un retrato de Winétt en la habitación.

Horas antes había hablado por teléfono con Mahfud Massís y su hija Lukó. Asuntos bancarios. Ella debía llevarlo a un control médico. No está clara la hora de la conversación: algunos dicen que fue momentos antes del balazo; otros, que aquellas conversaciones fueron a las siete de la mañana.

Tomó desayuno: jugo de huesillo, tostadas y café con leche.

Salió al patio.

También se encontró con una vecina, que luego contaría que habló con él. No dice si fue en el patio o en la calle. No dio su nombre. La mujer le preguntó la hora, porque tenía que tomarse un remedio.

El arma era su vieja Smith & Wesson, la de la cacha de nácar, esa que le habían regalado Lázaro Cárdenas y su amigo Siqueiros el año 44, un arma que lo celebraba como un camarada, como pura carne de revolución.

No sabemos si falleció de inmediato. En alguna versión, el poeta se murió cuando recibía atención médica. En otra, que publicó *Clarín* al día siguiente, tan sanguinolenta como literaria, se dice que quedó en el sillón de mimbre de su escritorio, «tendido hacia atrás, mirando el techo, con los ojos colgando de la oreja derecha y la sangre manando abundantemente de su boca; como el tremendo torrente de las palabras que él usara en su vida para amar u odiar a amigos y enemigos, mujeres y hombres».

La Brigada de Homicidios llegó a las once y acordonó la casa. La noticia había comenzado a circular y es en este punto donde las versiones no se ponen de acuerdo. La urgencia de la prensa por saber algo aumenta la confusión. Cambia, por ejemplo, el número de hijos. Tiene siete, ocho o nueve, dependiendo del medio. Cambian los vivos por los muertos. De José, que estaba en Europa, se dice que había fallecido a los treinta años de un tumor cerebral. De Carlos, que se mató con veneno. De Pablo hijo, que usó la misma arma que su padre. O que el arma era una Colt, un recuerdo acaso de la muerte de Joaquín Edwards Bello.

En uno de esos textos, en una de esas elegías escritas desde la urgencia, se dice que no se enseñaban sus poemas en los colegios porque eran muy largos.

La noticia se expande. Llegan a la casa Ester Matte, Juan Rivano y Armando Menedín. Llegan Massís y Lukó. Ella decide no verlo.

La policía no deja entrar a los periodistas.

Llega también Carlos Droguett, autor de *Eloy* y *Patas de perro*, viejo socio y amigo de Juan de Luigi, novelista incómodo y tremendo, odiado también por Alone, Silva Castro y otros. Droguett logra pasar las barreras policiales. Dice que tiene que decirle algo a su amigo. Se mete a la pieza.

Más tarde, en «Trayectoria de una soledad», la despedida que publicó en la revista *Mensaje* y que luego serviría de prólogo para *Epopeya*, la antología póstuma que Droguett hizo del poeta para Casa de Las Américas en La Habana en 1974, contaría que De Rokha fue a buscarlo a su casa y le dejó un recado urgente «para que lo fuera a ver ese mismo día, no mañana, no pasado mañana, por favor». Eran amigos. Bebían a veces en el bar del hotel Bristol o conversaban en la pieza que el poeta usaba en el tercer piso. Pero Droguett estaba trabajando y no fue a verlo: su texto vuelve una y otra vez sobre ese gesto que no alcanzó a tener, es su *ritornello*, su propia percusión de la culpa.

«¿Para qué me querrá Pablo?, ¿qué habrá pasado, qué le habrá pasado?», repite Droguett.

Pero no va. O no va de inmediato. Se acuerda en cambio de una noche de lluvia en que lo visitó en su pieza del Bristol y lo encontró mirando por la ventana, en esa misma habitación donde alguna vez había estado con Ginsberg.

«Lo vi, ahí, ahí en la oscuridad estaba, de espaldas, vuelto hacia la ciudad, hacia la noche de la ciudad, no me veía, no me sentía, aunque yo hubiera hecho ruido no me habría sentido, sentado en la frágil silla de Viena, la barba hundida hacia el pecho, sin cansancio, tampoco sin tristeza, solo con un aire de ausencia [...] mirando el trozo de calle, el trozo de estación, el trozo de noche mojada, algo enrojecida con los letreros infames y comerciales, no se oía nada, yo no respiraba porque él no respiraba, no respiraba por eso, porque no estaba ahí, solo su presencia lejana», escribió.

«¿Qué me querrá conversar Pablo?», repite entonces en el texto y nos damos cuenta de que Droguett escribe porque no puede soportar el silencio, porque no se aguanta la pena: las palabras postergan el momento de esa despedida trunca, sostienen el vacío y la ausencia del poeta.

Droguett se entera por la radio que De Rokha ha muerto. Se lo dice un compañero de oficina, un tal Maggi.

Entonces va a La Reina y entra y pide que lo dejen solo con su amigo muerto.

«Ahí estaba a mis pies, solo yo y él en la desmantelada habitación, y el retrato de Winétt, joven y esplendorosa, que lo había estado mirando todo el tiempo mientras él se sentó en el escritorio y cogió el revólver y lo dio un poco vuelta, como si se fuera a afeitar, el mismo revólver que había cogido su hijo Pablo en la pieza del lado, lanzándolo hacia dentro, como un vaso de agua, hacía dos, tres meses [...] sí, Winétt, la de las largas trenzas rubias, lo había mirado colgada en la pared mientras él alzó un poco el codo y movió la mano para beber su muerte, como lo había estado mirando todos esos años en que lo dejó viudo [...] ahora él estaba ahí, seguía ahí, sentado en su propia sangre, junto a la ventana que es la muerte, junto a la llovizna que es el olvido, junto a esa penumbra luminosa que es la resurrección. Cuando salí del cuarto llevando en mis ojos aquella escena, que no es sino una y sola, recuerdo que abracé a Lukó y a Antonio y les pedí en nombre de él, que estaba ahí, al otro lado de la puerta, en la posición que había dibujado, que me dejaran hablar en sus funerales para denunciar ese crimen».

LXV

Lo velaron al día siguiente en la Universidad de Chile, en el Salón de Sesiones del Consejo Universitario. Era el Día del Profesor. Pedro Mira, el decano de la Facultad de Artes donde De Rokha había sido académico, se refirió al lazo que lo unía con Andrés Bello. Lukó lo vio por fin ahí. El día antes, cuando llegó a la casa después del disparo, le habían inyectado un calmante. Cuando entró al salón, vio el ataúd de su padre rodeado de jóvenes con boina y a Máximo Pacheco, ministro de Educación, de rodillas en el suelo, orando con los brazos en cruz. La escena le pareció inaudita.

El día antes Pacheco había dicho acerca de la muerte de Pablo: «Es algo atroz. Yo era admirador de su poesía».

Un carruaje esperaba a la salida de la Universidad de Chile. Cargaron su ataúd el rector Ruy Barbosa, su hermano Fernando Díaz Loyola, Salvador Allende y amigos y familiares. El cortejo avanzó por Recoleta hacia el cementerio. Una multitud se agolpó a ver.

Neruda estaba en Brasil. Se enteró allá de la muerte de De Rokha. Neruda hacía de Neruda, supongo, lo que significa que inauguró un monumento a Federico García Lorca en Sao Paulo que los militares destruirían una semana después; presentó una edición bilingüe de *Veinte poemas de amor y una canción desesperada* y un disco; viajó por varias regiones; y visitó a sus amigos Vinícius de Moraes y Jorge Amado. Entonces dijo dos veces —en dos noticias distintas— que se había reconciliado con De Rokha, que estaba triste y que lo había ido a ver al hospital donde habían tenido «una larga y amistosa conversación».

Antes, cuando había llegado a Salvador de Bahía, Jorge Amado le dijo a Neruda: «No me preguntes por nadie, compadre, se murieron todos. Restamos solamente nosotros», según cuenta David Schidlowsky.

El funeral fue a las cuatro de la tarde. *El Mercurio* publicó una foto del cortejo. Hombres de ropa y lentes negros caminan detrás del ataúd. Atrás hay una multitud. La foto no la muestra, el blanco y negro es apenas una referencia, una anécdota, pero es el momento en que la luz en Santiago comienza a brillar con más fuerza para avanzar hacia el crepúsculo. En el cortejo están Manuel Rojas, Guillermo Atías, Juvencio Valle y Diego Muñoz, entre muchos.

Ese mismo día le rinden honores en el Congreso. En la Cámara de Diputados hablan Orlando Poblete, Carmen Lazo, Juan Tuma, Julio Silva Solar y Eduardo Osorio. En el Senado, Volodia dice: «Pero ¿por qué se mató? ¿Por qué emprendió la fuga de la vida antes de haber llegado al final natural del camino?».

No lo entierran al lado de Winétt, a quien iba a dejar flores cada domingo. Transitoriamente, sus restos son depositados en el mausoleo de su hermano Armando.

En el camposanto se suceden los oradores, los representantes de toda laya. Es un funeral de Estado. Ha muerto un rey, un patriarca. Ha muerto una forma de ver el mundo, de escribirlo. Ha muerto un mundo, una lengua. Ha muerto un maestro del estilo, un esteta armado hasta los dientes.

«Parecía que cuando escribía, abría los labios y dejaba caer una catarata de frases llenas de fusiles e imprecaciones. Le gustaba cantarle a la masa y al mismo tiempo dedicarle unas finas y delicadas líneas a los objetos más frágiles [...] Era fuerte y tierno en el mismo segundo y casi con la misma voz», anotaría el cronista Tito Mundt una semana después, en una columna.

En el cementerio el silencio es quizás una versión de la culpa, de esa misma culpa desde la que había hablado De Luigi hace tantos años, cuando se refería a todos esos libros del poeta que se publicaban y pasaban desapercibidos, leídos desde una mudez insoportable.

Frente al cajón, donde está el cuerpo de De Rokha que volverá a la tierra, habla Filebo, por la Sociedad de Escritores de Chile; habla su biógrafo y amigo Fernando Lamberg; habla la poeta Irma Astorga; habla el escritor Manuel Astica Fuentes, quien alguna vez trató de sublevar a la Armada; habla Luis Sepúlveda, un joven de boina y pelo largo que asiste a su taller en San Miguel.

Habla Carlos Droguett, que insulta a Filebo y a algunos de los asistentes. No se aguanta. Les dispara a todos: al gobierno, a los editores, al mundo. Algunas versiones dicen que habla contra la antología del poeta que había hecho Zig-Zag el año anterior.

Dicen que pregunta, una y otra vez, como si los que se despiden de Pablo fuesen figurantes de una representación de esa obra violenta y antigua donde Lope de Vega inventó la tragedia en nuestro idioma:

¿Quién mató al Comendador?

¿Quién mató al Comendador?

¿Quién mató al Comendador?

LXVI

Ya había una carta de despedida. O varias. Estuvieron siempre a la vista en las páginas de sus libros. Toda la obra de De Rokha es una manera de remontar la derrota, de lanzarse hacia adelante para hacer un duelo acerca de sí mismo y el futuro.

El «Canto del macho anciano», que venía en *Acero de Invierno*, de 1961, lo resume todo de un modo quizás pavoroso. Une todos los puntos en uno solo, enlaza el pasado y el futuro pero a la vez cierra el camino. Es un verdadero vórtice marxista. Hay pocos autorretratos de artistas que estén a la par en Chile; pocas obras cruzan tantos planos para hundirse en la carne de quien escribe de modo tan radical, tan perecedero. Se me ocurren, quizás, algunos fragmentos del *Diario de muerte* de Enrique Lihn; o las décimas de Violeta Parra, donde ella es la paciente cero de una peste terrible que asola la ciudad de Lautaro; o «El poema del hijo» de Gabriela Mistral, donde la voz se escinde y avanza de la felicidad al horror. O varios poemas del primer Gonzalo Millán o del Rodrigo Lira más disperso y exasperante. Todos ellos son atravesados por una sospecha acerca del valor de la experiencia, por el juego de espejos donde la palabra carga con otro peso. Ese es el lugar del que huían las vanguardias; aunque los que fueron capaces de sobrevivirlas supieron que el juego literario era en realidad una excusa para horadar más la lengua, dejándola en los huesos. Que era otra herramienta más, otro modo de buscar en ellos mismos lo que los iba a cambiar para siempre. *Trilce* de Vallejo es eso, pero también el Borges de fines de los años veinte, que descubre en el acento argentino ese misterio que había buscado de modo desesperado en el resto del mundo. «Canto del macho anciano» también es eso: el misterio de un hombre que explora su propia mortalidad (está obligado a mirarse porque la carne falla, porque ya no es lo que era) y trata de alcanzar su supervivencia por medio de la lengua. Winétt es el ancla del poema. Aunque puede que el poema ni siquiera sea un poema. No es ficción. No es literatura. No quiere serlo, para qué. La mención de Winétt hace que al leerlo nos preguntemos por el contorno real de su pena, por la naturaleza de su desesperación. Vuelve sobre lo que nos quiere decir hace tanto tiempo: no hay separación entre obra y vida, el poema es parte de él. Ese es el peligro de su literatura, un abismo que nunca niega, que no esconde. No hay consuelo, no es un juego, las palabras son una forma de la carne, están vivas y hacen daño, son el daño.

El «Canto del macho anciano» resulta desolador. Es su mala lengua encarnada. Es el lamento de quien ha perdido todo y al que no le queda más que extender su grito para dibujar una deriva perpetua: sabe que no le queda mucho, ya no tiene energías, está solo con sus fantasmas. Hablar lo mantiene vivo, existe porque existe el poema, que es su último aliento. Pero está agotado. No da más.

Dice: «Avanza el temporal de los reumatismos /y las arterias endurecidas son látigos que azotan el musgoso y mohoso y lúgubre /caminar del sesentón, su cara de cadáver apaleado».

Dice: «¿En qué bosques de fusiles nos esconderemos de aquellos pellejos ardiendo? /porque es terrible el seguirse a sí mismo cuando lo hicimos todo, lo quisimos todo, lo pudimos todo y se nos quebraron las manos, /las manos y los dientes mordiendo hierro con fuego».

Dice: «No ingresaremos al huracán de silencio con huesos /de las jubilaciones públicas, a conquistar criadas y a calumniar los polvorosos ámbitos /jamás, el corazón sabrá rajarse en el instante preciso y definitivo /como la castaña muy madura haciendo retumbar los extramuros, haciendo rodar, bramando, llorar la tierra inmensa de las sepulturas».

Dice: «Parten los trenes del destino, sin sentido como navíos de fantasmas».

Dice: «Y mi cabeza es un montón de escombros que se incendian, una /guitarra muerta, una gran casa de dolor abandonada».

Dice: «Voy a estallar adentro del sepulcro suicidándome en cadáver».

LXVII

En el cementerio, los discursos son escuchados con respeto y reverencia.

Cuando todo está por terminar y la tarde entra definitivamente en la oscuridad, un coro de pájaros estalla en trinos y cantos. La mudez se rompe, alguna clase de metempsicosis se produce. Es el funeral de Pablo de Rokha, su despedida.

Las aves pueden ser zorzales, tórtolas o tordos. Sus canciones se convierten en una sola.

Quizás, también en ese coro están los muertos. Ellos lo esperan y lo reciben. Carmen, que fue retratada en una máscara. Tomás, que terminó viviendo dentro de un poema. Carlos, que mezcló mal las pastillas. Pablo, que apenas se aguantó a sí mismo. Winétt, que había sido enterrada después de la lluvia y que era el horizonte final de todos los pueblos y todas las revoluciones, pues su mirada era el lugar hacia el que huían todas las vidas.

Los pájaros son otra multitud.

El silencio es algo que solo existe para ser destruido con el canto.

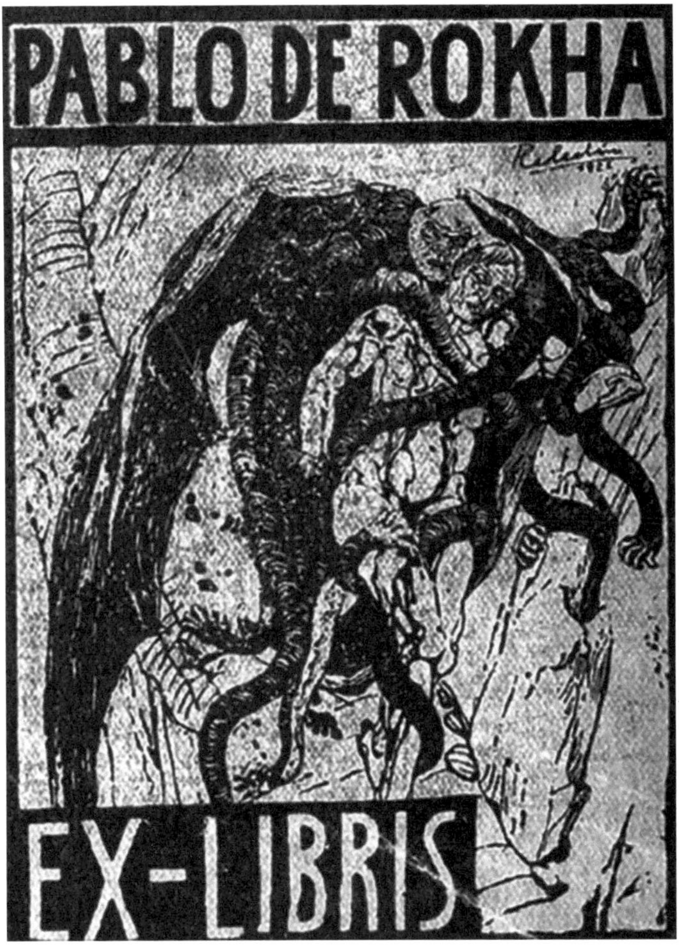
PABLO DE ROKHA
EX-LIBRIS

Algunas notas finales

1

Quien quiera profundizar en la obra del poeta puede acudir a sus dos antologías (la de 1954 y la de Nascimento, póstuma), que memoriachilena.gob.cl tiene disponibles en línea junto con una importante colección de manuscritos y otros materiales; así como a *Epopeya de las comidas y bebidas de Chile,* la selección de sus poemas hecha por Carlos Droguett en Cuba en 1974 para Casa de Las Américas y reeditada hace poco por Lumen. Para mayores precisiones sobre los cambios y reescrituras de algunos de sus textos fundamentales, se pueden consultar las ediciones revisadas que el investigador Miguel Naranjo ha realizado para Ediciones Tácitas tanto de la antología de Nascimento, como de *Neruda y yo* y de los *Tercetos dantescos a Casiano Basualto* (estos dos en un solo volumen). Por otro lado, para un examen de la obra De Rokha y su contexto literario y cultural, el dossier que guarda la sección Referencias Críticas de la Biblioteca Nacional resulta un archivo irremplazable y esencial.

Respecto a la biografía del poeta, tanto *Vida y obra de Pablo de Rokha* de Fernando Lamberg como *Pablo de Rokha, guerrillero de la poesía* de Mario Ferrero detallan los hechos importantes de su vida además de las coordenadas de su escritura. Redactados a mitad de la década del sesenta, ambos textos poseen cierto halo crepuscular pero tienen también la virtud de la cercanía, la ternura y el cariño de quienes fueron los amigos inclaudicables.

Lo mismo puede decirse de los entrañables retratos que Luis Sánchez Latorre, Filebo, realizó del poeta en sus columnas de *Las Últimas Noticias* a lo largo de varias décadas, algunos de los cuales aparecen parcialmente en *Los expedientes de Filebo* y *Memorabilia*. También merece ser releído «Claves para una poética», el ensayo de Juan de Luigi que hacía de prólogo a *Idioma del mundo* (1958) y que sigue siendo una de las revisiones más lúcidas y conmovedoras de la poesía rokhiana. Junto con esto, merece ser mencionado —como gesto, como pregunta casi disonante o memoria inesperada— el número especial sobre De Rokha que publicó *Apsi* en mayo de 1992.

En relación a la obra de Winétt de Rokha, habría que complementar la lectura de *Suma y destino,* de 1951, con *El valle pierde su atmósfera,* el tomo de su poesía reunida que hizo Javier Bello para la editorial Cuarto Propio el año 2008. En otro ámbito, si se quiere más académico, el volumen *Pablo de Rokha, una escritura en movimiento* (1988), de Naín Nómez resulta una referencia esencial e insoslayable. El profesor Nómez ha sido fundamental en el rescate y revalorización póstuma de los trabajos del poeta, donde ha alternado la publicación de los ensayos críticos sobre su literatura con la reedición de algunos de sus textos fundamentales, junto con algunos inéditos. Por lo mismo, le agradezco la disposición que tuvo conmigo para aclarar dudas, sugerir lecturas y conversar sobre la obra del poeta. Idéntica gratitud para el cronista Daniel Rozas, con cuya generosidad también estoy en deuda. Su libro *Pablo de Rokha y la revista Multitud* hace una selección de los mejores textos del poeta en su revista, además de agregar notas explicativas de su contexto, lo que permite adentrarse de modo detallado en el pensamiento político y estético del escritor en la época de *Multitud*.

Respecto a las escaramuzas entre De Rokha, Huidobro y Neruda, *La guerrilla literaria* de Faride Zerán es un libro ya clásico que aborda con entusiasmo las polémicas en torno a la antología de Teitelboim y Anguita; destaca ahí su elegante nostalgia por el agitado mundo literario chileno del siglo veinte. Más: acerca de Neruda y sus máscaras infinitas, su biografía está perfilada con detalle en los dos tomos de la imprescindible y monumental *Neruda: Las furias y las penas* de David Schidlowsky, así como en *Ojos y oídos. Cerca de Neruda*, de Tomás Lago y *El joven Neruda: 1904-1935* y *Los pecados de Neruda*, estos últimos del profesor y crítico Hernán Loyola.

Sobre el legado del clan, la Fundación De Rokha viene realizando un trabajo relevante desde hace más de una década para conservar y divulgar la obra del poeta. Dirigida por su nieta y nuera, Patricia Tagle, la fundación se ha dedicado a ordenar y restaurar el archivo familiar, obteniendo fondos gubernamentales para su conservación, además de publicar libros inéditos de Carlos de Rokha, organizar concursos literarios, lecturas de poesía, mesas de diálogo crítico y exposiciones en espacios como la Feria Internacional de Libro de Santiago, la Biblioteca Nacional o la Biblioteca Municipal Pedro Lemebel de Recoleta.

2

Si bien sé que se trata de una lista incompleta, este libro no podría haber sido escrito sin la lectura y consulta de los trabajos de Adolfo de Nordenflycht, Adriana Valdés, Alberto Piñeyro, Alberto Rojas Jiménez, Alejandro Lavquén, Alfonso Alcalde, Alfonso Calderón, Aliro Oyarzún, Allen Ginsberg, Ana Fornaro, Andrés Gallardo, Andrés Sabella, Ángel Rama, Ángeles Mateo del Pino, Antonio de Undurraga, Armando Donoso, Bernardo Subercaseaux,

Blanca Luz Brum, Braulio Arenas, Carlos de Rokha, Carlos Droguett, Carlos Ibacache, Carlos Orellana, Carlos Ruiz Zaldívar, César Aira, Daniel Rozas, David Alfaro Siqueiros, David Ojeda, David Schidlowsky, Diego Arenas, Diego Muñoz, Dudley Fitts, Eduardo Anguita, Edmundo Concha, Enrique Gómez Correa, Enrique Lafourcade, Enrique Lihn, Eugenia Brito, Eugenio Matus, Fabienne Bradu, Faride Zerán, Felipe Reyes, Felipe Montalva, Fernando Alegría, Fernando Lamberg, Floridor Pérez, Gabriela Mistral, Gonzalo Rojas, Guillermo Quiñonez, Héctor González, Hernán Díaz Arrieta, Hernán Loyola, Hernán Valdés, Hernando Bravo Valdivieso, H.R. Hays, Humberto Díaz Casanueva, Ignacio Valente, Jaime Concha, Javier Abarca Medel, Javier Bello, Joaquín Edwards Bello, Jorge Boccanera, Jorge Onfray, Jorge Teillier, José Antonio Requena, José Miguel Varas, José Santos González Vera, Joy Davidson, Juan Andrés Guzmán, Juan Agustín Araya, Juan Andrés Piña, Juan de Luigi, Juan Egaña, Julio Molina Núñez, Julio Tagle, Justo Pastor Mellado, Leonardo Sanhueza, Luis Merino Reyes, Luis Oyarzún, Luis Rivano, Luis Sánchez Latorre, Mahfúd Massís, Manuel Jofré, Manuel Rojas, Marcelino Meléndez Pelayo, Marcelo Ferrada de Noli, Marcial Cabrera Guerra, María Inés Zaldívar, María Lefevre, Marina Latorre, Mario Ferrero, Mario Verdugo, Martín Bunster, Miguel Naranjo, Milan Ivelic y Gaspar Galaz, Naín Nómez, Olga Grandón, Orlando Gutiérrez, Óscar Barrientos, Óscar Chávez, Pablo Neruda, Patricia Tagle, Patricio Orozco, Paulina Fernández y Sebastián Sampieri, Pedro Pablo Guerrero, Raúl Silva Castro, Ricardo Fuenzalida, Ricardo Latcham, Roberto Merino, Sara Vial, Sergio Marras, Soledad Bianchi, Teófilo Cid, Tomás Lago, Tito Mundt, Vicente Huidobro, Vadim Vidal, Víctor Castro, Violeta Parra, y Volodia Teitelboim.

3

Una confesión: no recuerdo cuándo fue la primera vez que pensé en escribir sobre Pablo de Rokha. Quizás antes fue para mí un ensayo o el apunte para una ficción, pero su historia se deslizó de modo casi natural hacia la crónica. En cualquier caso, contarla no habría sido posible sin la paciencia y la generosidad de quienes escucharon teorías, leyeron fragmentos, conversaron conmigo sobre ciertas ideas o historias; me suministraron con gentileza materiales, datos y libros; susurraron pistas o dispararon sincronías o simplemente me escucharon estos años en los que yo me dediqué a perseguir a De Rokha de modo obsesivo. *Mala lengua* no existiría sin ellos: mi gratitud va para Alejandra Costamagna, Aldo Perán, Bernardita Bolumburu, Alfredo Sepúlveda, Carmen García, Cecilia García Huidobro, Daniel Rozas, Daniel Hidalgo, Felipe Gana (gracias por Lamberg y Mahoma), Fernando Osorio, Francisco Ortega, Hugo Forno, Germán Marín (a quien De Rokha echó alguna vez de algún lugar pero no se acordaba por qué), Isidora Campano, Ingrid Contreras, Juan Iturriaga, Julio Villanueva Chang, Kurt Folch, Marcela Aguilar, Martín Pérez, Martín Sepúlveda, Miguel Paz, Matías Rivas, Mike Wilson, Naín Nómez, Óscar Contardo, Pablo Toro, Patricio Jara, Paz Errázuriz, Pedro Pablo Guerrero, Roberto Herrscher, Roberto Merino, Rodrigo Rojas, Ricardo Martínez, Samuel Salgado (con quien perseguimos a De Rokha en el Archivo de *La Nación* hace años), Sebastián Minay, Sergio Marras, Sergio Parra, Simón Soto, Soledad Bianchi y Victoria Ramírez, entre muchos. Gracias asimismo a la Escuela de Literatura Creativa de la Universidad Diego Portales, donde he aventurado algunas de las ideas del libro en clases o en las conversaciones diarias. Asimismo, también gracias a Melanie Jösch de Penguin Random House, con quien hablé de De Rokha en Guadalajara hace varios años como si estuviésemos en Santiago. Por supuesto, agradecimientos especiales para Paz Balmaceda, que editó *Mala lengua* con cariño, dedicación y precisión y lo mejoró en formas que yo no esperaba posibles, sobre todo en estos extraños meses finales, con el 18 de octubre del año pasado y el arribo de la pandemia como ruido de fondo. Gracias también a mis padres, Lucía Mayné y Adolfo Bisama; y a mis hermanos Verónica y Gonzalo. Por último, quisiera agradecerle a Carla Mc-Kay, mi esposa, que me acompañó y aconsejó y siguió conmigo las peripecias de De Rokha como si fuese un fantasma amable, acaso perdido en el nuevo siglo, que se quedó con nosotros en casa por una temporada. Con amor, para ella está dedicado este libro.

MAPA DE LAS LENGUAS UN MAPA SIN FRONTERAS 2021